Andrea Schrader: Die Boten des Schicksals – Die Legende

Originalausgabe

www.schruf-stipetic.de

Illustrationen von by-studio und Elena Terletska, fotolia

ISBN: 978-3-944359-32-8

Andrea Schrader

Die Boten des Schicksals

Die Legende

SCHRUF & STIPETIC

Prolog

(Winter 1989)

»Komm, mein Liebling, noch eine Runde«, sagte der Mann, stützte seine Frau und versuchte sie weiterzuführen.

»Noch eine Runde?! Wenn dieses Balg nicht bald aus mir rauskommt, werde ich es eigenhändig herausziehen«, keuchte sie wütend und setzte zitternd einen Fuß vor. Sie suchte Halt an ihrem Mann und deutete auf die Liege. »Ich kann nicht mehr.«

Er nickte ergeben und führte sie zur Liege. Als sie am Mittag angekommen waren, hatten die Ärzte bereits angekündigt, dass die Wehen noch einige Stunden dauern würden. Sie sollten recht behalten, es war inzwischen fast Mitternacht und noch immer schien es keinen Hinweis auf eine baldige Geburt zu geben. Die Wehen kamen mittlerweile in immer kürzeren Abständen. Die Frau seufzte und ließ sich in die Kissen sinken. Der Mann ging zum Fenster, wo eine Wasserkaraffe stand. Das Schneetreiben hatte nachgelassen. Alles war von einer weißen Schicht überzogen. Er hatte gerade Wasser eingeschenkt, als der Scheinwerfer eines Krankenwagens aufleuchtete und seine Aufmerksamkeit wieder nach draußen lenkte. Er starrte auf den Baum vor dem Fenster und wollte seinen Augen nicht trauen: Es sah aus, als würden unter der Schneelast grüne Blätter sprießen. Der Krankenwagen wendete, und der Baum stand wieder im Halbschatten. Der Mann schüttelte den Kopf. Das konnte und durfte nicht sein.

»Was ist los?« Seine Frau riss ihn aus der Erstarrung.

Er drehte sich zu ihr um und versuchte ein Lächeln. »Nichts. Ich habe nur ein wenig die weiße Winterwelt draußen betrachtet.« Sie sah ihn skeptisch an, doch bevor sie etwas sagen konnte, betrat der Arzt das Zimmer.

»Na, dann wollen wir mal sehen, wie weit Sie schon sind«, sagte er, setzte sich vor die Liege und untersuchte sie.

Ihr Mann stellte das Glas Wasser zurück auf die Fensterbank und trat dann zu seiner Frau, um ihr die schweißnassen Haare aus der Stirn zu streichen.

»Das sieht gut aus, ich denke, wir können bei der nächsten Wehe mit dem Pressen beginnen«, sagte der Arzt und lächelte den werdenden Eltern aufmunternd zu.

Die Frau umklammerte die Hand ihres Mannes, und als die nächste Wehe kam, begann sie zu schreien. Der Arzt rief die Schwestern und die Hebamme herbei, alle strahlten eine unnatürliche Ruhe aus, die dem Mann beinahe auf die Nerven ging. Seine Frau schrie vor Schmerzen und sie taten so, als ob es sie nichts anginge! Um nicht vor Wut herauszuplatzen, wandte er sich seiner Frau zu und konzentrierte sich ganz auf sie. Die nächste Stunde war eine Qual, aber mit einem letzten Pressen geschah das Wunder: Sein Sohn war auf der Welt.

»Glückwunsch! Ein gesundes, Kerlchen haben Sie da bekommen, zehn Finger, zehn Zehen und 3567 Gramm schwer. Haben Sie schon einen Namen?« Die Hebamme legte der Frau das Kind in die Arme.

Der Mann betrachtete das rosige und leicht zerknautschte Gesichtchen und konnte es nicht fassen: sein Sohn, der seinen und seines Vaters Namen weitertragen würde. Er seufzte und strich seiner Frau glücklich über das Haar.

Sie sah zur Hebamme auf, lächelte und meinte: »Wir wollen ihn nach seinem Großvater nennen. Er ist leider schon von uns gegangen, aber es hätte ihn sicher gefreut.«

Der Mann nickte und wollte gerade den Namen sagen, als draußen wieder Scheinwerfer aufblitzten und seine Aufmerksamkeit zum Fenster lenkten. Er erstarrte: Der Baum trug wirklich grüne Blätter, als wäre es Frühling und nicht tiefster Winter.

»Ist alles in Ordnung?« Die Hebamme ergriff vorsichtig seine Hand. Er machte sich los und schüttelte zerstreut den Kopf. »Sie sind ganz blass geworden. Sicher, dass es Ihnen gut geht? Eine Geburt ist auch für den Vater anstrengend.«

Seine Frau sah ihn ebenfalls besorgt an, dann glitt ihr Blick zum Fenster. Sie sah den Baum und wurde ebenfalls kreidebleich.

Er nahm ihr das Kind aus den Armen und sah es traurig an. »Wir müssen unseren Plan ändern. Er wird nicht den Namen meines Vaters weitertragen, sondern einen noch viel älteren. Unser Sohn heißt Enki. Ich wünschte, ich könnte ihm sein Schicksal abnehmen.«

Die Hebamme sah verwirrt von der Mutter zum Vater, dann zuckte sie mit den Schultern und ließ die beiden allein, um den Namen in die Geburtsurkunde zu schreiben. Was den Sinneswandel bewirkt hatte, ging sie nichts an. Erst am Ende ihrer Schicht sollte sie den grünen Baum draußen sehen, aber bis dahin hatte sie das seltsame Verhalten der beiden schon vergessen.

1

(Sommer 2006)

»Vorsichtig, Enki. Setz die Stiche nicht ganz so dicht an den Rand der Wunde. Ihr wollt euch so gut es geht verarzten, damit ihr überlebt. Ob Narben dabei zurückbleiben, ist zweitrangig. Eure Körper regenerieren sich ohnehin schneller als die normaler Menschen, auch bei einem tiefen Schnitt ist es daher unwahrscheinlich, dass eine Narbe bleibt.« Der Mönch Junil ging um seine Schüler herum und begutachtete deren chirurgische Fähigkeiten. Er hatte sich aus der Küche vier auseinandergeschnittene Hühnerbrüste geben lassen, die die vier Kinder nun zusammennähten.

Jedes Jahr während ihrer Sommerwochen im Tempel in Tibet mussten sie diese Handgriffe wieder und wieder üben, um im Notfall nicht in Panik zu verfallen. Sie wussten, wie ein gebrochener Knochen zu schienen war, wie ein ausgekugeltes Gelenk wieder eingerenkt wurde und wie sie mit Stich- und Schusswunden umzugehen hatten. Selbst Amputieren hatten sie gelernt – alles, um im Ernstfall zu überleben. Denn die Boten des Schicksals durften nicht sterben, wie ihnen Ganesh immer wieder erzählte.

Abale seufzte. Der Mönch hatte ja recht. Wenn einer von ihnen starb, musste ein neues Kind vom Schicksal ausgewählt werden. Vielleicht aus einem Familienzweig, der die Legende von den Boten schon vergessen hatte. Wie sollte dieses Kind dann je den Weg in den Tempel finden? Wie sollte die Ausbildungszeit reichen, um es auf den Horror draußen in der Welt vorzubereiten? Worin auch immer dieser Horror bestand – das erzählten die Legenden nicht, und auch Ganesh, der Leiter ihrer Ausbildung, schwieg bisher beharrlich darüber, obwohl sie nun schon das achte Jahr ihren Sommer hier verbrachten. Nur eins wiederholte er immer wieder, damit sie verstanden, wie wichtig ihr Überleben war: Sie und ihre Gefährten waren die letzte Chance der Menschheit, nur sie konnten die Apokalypse verhindern. Abale seufzte abermals und stach in die Hühnerbrust. Sie hatte überlegt, Ärztin zu werden, um ihren Gefährten besser helfen zu können. Ganesh aber war der Meinung, dass die Boten den Weg einschlagen sollten, den das Schicksal für sie vorsah. Sie sollten ihrem Herzen folgen, nur so konnte sie ihre Bestimmung erfüllen.

Ihre Ausbildung neigte sich dem Ende entgegen, jedes Jahr wurde ihnen weniger Neues beigebracht. Ihre Körper waren durch die ständigen Kampfübungen, die sie auch zu Hause weiterführten, gestählt. Abales Freundinnen beneideten sie um ihren Körperbau, sie wussten aber nicht, dass sie dafür hart trainierte und langsam aber sicher zu einer Meisterin des Schwertkampfes wurde. Abale selbst beneidete Izila: bei ihr verteilten sich die Muskeln so gut, dass sie ihre weibliche Figur betonten, während Abale zwar schlank war, aber eher drahtig wirkte.

Junil klatschte in die Hände. »Das reicht für heute, Kinder! Eure nächste Stunde ist mit Ganesh, er wartet in der Bibliothek auf euch.«

Abale vernähte noch schnell ihren Faden, dann stand sie zusammen mit Enki, Enlil und Izila auf und machte sich auf den Weg. Eine Lektion bei Ganesh bedeutete entweder Geschichtswissen oder den Umgang mit ihren Gaben zu lernen. Die Elemente gaben ihnen ihre besonderen Fähigkeiten, so, wie sie auch dafür sorgten, dass die Boten im Tempel sicher und geschützt waren. Dieser Ort war geheim, nur wer den Weg hierhin kannte und von den Elementen beschützt wurde, konnte ihn finden. Die Boten waren vom Schicksal auserwählt, was bedeutete, dass sie Eigenschaften hatten, die anderen Menschen fehlten, damit sie die Apokalypse aufhalten konnten. Vielleicht würde Ganesh ihnen heute endlich sagen, wie sie das schaffen konnten. Es war frustrierend, dass sich in den Legenden von Abales Familie und den Familien der anderen kein einziger nützlicher Hinweis dazu fand. Das Einzige, was an diesen Legenden hilfreich war, war, dass ihre Eltern die Zeichen erkannt hatten, als sie geboren wurde. Das Wasser war Abales Element, und am Tag ihrer Geburt hatte es vierundzwanzig Stunden lang geregnet, ohne dass eine einzige Wolke am Himmel zu sehen gewesen war. Auch bei der Geburt der anderen Boten hatte es diese Zeichen gegeben, abhängig von ihrem Element. Enki war der Natur verschrieben, Enlil der Luft und Izila dem Feuer.

»Ob wir heute endlich erfahren, was unsere Aufgabe ist? So langsam ist es an der Zeit, die Apokalypse wird sicher nicht darauf warten, bis wir reif genug sind, bevor sie versucht, die Welt in den Untergang zu stürzen«, sagte Izila in Abales Gedanken hinein.

»Auf jeden Fall sollten wir Ganesh wieder danach fragen, wenn er nicht von selbst anfängt, uns Antworten zu geben«, erwiderte Enlil.

Abale nickte. Die beiden hatten recht, es war an der Zeit, dass sie erfuhren, wie sie ihre Aufgabe erfüllen sollten.

Die vier Boten bogen um die nächste Ecke und erreichten die Bibliothek, einen der schönsten Orte in der ganzen Tempelanlage.

Ganesh empfing sie gerne in der Bibliothek. Manchmal blieben sie dort, manchmal wanderten sie von da in die höchsten Türme des Tempels. Heute erwartete er die Boten nicht am Eingang, daher betraten sie die Bibliothek, um ihn zu suchen. Abale atmete tief ein und sah lächelnd zu Izila. Sie beide verband die Liebe zu Büchern. Mehr als einmal hatten sie sich während der vergangenen Sommer hier getroffen, wenn sie unabhängig voneinander auf einen nächtlichen Streifzug gegangen waren. Durch diese Treffen hatte sich eine tiefe Freundschaft zwischen ihnen entwickelt.

Enki war schon vorausgegangen und winkte die anderen zu sich. Er hatte Ganesh entdeckt: Der Mönch saß in Meditationshaltung und mit geschlossenen Augen vor einem Wandteppich, der neu zu sein schien, Abale hatte ihn noch nie vorher gesehen. Auf dem Teppich war ein Kampf dargestellt: Engel mit silbernen Flügeln kämpften gegen fratzenköpfige Dämonen. Über ihnen schwebten vier Reiter. Die Farben der Pferde erregten Abales Aufmerksamkeit: Eines hatte die Farbe der Brandung des Meeres, ein Weiß mit hellem Blau gemischt, der Reiter trug eine Krone auf dem Kopf. Das zweite Pferd war feuerrot und der Reiter hielt ein langes und breites Schwert in der Hand. Das dritte Pferd war dunkelbraun, fast schwarz. Sein Reiter hielt eine Waage in der Hand. In der einen Waagschale lag Obst, während in der anderen hungrige Kinder zu sehen waren, die vergeblich ihre Hände nach den Früchten ausstreckten. Es war offensichtlich, dass die Waage keine Gerechtigkeit darstellte. Das vierte Pferd wiederum war fahl und farblos wie der Wind. Der Reiter darauf hielt eine Sense in der Hand. Über den Reitern schwebte ein durch sieben Siegel verschlossenes Buch. Schweigend setzten sich die Boten um Ganesh und starrten auf den Wandteppich.

»*Selig ist, der da liest und die da hören die Worte der Weissagung und behalten, was darin geschrieben ist; denn die Zeit ist nahe.*« Ganesh öffnete die Augen und sah die Boten der Reihe nach an. »Diese Worte stehen in der Bibel. Dem immer noch meistverkauften Buch auf Erden. Doch trotzdem erkennt niemand die wahre Bedeutung hinter den Worten aus der Offenbarung des Johannes. Die Bibel wurde lange, lange vor eurer Zeit geschrieben. Zu einer Zeit, in der Luzifer noch auf der Erde wandelte und zum ersten gefallenen Engel wurde.« Ganesh nahm einen Zeigestock und deutete auf eine der Figuren auf der Seite der Dämonen, deren Flügel dunkel waren wie angelaufenes Silber. »Luzifer war es, der beinahe die erste Apokalypse zugunsten der Dämonen ausgelöst hätte.«

»Moment«, meldete sich Enlil zu Wort. »Zu Gunsten der Dämonen? Was soll das heißen? Wollen die Engel etwa auch den Weltuntergang?«

Ganesh nickte. »Ja, die Engel kämpfen nicht gegen die Dämonen, weil sie Apokalypse verhindern wollen, sondern weil sie selbst das Buch mit den sieben Siegeln öffnen wollen, um das Ende der Welt einzuleiten. Ihr vier seid es, die zwischen den beiden stehen. Die Boten des Schicksals sind die letzte Bastion der Menschheit, die Einzigen, die die Apokalypse verhindern können. Damit ihr diese Aufgabe bewältigen könnt, müsst ihr aber noch eins erlernen: Das Schicksal der einzelnen Menschen zu sehen, und zu erkennen, ob es vom Guten oder Bösen beeinflusst wurde.«

»Warum beeinflussen die Dämonen und Engel die Menschen?«, fragte Enki.

»Damit sie zu ihren Gunsten arbeiten und die gute oder böse Apokalypse herbeiführen. Wenn genug Menschen auf der einen oder anderen Seite stehen, droht der Weltuntergang. Allerdings laufen Engel und Dämonen nicht wahllos herum und verändern die Menschen. Sie sind sehr vorsichtig und gehen strategisch vor. Es herrscht immer noch ein Kampf zwischen ihnen. Durch Schicksalsveränderungen geben sie sich ihrem Gegner zu erkennen, und das kann dazu führen, dass sie im Kampf unterliegen. Außerdem sterben die Menschen oft kurze Zeit nach der Beeinflussung, wenn sie keine Möglichkeit finden, die Apokalypse herbeizuführen. Ein Massensterben würde aber zu viel Aufmerksamkeit auf die Engel und Dämonen lenken, die im Verborgenen bleiben wollen. Darum werdet ihr nicht massenweise Menschen finden, deren Schicksal verändert wurde, sondern nur vereinzelte.« Ganesh stand auf und winkte einen Novizen herbei. »Das ist Kumar. Ich werde euch zeigen, wie ihr sein Schicksal sehen könnt«, sagte Ganesh.

Abale richtete sich auf und lauschte gespannt. Die Zeit schien reif, ihnen endlich ihre Aufgabe zu erklären.

2

(Sommer 2006)

Izila schloss leise ihre Zimmertür hinter sich. Phönix wartete bereits auf sie, um sie auf ihrem nächtlichen Streifzug zu begleiten. Jeder der Boten hatte einen Elementvogel bekommen, nachdem er sich seinem Element ausgeliefert hatte. Izila war ins Feuer getreten, hatte die Flammen an ihrer Haut und ihrem Haar lecken lassen und war dafür mit dem Feuervogel belohnt worden.

Am liebsten hätte sie Phönix überall mit hingenommen. Sie strich über sein feuerfarbenes Gefieder, als er sich auf ihrer Schulter niederließ, dann ging sie los in Richtung Bibliothek. Sie wollte noch einmal zwischen den Büchern sitzen und deren Duft einatmen. Wer wusste, wie lange sie das noch konnte? An einem Fenster blieb sie stehen und sah hinaus auf die Gärtnereien. Sie liebte es, mit den anderen Boten den Sommer im Tempel zu verbringen und ihre Fähigkeiten zu verbessern. Hier musste sie sich nicht verstecken, sie konnte in das Feuer in sich abtauchen, wann immer sie wollte. Phönix war immer bei ihr. Ihre Freunde, die Einzigen, denen sie wirklich alles anvertrauen konnte, waren nun auch hier.

Izila seufzte und dachte an *Casanova*, ihre Online-Freundschaft. Es war schon fast eine Art von Liebe zwischen ihnen, er war immer für sie erreichbar und schaffte es, für jede ihrer Launen die richtigen Worte zu finden. Aber trotzdem konnte sie ihm nicht sagen, was sie war. Aus Angst, dass er sie dann verlassen würde. Menschen kamen mit dem Übernatürlichen oft nicht gut zurecht – allein in ihrer Familie zeigte sich dies, vor allem auf der Seite ihrer Mutter, die die Legende kannte. Selbst die Frauen fürchteten sich teilweise vor dem Feuer, obwohl sie die Sehnsucht danach in sich spüren mussten. Immerhin konnte sich keine von ihnen ernsthaft verbrennen, aber dennoch mieden sie es, wo es ging.

Phönix stieß einen glockenhellen Ton aus, andere Vögel antworteten ihm. Als Izila um die nächste Ecke bog und bei der Bibliothek ankam, stand sie ihren Freunden gegenüber. Sie lächelte. »Konntet ihr auch nicht schlafen?«

»Nein, die Stunde von Ganesh hat viel zu viele Fragen aufgeworfen«, erwiderte Enki und öffnete leise die Tür zur Bibliothek. Nacheinander schlüpften sie hinein, gingen alle wieder zu dem Wandteppich, vor dem sie gelernt hatten, das Schicksal zu sehen, und ließen sich davor im Kreis nieder. Die Botin des Feuers erschuf eine kleine Feuerkugel, die über ihnen schwebte. Ein einfacher Trick, den sie in den ersten Jahren hier im Tempel gelernt hatte. Sie konnte noch mehr mit dem Feuer anstellen, wie auch die anderen mit ihrem Element. Sie lernten nicht nur, mit Waffen zu kämpfen, sondern auch ihre einzigartigen Kräfte einzusetzen.

Enki beherrschte die Erde, sein bester Trick war es, Ranken mit oder ohne Dornen herbeizurufen, außerdem konnte er Pflanzen verdorren oder wachsen lassen. Zu Bäumen schien er eine besondere Verbindung zu haben. Was es damit auf sich hatte, wollte er ihnen aber noch nicht erzählen. Enlil konnte die Luft kontrollieren. Er konnte so starke Windstöße herbeirufen, dass selbst Pistolenkugeln abgelenkt wurden. Nur Abale haderte noch etwas mit ihrem Element, wie Izila wusste. Mit dem Wasser kam sie zwar gut zurecht, aber mit dem Eis, das auch zu ihr gehörte, hatte sie noch Probleme. Mit genug Training würde sie aber auch das meistern, dessen war sich Izila sicher. Was sie alle außerdem konnten, war, Kraft aus ihrem Element zu ziehen, falls sie sich zu sehr verausgabt hatten. Allerdings war dies für Izila am schwersten – aus den Elementen konnten sie nur dann Kraft gewinnen, wenn sie natürlichen Ursprungs waren, ein gelegtes Feuer oder eine Kerzenflamme halfen ihr nicht.

Die Feuerkugel verbreitete warmes Licht. Abale postierte kleine Wasserkugeln darum, damit die Bücher von der Hitze keinen Schaden nahmen. Außerdem sorgte das Wasser dafür, dass das Feuerlicht in wellenartigen Reflexionen über die Wände und den Boden glitt. So hatten die beiden Mädchen immer für Licht gesorgt, wenn sie sich in der Bibliothek trafen. Izila sah zu Phönix hinüber, der sich mit den anderen Vögeln auf einem Bücherregal niedergelassen hatte.

»Was ich ja nicht verstehe«, meldete sich Enki zu Wort und deutete auf den Wandteppich, »Ganesh hat vorhin nur von der Bibel gesprochen und aus ihr zitiert. Was aber ist mit den anderen vier Weltreligionen?«

»Gute Frage, Enki«, kam eine Stimme aus ihrem Rücken.

Die vier drehten sich erschrocken um. Hinter ihnen stand Ganesh.

»Keine Sorge, ich habe nichts dagegen, dass ihr nachts hier seid. Ich lasse die Tür extra offen.« Er setzte sich zu ihnen in den Kreis. »Schönes Licht, übrigens!«, sagte er und nickte Izila und Abale anerkennend zu. Dann begann er zu erklären: »Das Ende aller Tage ist nur in der jüdisch-christlichen Tradition zu finden. Die anderen Religionen gehen eher von einer zyklischen Zerstörung und Erneuerung der Welt aus. Aber auch in deren Schriften gibt es Hinweise auf euch. Ihr helft dabei, den ewigen Zyklus aufrechtzuerhalten. Ist das Buch mit den sieben Siegeln erst einmal geöffnet, gibt es nur noch die eine Welt und niemals wieder eine Erneuerung. Stillstand ist aber das, wovor die meisten Menschen Angst haben.«

»Müssen wir uns das Schicksal jedes Menschen anschauen? Und was ist, wenn wir entdecken, dass jemand kein Mensch ist, sondern ein Engel oder Dämon?« Enki sah auf den Wandteppich. »Nein, natürlich müsst ihr nicht jeden Menschen untersuchen. Eine Beeinflussung werdet ihr recht schnell am Verhalten erkennen. Um Dämonen und Engel solltet ihr vorerst noch einen großen Bogen machen. Nur, wenn das nicht funktioniert, müsst ihr kämpfen. Wir haben euch nicht ohne Grund alle möglichen Waffenkünste und den Umgang mit eurem Element beigebracht. Noch zwei Sommer und ihr werdet alles wissen und alle Fähigkeiten haben, die ihr braucht, um gegen Engel und Dämonen bestehen zu können.«

Izila bekam eine Gänsehaut. Kämpfen und wahrscheinlich sogar töten – das war ihre Aufgabe? Das also hielt das Schicksal für sie bereit? Sie deutete auf die Reiter. »Was ist mit ihnen? Haben sie auch eine Bedeutung?«

Ganesh nickte. »Ja, und ihr werdet sie erfahren. Aber die Zeit dafür ist noch nicht reif.«

Frustriert seufzte Abale: »Die Zeit ist nie für etwas reif, wenn wir danach fragen!«

Alle verstummten. Es gab nichts mehr zu bereden. Ganesh stand leise auf und verschwand wieder im Dunkel der Bibliothek. Izila blickte ihre Freunde der Reihe nach an. Wie sollte sie es aushalten, sie nicht mehr zu sehen? Nur noch zwei Sommer, dann würde ihre Ausbildung abgeschlossen sein. Dann gab es keinen Grund mehr, weshalb sie weiterhin die Sommer hier verbringen sollten, denn draußen in der Welt wartete ihre Aufgabe auf sie. Immerhin hatte der Mönch ihnen vor einigen Tagen versprochen, ihnen zu zeigen, wie sie sich verständigen konnten, schneller als per Mail oder Telefon.

Enki gähnte, streckte sich und rief Amphis herbei, der sich auf seiner Schulter niederließ. »Ich gehe wieder ins Bett.«

Die anderen standen auch auf. »Wir kommen mit.« Mit einer Handbewegung ließen Izila und Abale den Lichtzauber verschwinden.

Hey, Abale: Atme tief durch und wag den Sprung ins Wasser, ermunterte Izila ihre Freundin in Gedanken. Abale drehte sich um und grinste ihr zu. In den vergangenen sechs Wochen hatten sie gelernt, ihre aktiven telepathischen Fähigkeiten zu nutzen. Durch die passive Anwendung hatten sie sich ohnehin schon immer gegenseitig verstehen können, obwohl sie die Muttersprache der anderen nicht gelernt hatten. Immerhin kamen sie aus ganz verschiedenen Ländern. Izila aus Deutschland, Abale aus Island, Enki aus Schweden und Enlil aus den USA. Die aktive Anwendung der Telepathie erlaubte es ihnen von nun an, über weite Entfernungen miteinander zu kommunizieren. Ganesh behauptete, dass sie die Entfernungen von Kontinenten überbrücken konnten und immer in Kontakt stehen würden, wenn sie dies wollten. Izila hoffte, dass er recht hatte.

Noch eins hatte Ganesh ihnen beigebracht: Portale zu erschaffen, um die anderen schnell zu sich zu holen, falls es einen Kampf geben würde. Zum Öffnen brauchten sie eine Manifestation ihres Elements, etwa eine Kerzenflamme. Der Ankerpunkt am anderen Ende aber konnte überall sein, sofern sie sich diesen Ort vorstellen konnten. Auf diese Weise konnten sie jederzeit zu ihren Gefährten reisen.

Ein Ankerpunkt konnte alles sein, von einem Grashalm bis hin zu einer Kirchentür. Zur Übung sollten sie dieses Jahr durch ein Portal nach Hause reisen. Ganesh hielt dies für eine ausgezeichnete Idee, zumal sie den Ankerpunkt im Tempel stehen lassen konnten, um im nächsten Jahr zurückzukommen. Izila hatte ihr Portal schon erschaffen, in dem Lagerfeuer, das im Hof loderte. Es sah aus, als würden die Flammen wie zufällig ein Oval bilden. Enki hatte es ebenfalls schon geschafft. Sein Portal befand sich im Stamm eines Baumes und sah aus wie ein großes Astloch. Nur Enlil und Abale probierten noch herum.

Izila ließ sich im Schneidersitz vor dem Feuer nieder. Die Boten hatten gelernt, die Portale in allen Elementen zu erkennen, nicht nur in ihrem eigenen – Bei Abale bildete sich ein Strudel im Wasser, bei Enlil ein Luftwirbel. Dazu waren sie durch alle Elemente hindurchgegangen. Es war gut zu wissen, wie sich das anfühlte, falls sie es später mal tun mussten. Es war schwierig gewesen, den fremden Elementen zu vertrauen, aber letztendlich hatten sie alle den Sprung gewagt und waren durch die Portale der anderen gereist.

»Geschafft«, tönte Abales Ruf herüber. Izila schreckte aus ihren Gedanken auf. Abale stand stolz vor dem Tempelteich und deutete auf einen kleinen Strudel. Auch Enlil hatte es geschafft und stand vor einem Luftwirbel.

»Gute Arbeit, ihr Lieben«, lobte Ganesh. »Bis zum nächsten Sommer!«

Abschiede mochte keiner der vier Boten. Es tat jedes Mal weh, von Ganesh und den Vögeln Abschied zu nehmen, deshalb brachten sie es so schnell wie möglich hinter sich. Sie winkten ihnen ein letztes Mal zu und traten durch ihr Portal. Dieser Schritt war für Izila wie ein Zerschlagen der Wirklichkeit um sie herum und das Bilden einer neuen. Eben war sie noch im Lagerfeuer im Tempel gewesen, im nächsten Moment stand sie in der Küche ihrer Eltern, die ihre Tochter erschrocken anstarrten.

»Ich habe euch eine Menge zu erzählen«, sagte Izila und grinste.

3

(Herbst 2007)

»Komm schon, Enki, dass Wasser ist herrlich!«, rief Alma, die schon längst in den See gesprungen war. Enki grinste und winkte ab. Er hatte keine Lust zu schwimmen und sah lieber vom Ufer aus zu, wie seine Freundin ihre Bahnen zog. *Seine Freundin* – bei dem Gedanken wurde er rot. Er hatte sich noch immer nicht so ganz daran gewöhnt.

Seit ihrem Treffen vor einigen Jahren, im Wald vor dem Vogelnest, war ihre Freundschaft immer intensiver geworden, und Enki hatte irgendwann im vergangenen Jahr gespürt, dass er in Alma verliebt war. Woher aber hätte er wissen sollen, ob sie das auch so empfand? Als es Zeit gewesen war, in den Tempel zu verschwinden, hatte er gar nicht gewusst, wie er sich von ihr verabschieden sollte. Bei seiner Rückkehr hatte dann aber Alma die Initiative ergriffen. Sie hatte ihn bei der Hand genommen und war mit ihm ein kleines Stück die Straße runtergegangen, bis sie unbeobachtet waren. Dann hatte sie ihn einfach geküsst und gesagt, dass sie vorhätte, dies nun öfter zu tun. Enki grinste bei der Vorstellung, was für ein Gesicht er wohl gemacht hatte.

Alma fragte nie nach, wohin er für sechs Wochen verschwand. Auch dieses Jahr hatte sie nichts gesagt, obwohl er ihr nicht einmal einen Brief schicken konnte. Allein aus diesem Grund liebte er sie von ganzem Herzen. Sie verstand, dass er ihr sein Geheimnis nicht verraten konnte, und sie machte kein Drama daraus, wie Enlils beste Freundin. Einmal, als Enki sich bei Alma für seine Geheimniskrämerei entschuldigen wollte, hatte sie nur einen Finger auf seine Lippen gelegt und leise gesagt: »Du brauchst dich nicht zu entschuldigen. Du wirst deine Gründe haben, und die respektiere ich.« Dann hatte sie ihn federleicht auf den Mund geküsst.

Enki seufzte. Um ihr einen kleinen Ausgleich für den einsamen Sommer zu bieten, hatte er sie mit auf einen Wandertrip genommen. Ein langes Wochenende, an dem es nur sie beide und die Natur gab. Sie waren mit einem Zelt und ein wenig Proviant losmarschiert und wollten schauen, wie weit sie kamen. Morgen mussten sie sich auf den Rückweg machen. Sie hatten zwar keinen Kompass dabei, aber Enki orientierte sich an Bäumen und Sträuchern, die Pflanzen würden ihn sicher nach Hause leiten. Alma erzählte er davon nichts, sie glaubte einfach, dass er einen unheimlich guten Orientierungssinn hatte. Wahrscheinlich würde sie ihn ansonsten für verrückt halten. Besonders, wenn er ihr noch von seiner anderen Fähigkeit erzählte: Er konnte die Bäume bitten, ihr Gedächtnis mit ihm zu teilen. Das kostete viel Kraft, aber so konnte er alles sehen, was sich jemals um den Baum herum ereignet hatte. Ganesh hatte ihn gewarnt, diese Fähigkeit besonnen einzusetzen, weil sie nicht nur ihm Kraft raubte, sondern auch dem Baum, der dadurch verdorren konnte.

Es war besser, wenn er Alma nichts davon sagte. Sie kannte die Legende um seine Familie nicht, und er würde sie ihr nicht erzählen. Die Mönche sagten immer, ihrem vom Schicksal ausgesuchten Gefährten müssten die Boten nichts erklären, er würde sich ihnen zu erkennen geben. Enki hoffte, dass Alma seine Gefährtin war, so sehr liebte er sie. Er hatte es aber bisher nicht gewagt, in ihrem Schicksal nachzusehen. Falls dort eine Enttäuschung auf ihn wartete, wollte er es nicht wissen. Im Moment wollte er einfach nur glücklich sein.

Alma stieg aus dem Wasser und setzte sich, nass wie sie war, zu ihm auf die Picknickdecke. Er grinste sie von der Seite an. »Abtrocknen ist heute wohl nicht?«

Sie lachte und schüttelte den Kopf, sodass ihre Haare ihn und das Picknick nass spritzten.

»Hey«, rief Enki. »Unser Mittagessen!«

Alma lachte und nahm sich einen Apfel. »Mittagessen nennst du das? Ich dachte, du angelst uns einen Fisch!«

Enki schüttelte den Kopf und biss auch in einen Apfel.

Alma ließ sich auf der Decke zurückfallen und sah in den Himmel. »Das war eine wundervolle Idee von dir, Enki. Danke, dass du mich mitgenommen hast.«

»Wen hätte ich denn sonst mitnehmen sollen?«, fragte er und sah sie verliebt an. Er wusste nicht, wie weit Alma gehen wollte. Bisher küssten sie sich nur, zwar heiß und innig, aber alles andere blockte sie ab. Er hob eine Hand und strich ihr langsam über die Wange und am Hals entlang. Alma seufzte und räkelte sich, dann sah sie Enki an. Er wusste nicht, was es war, aber irgendetwas hatte sich in ihrem Blick verändert. Er beugte sich über sie und küsste sie. Langsam ließ er seine Hand weiter über ihre noch feuchte Haut wandern. Als er ihre Brust streifte, seufzte Alma leise und drängte sich an ihn, ihre Küsse wurden intensiver. Sie legte ihre Hände um seinen Oberkörper und zog ihn auf sich. Enki folgte ihrem Drängen. Er küsste ihr Gesicht und griff mit seinen Händen in ihre nassen Haare, küsste ihren Hals, ihre Brüste, ihren Bauch. Als er beim Bauchnabel anlangte, sah er zu Alma hoch. Noch nie hatte er so ein Verlangen in ihrem Blick gesehen. Sie nickte ganz leicht.

Etwas knackte im Unterholz. Enki richtete sich auf und horchte, eine Sekunde später stand er über ihr, die Hände zum Kampf erhoben.

Alma sah verwirrt zu ihm auf. »Enki? Was ist los?«, fragte sie zaghaft.

»Da ist jemand«, erwiderte er und versuchte etwas durch das Dickicht zu erkennen.

Alma wickelte sich rasch in ihr Handtuch.

»Ich weiß nicht, wer da ist, Alma, wahrscheinlich sind es nur ein paar andere Wanderer. Geh zum Zelt und schließ den Eingang. Mach erst wieder auf, wenn ich da bin.« In Enkis Kopf wirbelten die Gedanken durcheinander. Irgendwo tief in ihm wusste er zwar, dass er überreagierte und nicht in jedem Fremden einen Engel oder Dämon sehen musste. Aber er würde es sich nie verzeihen, wenn er Alma durch eine Unvorsichtigkeit in Gefahr brachte. »Geh schon!«, drängte er.

Sie raffte alle Sachen zusammen, drückte ihm einen Kuss auf die Wange und verschwand in Richtung Zelt. Enki atmete auf und bat dann die Bäume, sie zu beschützen, sofern es in ihrer Macht stand. Weit reichte diese nicht, aber vielleicht konnten sie zumindest das Zelt vor neugierigen Blicken verstecken. Leise schlich er auf das Dickicht zu. Seine Schritte würden keine Zweige mit einem verräterischen Knacken zerbrechen. Es dauerte nicht lange, da hörte er Stimmen vor sich.

»Du wusstest, was passieren würde, wenn du dich uns widersetzt«, sagte eine männliche Stimme. Ein Schluchzen war ebenfalls zu hören.

Langsam schob sich Enki bis zu einem Baum vor und sah dann auf die kleine Lichtung hinaus, von der die Stimmen kamen. Vier Menschen waren zu sehen, offenbar Eltern mit zwei

Kindern. Das jüngste, ein Junge, hockte schluchzend auf dem Boden. Die Mutter kniete sich hinter ihn und hielt ihn an den Schultern fest.

»Aber warum? Vater, Mutter, so habt ihr uns doch sonst auch nie bestraft!«, rief das ältere Kind, ein Mädchen, und stellte sich vor ihren Bruder.

»Geh zur Seite«, unterbrach sie der Vater. »Er hat mehr gegessen als seine Ration, also hat er gestohlen. Und auf Stehlen stehen zehn Hiebe mit dem Gürtel. Er darf die gute Ordnung nicht stören! Wenn ihn diese Strafe davon abhält, in Zukunft Schlechtes zu tun, umso besser!«

Enki stockte der Atem. Dann konzentrierte er sich und rief das Schicksal des Mannes auf der Lichtung auf. Es war, als würde aus dem Menschen plötzlich ein Baum wachsen. Der Mann selbst war der Stamm und sein Schicksal die Krone, mit unglaublich vielen Verästelungen, an deren Enden verschiedene Ziele standen, gute wie schlechte. Je dicker der Ast, desto wahrscheinlich war es, dass seine Entscheidungen ihn zu diesem Ziel führten. Der Schicksalsbaum des Mannes sah jedoch krank aus. Er hatte abgestorbene Äste – das waren Ereignisse, die nicht eintreten würden. Aber selbst wenn man einen bestimmten Weg einschlug, starb ein anderer Weg nicht einfach ab. Es gab immer eine Möglichkeit, durch eine Entscheidung oder Verhalten, sein Schicksal noch zu ändern. Dieser Baum hier aber führte den Mann nur in eine einzige Richtung. Enki wusste, was das bedeutete. Ein Engel oder Dämon hatte das Schicksal manipuliert. Der Bote schaute genauer hin: Es war ein Engel gewesen. Sein Schicksal sollte den Mann zu einer Ordnung führen, in der jedes noch so kleine Fehlverhalten strengstens bestraft wurde – so stellten sich die Engel die Apokalypse und ihr daraus entstehendes Utopia vor, hatte ihnen Ganesh erklärt. Jeder Mensch hatte gut zu sein, und die Menschen, die nicht gut waren und diese Ordnung störten, wurden von allen zur Rechenschaft gezogen. Gerichte, Recht und Ordnung waren nicht mehr notwendig, weil jeder Mensch selbst dafür sorgte, dass Recht und Ordnung herrschten. Eltern töteten ihre Kinder, und Kinder ihre Eltern, wenn dies der Ordnung diente. Eine grausame Vorstellung, fand Enki.

Er behielt den Schicksalsbaum des Mannes im Auge und wandte sich der Frau zu. Auch aus ihr wuchs ein Baum und auch dieser war beeinflusst worden. Nur die Schicksalsbäume der Kinder waren noch rein, würden aber bestimmt irgendwann die elterlichen Verhaltensmuster übernehmen, da sie noch jung und formbar waren. Das hatte der Engel sicherlich bedacht, als er deren Schicksal nicht anrührte. Enki atmete tief durch, dann konzentrierte er sich wieder auf den Mann. Der hatte angefangen, den Gürtel seiner Hose zu lösen. Enki würde erst das Schicksal des Vaters bereinigen, damit der Junge nicht bestraft wurde, danach konnte er sich um das der Frau kümmern. Nur eine Person auf einmal, hatte Ganesh ihnen eingeschärft, denn die Boten waren noch unerfahren. Immerhin kostete sie das Bereinigen Energie, und wenn sie zu viel davon verbrauchten, wurden sie angreifbar, weil sie ihr Element nicht mehr einsetzen konnten. Enki nahm Energie von seinem Element und ließ sie langsam in den Schicksalsbaum des Mannes fließen. Langsam richteten sich die abgestorbenen Äste des Schicksalsbaums wieder auf. Ein kleiner Stupser genügte meist, hatte der Mönch ihnen erzählt, damit sich das Schicksal des Menschen von allein erholte. Ohne den Baum des Mannes aus den Augen zu lassen, schickte Enki nun Energie in den der Frau. Sie war aufgestanden, um ihren Mann zur Rede zu stellen, der keine Anstalten mehr machte, den Jungen zu schlagen. Gerade, als sie nach dem Gürtel griff, erholten sich auch die verdorrten Äste ihres Schicksalsbaums. Ungläubig sah sie auf den Gürtel in ihrer Hand, ließ ihn erschrocken fallen, zog ihren Sohn vom Boden hoch und schloss ihn in die Arme. Tränen liefen ihr übers Gesicht.

Enki trat aus dem Gebüsch auf die Lichtung. »Verschwindet und vergesst, was ihr beinahe getan hättet! Ihr habt wahrscheinlich Beeren gegessen, die eine halluzinogene Wirkung haben.« Er hoffte, dass sie morgen Vieles von dem, was sie heute erlebt hatten, auf schlechtes Essen oder einen bösen Traum schieben würden. Menschen waren gut darin, Magie zu verkennen und irgendwelche obskuren Ausreden dafür zu finden.

Die Familie sah ihn einen Moment lang ungläubig an, dann rafften sie ihre Sachen zusammen und verschwanden in den Wald. Den Gürtel ließen sie auf dem Boden liegen. Enki hob ihn auf, damit sich kein Tier darin verhedderte, und wollte sich auf den Weg zu Alma machen. Da erklang hinter ihm ein Klatschen. Er wirbelte herum, die Hände zum Angriff erhoben.

»Bravo, kleiner Bote des Schicksals. Ich habe nicht gewusst, dass ihr schon so weit seid in eurer Ausbildung. Nur schade, dass sie für dich jetzt zu Ende ist. Ich lasse mir nicht meine Bilanz verderben, ich war immer der, der die meisten Menschen bekehrt hat und nie entdeckt wurde.«

Ein Mann mittleren Alters trat auf die Lichtung. Er unterschied sich in Nichts von einem normalen Menschen – bis Enki einen Blick auf seinen Schicksalsbaum warf. Der erstrahlte in einem silbernen Licht. Enki wusste, dass dies vom gedankenlosen Einsatz der Magie herrührte, die sich silbern an jeder Verästelung der Krone ablagerte. Engel und Dämonen, hatte Ganesh den Boten erklärt, trafen so gut wie jede Entscheidung durch Magie.

Der Engel machte eine Bewegung mit seiner Hand und hielt plötzlich ein Schwert in der Hand. Einen großen Zweihänder. Enki stockte der Atem, er ließ seine Hände sinken. Er würde nicht nahe genug an ihn herankommen. Er musste Zeit gewinnen.

»Wer bist du?«, fragte er den Engel.

»Kolja. Und falls du es genau wissen willst: Ich stehe kurz vor meiner Ernennung zum Erzengel. Du hast keine Chance gegen mich.« Ohne ein weiteres Wort griff der Engel Enki an.

Der Bote konnte gerade noch ausweichen und zog sein Taschenmesser aus seiner Hosentasche. Er versuchte den Schwerthieb abzuwehren, aber das Schwert schnitt das Messer einfach entzwei. Enki sprang zurück und hob die Hände. Das Schwert war durch Magie geschmiedet. Er brauchte sein eigenes Schwert, um es mit diesem aufzunehmen. Aber wie?

Hilfe! schrie er verzweifelt in Gedanken, als der Engel erneut angriff. Er konnte nur versuchen auszuweichen.

Erschaffe einen Ankerpunkt!, hörte er da plötzlich eine Stimme in seinem Kopf. Enlil! Zur Präsenz seines Freundes gesellten sich noch zwei weitere, seine Gefährten hatten ihn gehört! Enki sprang mit einem Salto über den Engel hinweg, sodass er hinter ihm stand und nutzte dessen Verwirrung, um einen Ankerpunkt in einem Baum zu erschaffen. Keine zwei Sekunden später traten die Boten durch das Portal zu ihm.

»Was ist hier los?«, fragte Izila. Sie ließ den Engel nicht aus den Augen, in ihren Händen lag eine Feuerkugel.

Der Engel ließ sein Schwert langsam sinken. »Nicht doch, ihr wollt mich mit Magie bekämpfen? Dann bedenkt, dass Gleiches mit Gleichem vergolten wird.« Er lachte höhnisch, und zwei silberne Flügel erschienen an seinem Rücken. Mit einem Flügelschlag war er in der Luft über ihnen.

»Verdammt! Sie können tatsächlich fliegen?«, rief Enlil. »Wie hast du ihn aufgeschreckt? Ich dachte, Engel halten sich versteckt!«

»Ich habe das Schicksal einer Familie bereinigt. Ich hatte keine Zeit, nach einem versteckten Engel zu suchen, sie hätten ihren Sohn sonst ausgepeitscht.« Enki sah angestrengt nach oben. Die Sonne stand hoch am Himmel.

»Ist er der einzige Engel hier?«, fragte Abale.

»Keine Ahnung, warum?«

»Damit deine Freundin sicher ist und nicht beeinflusst wird.«

Enkis Gesicht wurde bleich. Daran hatte er noch gar nicht gedacht! Aber da flog der Engel schon wie ein Blitz mit erhobenem Schwert auf ihn zu. Er konnte gerade noch zur Seite springen und spürte einen brennenden Schmerz in seinem Bein. Izila feuerte ihre Elementkugel ab und schaffte es, den Engel dadurch aus dem Gleichgewicht zu bringen. Er stürzte beinahe ab, fing sich aber wieder und stob erneut in die Höhe.

»So schaffen wir das nicht, wir brauchen Hilfe! Wieso dürfen wir unsere Schwerter nie mitnehmen?«, rief Izila frustriert.

Da ertönte plötzlich ein glockenheller Klang auf der Lichtung. Verwirrt sahen die Boten sich an. Aus dem Himmel fielen glänzende Gegenstände herab. Die vier fingen ihre Schwerter auf. Verwirrt sah Enki weiter nach oben und erkannte Amphis, seinen Elementvogel, sowie die Vögel der anderen drei Boten. Anscheinend hatten die Elementvögel ihre eigenen Möglichkeiten, Entfernungen schnell zu überwinden. Eine Sekunde später spürte Enki ein vertrautes Gewicht auf seiner Schulter. »Amphis!«, rief er erleichtert und streichelte seinem Vogel liebevoll über das Gefieder. »Danke, dass du gekommen bist. Kannst du auf Alma aufpassen?«

Der Vogel antwortete mit kurzem Keckern, dann hob er ab und verschwand in Richtung des Zelts.

»Ha, ihr glaubt doch nicht wirklich, dass die Vögel euch retten können?«, rief der Engel, der sich wieder gefangen hatte und erneut zu einem Sturzflug ansetzte.

Bevor die Boten etwas sagen konnten, hoben die übrigen drei Vögel ab, flogen auf den Engel zu und wichen geschickt seinem Schwert aus. Sie verkrallten sich in seinen Rücken und hackten mit ihren Schnäbeln in seine silbernen Flügel. Es regnete Federn und Blut auf die Lichtung herab, während der Engel immer schneller fiel.

»Nein, hört auf damit, lasst mir meine Flügel!«, rief er mit schmerzverzerrtem Gesicht.

Ungläubig sahen die Boten zu, wie die Vögel die Flügel restlos zerfetzten. Plötzlich begriffen sie, was die Mönche den Elementvögeln monatelang beibrachten, wenn die Boten nicht im Tempel waren.

Dumpf schlug der Engel auf dem Boden auf. Die Vögel ließen von ihm ab und umkreisten ihn wie Aasgeier. Stöhnend kam der Engel auf die Füße und stützte sich schwer auf sein Schwert. Aus seinem Rücken ragten zwei traurige Stummel, der Rest der Flügel lag zerfleddert auf dem Boden. Tränen liefen ihm übers Gesicht. »Ihr habt mir meine Flügel genommen! Was fällt euch ein!«

Langsam hoben Enki und seine Gefährten ihre Schwerter. Vor ihnen stand ein gebrochener Engel, ein gebrochener Mensch. War der Kampf vorbei? Er sah verzweifelt und wehrlos aus – sie konnten ihn doch nicht einfach töten? Enki spürte, dass die anderen das Gleiche dachten. Da hob der Engel in einer letzten Anstrengung sein Schwert über den Kopf und rannte mit einem Wutschrei auf sie zu. Izila und Abale traten einen Schritt zur Seite, sodass der Engel von den Schwertern aller vier Boten aufgespießt wurde.

Sein Kopf fiel seltsam leise auf den Boden und rollte noch ein Stück weiter. Izila war es, die das Schwert durchgezogen und so den Kopf vom Körper getrennt hatte. Ein weiteres Schwert steckte mitten im Herzen, die anderen beiden hatten den Bauch durchbohrt. Schweigend standen die Boten um den Engel herum. Izila schniefte leise. Enki fühlte sich seltsam schwindelig, als er einen Arm um sie legte, um sie zu trösten. Hatten sie das gerade wirklich getan?

»Und ... Was machen wir jetzt mit ihm?«, fragte Abale schließlich.

Enlil stützte sich schwer auf sein Schwert und schüttelte den Kopf. »Keine Ahnung. Der Polizei sagen, es war Notwehr?«

»Als ob sie uns das glauben würden. Ich könnte ihn verbrennen«, bot Izila an.

Enki nickte nur.

»Das ist bisher der beste Vorschlag«, meinte Enlil. Dann streckte er eine Hand aus, um Enki zu stützen. »Dein Bein blutet. Setz dich. Abale, kannst du die Wunde versorgen? Ich glaube, genäht werden muss sie nicht.«

Enki blickte ungläubig auf sein Bein. Wann war das passiert? Mit geschickten Händen und ein bisschen Magie wusch Abale die Wunde aus, zerschnitt ihre Jeans und bastelte daraus einen provisorischen Verband. Plötzlich stieß einer der Vögel einen Schrei aus. Alle sahen erschreckt zu ihnen hin: Amphis war zurück, und die Vögel ließen sich nun auf der Leiche nieder und begannen, sie aufzufressen.

»Ich glaube, mir wird schlecht«, sagte Izila, als sie Phönix dabei beobachtete.

Enki sah ruhig zu den Vögeln hinüber. »Habt ihr nie mitbekommen, dass sie keine Körner fressen, sondern Mäuse und andere kleinere Tiere jagen? Die Elementvögel fressen Fleisch, wie andere Raubvögel auch. So können sie die Engel und Dämonen fressen, die wir töten, und niemand wird deren Überreste finden. Das ist noch besser, als sie zu verbrennen.«

Abale schauderte. »Ich glaube, ich kann nie wieder etwas essen. Wie kannst du das nur so ruhig hinnehmen?«

Enki zuckte mit den Schultern. Die Erde war sein Element, und fressen sowie gefressen werden gehörte dazu.

Eine Viertelstunde später waren von dem Toten nur noch die Knochen übrig. Izila ging langsam darauf zu, die Vögel erhoben sich wieder in die Luft. Mit einem Blick auf die Boten vergewisserte sie sich, dass sie das Richtige tat. Sie hob die Hände und ließ Feuer entstehen, das die Knochen zu Asche verbrannte. Danach stand Enki auf, humpelte zu der Asche und ließ sie im Waldboden verschwinden, sodass niemand einen Hinweis auf den Toten finden würde. Genauso verfuhr er auch mit dem Blut und den silbernen Federn der Flügel. Amphis ließ sich auf seiner Schulter nieder, an seinem Schnabel klebte noch Blut. Enki unterdrückte einen Würgereiz und streichelte den Vogel mit zittriger Hand. Die Elementvögel waren nicht nur schön, sie waren auch grausam. Sie waren die perfekte Ergänzung zu ihnen, perfekte Partner im Kampf.

»Wir werden uns schon daran gewöhnen«, sagte Izila leise und gab Phönix ihr Schwert zurück. »Bring es zurück zum Tempel, ja?« Der Vogel keckerte und flog in die Luft, war mit wenigen Flügelschlägen verschwunden. Die anderen Vögel taten es ihm gleich.

»Irgendwann mussten wir ja mal erfahren, warum uns Vögel zur Seite gestellt wurden«, sagte Enlil und grinste die anderen aufmunternd an.

Sie hatten das erste Mal gekämpft, das erste Mal getötet und das erste Mal gesehen, wozu ihre Vögel fähig waren. Das war zu viel, und jeder musste es erst einmal für sich verdauen. Sie umarmten sich schweigend, dann öffneten Izila, Enlil und Abale Portale, um nach Hause zu gelangen. Enki ging langsam zurück zum Zelt.

»Alma?«, rief er, als er in Sichtweite war. Der Reißverschluss des Zelts öffnete sich und sie kam mit einem freudigen Aufschrei herausgelaufen. Dann sah sie seine Wunde. »Oh nein, was ist passiert?« Sie schob ihre Schulter unter seinen Arm, um ihn zu stützen.

»Eigene Dummheit. Ich bin ausgerutscht und habe mir das Bein an einem Ast aufgerissen. Die Wanderer, die wir gehört haben, waren nett. Sie haben mich verarztet, bevor sie weitergegangen sind.«

»Siehst du, du hast dir ganz umsonst Sorgen gemacht.« Alma lächelte. »Ruh dich aus, ich kümmere mich heute um das Essen.«

Enki hielt sie kurz am Arm fest und gab ihr einen Kuss. »Danke, Alma. Du bist die Beste. Bleib aber in Hörweite, ja?« Sie lächelte nur, nahm die Angel und ging zum See.

4

(Sommer 2008)

Mit einem weiten Sprung setzte das Pferd über das Hindernis und galoppierte auf das nächste zu. Izila ging auf dem Pferderücken mit jeder Bewegung mit, sie bildete eine perfekte Einheit mit dem wunderschönen Rappen. Plötzlich rief jemand ihren Namen. Die Botin zügelte das Pferd und wandte sich um. Abale stand an der Abgrenzung zum Springplatz und winkte ihr zu. In leichtem Trab ritt Izila auf sie zu. »Was gibt es?«, fragte sie und klopfte ihrem Pferd den Hals, dessen wallende Mähne sanft schimmerte. Izila hatte Stunden damit verbracht, sie zu kämmen.

»Ganesh ist bereit, er will uns unsere letzte Lektion geben. Unsere Zeit hier scheint dieses Mal eine Woche früher zu enden.« Nachdenklich streichelte Abale die Nüstern des Pferdes.

Izila schluckte. Unwillkürlich krampften sich ihre Finger um die Zügel, worauf ihr Pferd ärgerlich den Kopf hochwarf und Abale hastig einen Schritt zurückwich. Die Botin des Feuers streichelte dem Rappen entschuldigend den Hals. Sie wollte noch nicht fort von hier. Hatten sie wirklich schon genug gelernt? Neben dem Reiten konnten sie beinahe jedes Fahrzeug fahren, theoretisch hatten sie sogar gelernt, ein Flugzeug landen zu lassen. Ihr Element beherrschten sie immer besser, die Vögel wurden immer mehr zu ihren Gefährten und schienen ihre Gedanken zu erraten. Wenn sie zusammen mit Phönix kämpfte, verschmolz sie zu einer Einheit mit dem Vogel. Außerdem hatten die Boten gelernt, ihr Element als Flügel in ihrem Rücken zu manifestieren. Sie konnten tatsächlich fliegen! Enlil war der Erste gewesen, der sich mit seinen Flügeln in die Luft wagte – kein Wunder, war sie doch auch sein Element. Izila hatte sich schließlich auch getraut und festgestellt, dass es ein herrlich befreiendes Gefühl war, hoch in der Luft über die Landschaft zu fliegen, so weit oben, dass alles auf der Erde wie Spielzeug aussah. Nur vorsichtig mussten sie sein, außerhalb des Klosters, damit sie niemand sah und sie weiterhin im Verborgenen arbeiten konnten.

Zur Arbeit im Verborgenen gehörte auch der Satellit, dessen Existenz Ganesh ihnen zu Anfang dieses Sommers enthüllt hatte. Ein Satellit, über den sie sich ins Internet einloggen konnten, sodass sie keine zurückzuverfolgenden Spuren hinterließen, wenn surften oder telefonierten. Sowohl ihr Handy als auch ihre PCs konnten sich mit dem Satelliten verbinden.

»Ob es etwas mit unserem Kampf vergangenes Jahr zu tun hat?« Bei dem Gedanken an das Gefecht schüttelte es Izila immer noch. Nachdem sie den Mönchen davon erzählt hatten, standen diese ihnen plötzlich in allen Dingen Rede und Antwort, niemand vertröstete sie mehr auf später. Anscheinend hielten sie sie für geistig und körperlich bereit für ihre Aufgabe, was auch immer das sein würde. Izila glaubte nicht, dass sie einfach nur Jagd auf Dämonen und Engel machen sollten. Diese Aufgabe hätten die Mönche nicht so lange zu verheimlichen brauchen. Seufzend saß sie ab und nickte Abale zu. »Ich bringe Schwarzmond in den Stall, dann komme ich.«

Abale rannte los, wahrscheinlich suchte sie nun Enki und Enlil. Die Boten hatten heute Vormittag frei, und jeder tat das, was er am liebsten mochte. Während Izila die Zeit mit Schwarzmond verbracht hatte, war Abale im See geschwommen, Enki hatte bestimmt mit irgendwelchen Bäumen oder Tieren Zwiesprache gehalten und Enlil seine Flugkünste ausgebaut. Wie sie diese sorglosen Sommer im Tempel vermissen würde!

»Izila, ich nehme dir Schwarzmond ab!« Tarun trat ihr aus den Stallungen entgegen. Izilas Herz machte einen kleinen Hüpfer. Sie mochte den Novizen, der sie die ganzen Jahre ihrer Ausbildung hier begleitet hatte. Mit den Jahren wurde er immer schöner, fand sie. Die Arbeit mit den Pferden tat ihm gut, sein Oberkörper war muskulös und seine Haut braungebrannt. Lächelnd nahm er ihr die Zügel aus der Hand und legte seinen Arm um ihre Schultern.

»Ich habe dich springen sehen, einfach unglaublich. Schade, dass ich dich bald nicht mehr beim Reiten beobachten kann.« Er grinste sie an und eine leichte Röte überzog Izilas Wangen. Sie schwärmte seit zwei oder drei Jahren für ihn, aber Tarun schien das gar nicht zu bemerken. Ein wenig froh war sie darüber. Immerhin schwärmte sie eigentlich auch für ihren Internetfreund *Casanova*. Sie konnte doch kaum für beide Gefühle entwickeln?

»Vielleicht reiten wir ja noch mal zusammen, ehe ich diesen Sommer wieder nach Hause zurückkehre.«

»Ja, vielleicht ... Du weißt, dass dies dein letzter Sommer und wahrscheinlich auch dein letzter Tag hier ist, oder?« Tarun sah sie aus dem Augenwinkel an.

Izila nickte traurig. »Ich werde dich vermissen, Tarun.«

»Ich dich auch, Izila. Kommst du noch mal vorbei, um dich zu verabschieden?«

»Natürlich.« Sie schluckte, um die Tränen zu unterdrücken.

Izila!, erschallte da ein Ruf in ihrem Kopf. »Ich muss los.« Sie lächelte entschuldigend und sprang in die Luft. Feuer breitete sich auf ihrem Rücken aus und formte sich zu Flügeln. Sie war zwar längst nicht so geschickt wie Enlil und wollte auch gar nicht dauernd umherfliegen, aber die Schnelligkeit, die die Flügel ihr verliehen, schätzte sie. Innerhalb von Sekunden war sie über das kleine Wäldchen geflogen und landete etwas wackelig vor den Treppen zum Tempel. Sie rannte die Stufen hinauf und stürmte zur Bibliothek. Die anderen standen noch vor der Tür.

»Gerade noch rechtzeitig!« Enki grinste und warf einen Blick auf seine Armbanduhr.

Sie betraten die Bibliothek und gingen zielstrebig zwischen den vielen Bücherregalen hindurch zu Ganesh, der sie vor dem Wandteppich mit der Darstellung der Schlacht erwartete. Er saß im Schneidersitz und die Boten setzten sich im Halbkreis neben ihn.

»Es wird Zeit, dass ihr erfahrt, was eure eigentliche Bestimmung ist«, begann Ganesh und sah die Boten der Reihe nach an.

Izila schluckte. Ihre Ausbildung neigte sich wirklich dem Ende zu.

»*Und ich sah in der rechten Hand dessen, der auf dem Thron saß, ein Buch, beschrieben innen und außen, versiegelt mit sieben Siegeln.*« Ganesh sprach diese Worte und deutete zum Wandteppich. Die Boten folgten seiner Hand und sahen das Buch, das über den Reitern schwebte.

»Diese Worte sind wieder aus der Offenbarung des Johannes. Wie ihr wisst, gibt es in jeder Religion irgendeine Beschreibung des Weltuntergangs. Der in der Bibel ist aber am anschaulichsten, deshalb werde ich mich weiterhin darauf berufen. Die Geschichten der anderen heiligen Schriften unterscheiden sich zwar den Worten nach, aber nicht in ihrem tieferen Sinn. In der Offenbarung werden die sieben Siegel geöffnet: Zuerst kommt ein Reiter auf einem Pferd heraus, dass die Farbe der Meeresbrandung hat, auf dem Kopf trägt er eine Krone. Der zweite Reiter sitzt auf einem feuerroten Pferd und hält ein großes Schwert in der Hand. Der Dritte reitet ein dunkelbraunes, fast schwarzes Pferd. Die Waage, die er bei sich hat, ist aber kein Symbol der Gerechtigkeit. Wie ihr seht, wiegt er Nahrungsmittel ab, er hat es in der Hand, ob die Menschen hungern müssen oder nicht. Der vierte Reiter kommt auf einem Pferd, das so fahl und farblos ist wie der Wind. Der Reiter trägt den Namen Tod, er hält eine Sense in der Hand.«

Izila und die anderen Boten starrten wie gebannt auf den Wandteppich.

»Der erste Reiter steht für Reinheit und Gerechtigkeit – oder das genaue Gegenteil, wenn die Dämonen die Apokalypse heraufbeschwören. Der zweite steht für Krieg, in dem die Engel oder Dämonen dafür kämpfen, ihre Ziele zu erreichen. Der dritte für Hunger, da alles Geld seinen Wert verliert. Bei den Engeln werden nur die Guten und Gerechten genug zu essen haben, bei den Dämonen die Stärksten. Der vierte Reiter steht für den Tod, denn der Tod wird all jene treffen, die sich der neuen Weltordnung widersetzen, wenn das Buch mit den sieben Siegeln aufgeschlagen wird. Ein einziger Gedanke wird ausreichen, um das Todesurteil eines Menschen zu besiegeln. Wer in der Weltordnung der Engel etwas ungerecht findet, wird den nächsten Tagesanbruch nicht mehr erleben. Wer in der Weltordnung der Dämonen Gerechtigkeit walten lassen will, wird des Nachts gemeuchelt werden.«

Izila sah auf den Reiter mit dem feuerroten Pferd. Krieg. Das war also das Schicksal ihres Elements? Musste Feuer immer Krieg bedeuten?

»Ihr habt sicher schon bemerkt, dass die Farben der Pferde zu eurem Element passen«, fuhr Ganesh fort. »Aber keine Sorge. Izila, du bist nicht für den Krieg verantwortlich und du, Enlil, nicht für den Tod. Es ist eher so: Ihr vier Boten des Schicksals steht den vier Reitern der Apokalypse gegenüber. Ihr könnt sie davon abhalten, die neue Weltordnung herbeizuführen und Engel oder Dämonen an die Macht zu bringen. Dies ist eure Aufgabe. Findet die Reiter. Tötet die Reiter.«

Die vier Boten sahen Ganesh an. Finden und Töten. So einfach sollte es sein? Und doch so grausam.

»Wie erkennen wir die Reiter?« Enki war der Erste, der sich traute, wieder etwas zu sagen.

»Sie sind Menschen wie alle anderen Menschen auch. Doch in einem bestimmten Punkt unterscheiden sie sich von der Masse: Bei der Geburt kann es passieren, dass ein Neugeborenes sein Schicksal ablehnt, dass der Baum in seinem Inneren keinen Nährboden findet. Diese Babys wachsen als Menschen ohne Schicksal auf. Sie sind es, die zu den Reitern werden können. Dies passiert vielleicht ein Mal in Hunderten von Jahren. Es ist selten, dass alle vier Reiter in einer Generation geboren werden. Doch ist ein Reiter erst einmal erweckt, so kann er eine Ewigkeit auf seine Geschwister warten. Und auch ihr werdet die Ewigkeit mit ihm warten, wenn ihr es nicht schafft, ihn zu vernichten. Die Magie, die euch zu Boten gemacht hat, sorgt auch dafür, dass ihr, sofern ihr nicht getötet werdet, so lange lebt, wie es nötig ist. Ihr und auch eure Gefährten, damit die Blutlinie der Boten niemals ausstirbt.«

»Und wenn wir sterben, ehe wir Kinder bekommen konnten?«, fragte Abale.

»Das Schicksal findet seinen Weg. Aber es wäre grausam, wenn es ein Kind trifft, das gänzlich unvorbereitet ist, dessen Eltern vielleicht noch nicht einmal etwas von den Boten gehört haben – es kann vorkommen, dass ein Teil der Familie die alten Legenden ablehnt und vergisst. Dann würde das Kind nie seinen Weg in diesen Tempel finden. Es würde nie richtig ausgebildet, und wahrscheinlich würde es sterben, ehe es die Chance hatte, wirklich zu leben und sein Schicksal anzunehmen.«

Izila schüttelte ungläubig den Kopf. Das Schicksal fand seinen Weg. Und es war grausam, das durften sie nie vergessen, auch wenn sie seine Abgesandten waren. Dann fiel ihr eine Frage ein. »Wenn du sagst, die Reiter müssen erweckt werden – was machen wir, wenn wir einen Menschen finden, der kein Schicksal hat, der aber noch kein Reiter ist?«

»Ein schicksalsloser Mensch wird durch eine Katastrophe zum Reiter erweckt. Engel und Dämonen beeinflussen die Menschen, um sie für ihre Ziele zu gewinnen. Ist ein Schicksalsloser von Menschen umgeben, die vom Guten beeinflusst wurden, wird die Katastrophe, die er erlebt, in ihm den Wunsch wecken, andere Menschen zu beschützen. Bei den Dämonen hingegen entstehen durch das Erleben einer Katastrophe Rachegedanken. Allerdings können Engel und Dämonen nicht wahllos Menschen für ihre Zwecke benutzen. Sie müssen vorsichtig sein, denn wenn sie versuchen, einen Menschen zu beeinflussen, der keinen Schicksalsbaum hat, so werden sie den Reiter in ihm erwecken, allerdings für die Gegenseite.« Ganesh schwieg kurz und ließ seine Worte wirken. Er sah die Boten der Reihe nach an. »Was den Menschen angeht, der noch nicht zum Reiter erweckt wurde, gibt es zwei Möglichkeiten. Ihr könnt ihn töten, damit wäre eure Aufgabe erledigt. Doch bedenkt: Es könnte sein, dass ihr ein Kind in seiner Wiege umbringen müsst. Zudem ist die Kraft der Apokalypse in den unerweckten Reitern noch so roh, so ungeprägt, dass sie auf einen anderen Menschen übergehen würde, den ihr wiederum suchen müsstet. Stirbt er aber eines natürlichen Todes, wird die Kraft versiegen. Die zweite und daher bessere Möglichkeit ist, dass ihr den Menschen beschützt. Ihm auf Schritt und Tritt folgt und alle Engel und Dämonen und beeinflussten Menschen von ihm fernhaltet. Ob ihr euch ihm zu erkennen gebt oder aus dem Verborgenen heraus arbeitet, bleibt dabei euch überlassen.

Doch wenn ihr versagt und er erweckt wird, müsst ihr ihn töten und somit einem liebgewonnenen Freund das Schwert ins Herz stoßen. Es ist eure Entscheidung, wie ihr vorgeht und was für euch die weniger grausame Alternative ist.«

»Damit bleibt uns ja nur die Möglichkeit, den Menschen zu beschützen. Ich kann zumindest keinen Unschuldigen töten«, meldete sich Enlil zu Wort. Er war blass geworden.

Izila fühlte sich auch nicht wohl. Ihre Aufgabe war grausamer, als sie es sich vorgestellt hatte. Den Menschen finden, der zum Reiter erweckt werden könnte, und ihn beschützen – oder töten wenn das misslang. Wie sollten sie aber jemanden töten, den sie gern hatten? Der vielleicht ein fester Bestandteil ihres Lebens geworden war?

Ganesh lächelte. »Wenn ihr die Menschen lieber beschützt, als sie aufgrund einer möglichen Gefahr zu töten, so ist uns eure Ausbildung erfolgreich gelungen. Ihr seid bereit für die Welt und den Krieg da draußen. Lasst euch vom Schicksal führen – es bringt euch genau dahin, wo ihr gebraucht werdet.«

»Das Buch der sieben Siegel, das du erwähnt hast – gibt es das tatsächlich? Wo ist es? Können wir es nicht einfach zerstören und so die Apokalypse verhindern?«, fragte Enki.

Ganesh zuckte mit den Schultern. »Eine alte Legende besagt, dass das Buch geschaffen wurde, um die Kraft der Reiter zu versiegeln. Wenn die Siegel nicht aufgebrochen werden, können die Reiter nicht auf ihre volle Kraft zurückgreifen. Andersherum bedeutet dies, dass ein Zerstören des Buches, sofern es wirklich existiert, den Reitern ungehindert Zugang zu ihrer Macht gewähren würde. In der Legende wird beschrieben, dass das Buch von einer Gruppe von Menschen bewacht wird, die um seine wahre Bedeutung wissen und gelernt haben, sich gegen die Beeinflussungen der Engel und Dämonen zu wehren. Ich weiß leider nicht, wer oder wo diese Menschen sind, das Wissen darum ist verloren gegangen.«

Izila sah zum Wandteppich und betrachtete das über den Reitern schwebende Buch mit den sieben gebrochenen Siegeln. Wenn sie das Buch weiterhin verstecken konnten, es sicher vor den Reitern verwahren würden, dann würde ihnen ihre Aufgabe sicherlich leichter fallen. Dafür mussten sie es aber erst einmal finden. Dann schoss ihr ein anderer Gedanke durch den Kopf. »Warum hat Luzifer damals eigentlich versagt, wenn das Buch und drei der Reiter auf seiner Seite standen?«

»Auch dieses Wissen ist leider verloren gegangen«, erwiderte Ganesh und schüttelte bedauernd den Kopf. »Es gibt Andeutungen, Gerüchte, die besagen, dass Luzifer selbst dafür gesorgt haben soll. Ich kann mir aber nicht vorstellen, dass das stimmt. Wahrscheinlicher ist, dass die Boten es im letzten Moment geschafft haben, die Reiter zu töten. Etwas, das euch hoffentlich auch gelingen wird, sollten die Reiter erweckt werden.«

»Um sie unerweckt zu finden, sollten wir am besten den beeinflussten Menschen folgen, oder?«, fragte Enki in die Runde.

Ganesh nickte. »Wenn ihr ihnen folgt, könnten sie euch zu den Reitern führen, sofern sie schon auf der Erde wandeln. Es ist aber eine Gratwanderung: Wartet ihr zu lange mit der Bereinigung des Schicksalsbaums und ist kein Reiter in erreichbarer Nähe für den beeinflussten Menschen, wird sein Schicksal in einem viel zu frühen Tod enden. Auch muss eine Ansammlung von beeinflussten Menschen nicht unbedingt dafür sprechen, dass ein Reiter in der Nähe ist, vielmehr könnte auch ein Engel oder Dämon in der Nähe sein. Erst, wenn auch die Schicksalsbäume der nicht beeinflussten Menschen auf eine Katastrophe zusteuern, könnt ihr sicher sein, dass ein Reiter in der Nähe ist, der erweckt werden soll. Auch die Engel und Dämonen können übrigens allein durch das Folgen der beeinflussten Menschen herausfinden, wo sich ein Reiter aufhalten könnte, in dem Punkt hat daher keine Seite einen Vorteil.«

Izila atmete tief durch. Das waren viele Informationen zu verarbeiten. Ihre Aufgabe klang hier, in diesem Raum, recht einfach, doch sie bezweifelte, dass es da draußen wirklich so einfach sein würde. Es war gut, dass ihre Gefährten in anderen Ländern, auf anderen Kontinenten lebten. So war die Wahrscheinlichkeit, die Reiter zu finden, größer, denn diese konnten immerhin überall auf der Welt geboren werden.

»Noch eins«, meldete sich Ganesh wieder zu Wort. »Wenn ihr weiter keine Fragen habt, dann ist dies eure letzte Lektion gewesen und heute euer letzter Tag hier im Tempel. Ihr seid hier immer willkommen, Boten. Aber neben euch nur noch eure Gefährten sowie eure Kinder. Vielleicht braucht ihr einmal ein Versteck, an dem sie sicher sind. Bis dahin werden wir uns aber wahrscheinlich nicht wiedersehen. Verschließt die Portale, wenn ihr geht. Sie öffnen sich erst wieder, wenn sie gebraucht werden. Eure Vögel werden dieses Mal mit euch gehen und eure Waffen tragen. Viel Glück, meine Kinder. Ich hoffe, wir sehen uns nie wieder, denn das würde bedeuten, dass ihr ein friedliches Leben lebt.« Ganesh lächelte ein letztes Mal und ging langsam davon. Sie hörten die Tür der Bibliothek hinter ihm zufallen.

Keiner der Boten sagte ein Wort, sie starrten nur auf den Wandteppich, der ihnen ihre mögliche Zukunft anzeigte. Irgendwann standen sie wortlos auf, gingen aus der Bibliothek und wanderten gemeinsam über die Ländereien des Tempels. Es war Zeit, Abschied zu nehmen von diesem Ort, an dem sie so viele Jahre jeden Sommer verbracht hatten. Sie verabschiedeten sich von den Mönchen und Novizen, von jeder einzelnen Lieblingsstelle. Die Sonne ging langsam unter, als die Boten sich zu ihren Portalen begaben und sich nacheinander auf den Weg nach Hause machten.

Izila stand am See und sah in die Tiefe. Abale war gerade durch das Wasser verschwunden, zusammen mit Saena, ihrem

Elementvogel. Phönix saß auf einem Baum in der Nähe und sang. Aus dem Stall hörte sie es wiehern. Eine Träne lief ihr über die Wange. Sie liebte diesen Ort. Sie liebte es, jeden Sommer hier ihre besten Freunde zu treffen. Sie wollte nicht gehen, aber ihr Schicksal trieb sie fort. Sie spürte es tief in sich. Es war für eine lange Zeit, vielleicht sogar für immer, ihr letzter Abend im Tempel. Doch noch wollte sie nicht gehen. Es gab noch etwas, dass sie tun wollte. Weil sie vielleicht nie wieder die Gelegenheit dazu haben würde.

Sie betrat sie die Stallungen und streichelte im Vorbeigehen die Nüstern, die sich ihr aus den Boxen entgegenstreckten. Dann sah sie sich suchend um. Tarun musste hier irgendwo sein. Sie hörte ein Geräusch vom Heuboden und stieg die Leiter hinauf. Da stand er, mit bloßem Oberkörper, und schüttelte das trocknende Heu auf. Als sie hinter ihm stehenblieb, drehte er sich um. Izila sah ihm in die Augen und legte eine Hand an seine Wange, stellte sich auf die Zehenspitzen und küsste ihn auf den Mund. Er erstarrte, dann nahm er sie in die Arme und erwiderte ihren Kuss.

»Oh Tarun, warum hast du nie etwas gesagt?«, hauchte sie.

»Weil mir gesagt wurde, dass die Boten unantastbar sind. Es ist verboten, was wir hier tun.«

»Es gefällt dir aber ziemlich gut, was wir hier tun«, neckte sie ihn. »Keine Sorge, Tarun. ich werde dich nicht verraten.« Sie küsste ihn lange auf den Mund, dann zog sie ihn mit sich hinunter auf das Heu.

Tarun sah sie an. »Du bist dir sicher?«

Izila ließ eine Hand seinen Körper entlang wandern. Sie schnaubte unwillig, als er ein Stück von ihr abrückte.

»Ich bin nicht dein Gefährte, oder? Du willst mich, aber du liebst mich nicht«, sagte er und zog lächelnd einen Heuhalm aus ihrem Haar.

Izila sah ihm lange in die Augen, dann ließ sie ihren Blick über seinen Körper wandern. Sie nickte. »Ja. Ich will dich, aber ich liebe dich nicht. Die Leidenschaft, das Feuer in mir, brennt, aber keine Liebe.« Sie setzte sich auf und fuhr sich durch die Haare. Wenn sie an Liebe dachte, kam ihr *Casanova*, ihr Internetfreund, in den Sinn. Sie hatte ihn noch nie persönlich gesehen und sich doch in ihn verliebt. Warum tat sie dann das hier mit Tarun? Sie schüttelte den Kopf. Wollte sie es wirklich?

Ein Lächeln umspielte seinen Mund, doch Izila glaubte auch Traurigkeit in seinen Augen zu sehen. »Ich wollte nur sichergehen, dass es für uns beide eine schöne Erinnerung wird, aber nicht mehr.« Dann küsste er sie ein letztes Mal.

Izila klammerte sich an ihn, wollte den Kuss nicht enden lassen. Es war ihre erste Erfahrung mit einem Mann, sie wollte noch so viel mehr erleben, so viel mehr erfahren.

Aber nicht mit Tarun, schoss es ihr durch den Kopf und sie löste sich von ihm. »Danke für den wundervollen Abschiedskuss«, sagte sie leise zu ihm.

Als sie aufstand, liefen Tränen über ihr Gesicht.

Tarun stand auf und wischte sie ihr von der Wange. »Was ist los, Izila?«

Sie riss sich zusammen und sagte: »Wenn ich heute gehe, verschließe ich das Portal hinter mir. Ich werde nicht wiederkommen, Tarun, aber ich werde dich nie vergessen.«

Auch in Taruns Augen glitzerten Tränen. »Wie du gesagt hast, Izila: Dieser Abend ist für uns eine wunderbare Erinnerung. Auch wenn ich mir von Herzen wünsche, wir könnten das hier wiederholen, so bin ich aber vor allem dankbar dafür, dass ich dich zumindest ein Mal im Arm halten durfte.«

Izila ließ sich noch einmal von der Geborgenheit gefangen nehmen, dann machte sie sich los. »Danke für alles, Tarun. Ich werde dich nie vergessen.«

Sie sprang vom Heuboden herunter und rannte zu ihrem Portal an der Lagerfeuerstätte. Noch im Laufen rief sie Phönix herbei, der mit ihren Waffen neben ihr durch das Portal flog. Als sie auf der anderen Seite ankam, verschloss sie es schnell und löste den Ankerpunkt im Tempel. Nun gab es keinen Weg mehr zurück.

5

(Sommer 2009)

Die letzte Kiste war gepackt und mit Klebeband verschlossen. Abale stand auf und streckte sich ausgiebig, dann sah sie sich in ihrem leeren Zimmer um. Sie zog zu Hause aus. Dieser Sommer brachte viele Veränderungen. Zum ersten Mal seit elf Jahren machte sie sich nicht auf den Weg zum Tempel, um weitere Lektionen zu erhalten, damit sie ihr Schicksal erfüllen konnte. Stattdessen hatte sie ihre Hochschulreife mit Bravour erworben, eine Zusage für die Kunsthochschule in Reykjavik erhalten und dort auch schon ein WG-Zimmer gefunden. Die letzten Wochen hatte sie damit verbracht, ihre Sachen zu packen und sich von ihren Freunden zu verabschieden. Zugegeben, es waren recht wenige, aber dafür waren es ihr die liebsten Menschen auf Erden. Sie wusste nicht, wo es ihre Freunde hin verschlagen würde – einige wollten ins Ausland zum Studieren, andere warteten noch auf ihre Zusage. Alle trauerten jetzt schon ihrer unbeschwerten Schulzeit hinterher, in der jeder Tag irgendwie gleich und doch auch wieder so anders gewesen war.

Der Ernst des Lebens ging los. Abale lächelte. Diesen Satz hatte sie in letzter Zeit sehr oft gehört. Für sie hatte der Ernst des Lebens aber schon mit neun Jahren begonnen. Als ihr klar wurde, dass die Legenden ihrer Familie nicht bloß Geschichten waren, sondern der Wahrheit entsprachen. Vor zwei Jahren hatte sie das erste Mal, zusammen mit ihren Gefährten, einen Menschen getötet. Einen Menschen, der zwar die Flügel und die Macht eines Engels hatte, aber dennoch. Geblutet und gelitten hatte er wie ein Mensch. Sie konnte niemandem davon erzählen, außer ihren Gefährten. Und die saßen auf verschiedenen Kontinenten und versuchten selbst, ihr Leben irgendwie so zu ordnen, dass ihr Schicksal darin Platz hatte. Sie vermisste sie. Seit über einem Jahr hatten sie sich nicht gesehen. Mittels Telepathie konnten sie sich zwar auch über weite Entfernungen unterhalten, sie taten dies aber meist nur, wenn es etwas zu besprechen gab. Izila war ein Mal auf beeinflusste Menschen gestoßen und hatte sie bereinigt, das hatte sie ihnen mitgeteilt. Enki glaubte, einen Engel gesehen zu haben, nahm aber nach Absprache keine Verfolgung auf. Sie mussten sie noch nicht aus ihren Nestern locken. Erst, wenn sie wussten, dass es einen Reiter zu beschützen gab, sollten sie damit anfangen.

Ein Singsang vor dem Fenster ließ sie aufblicken. Saena, ihr Wasservogel, saß auf der Fensterbank und sah sie mit seinen klugen Augen an. Die meiste Zeit verbrachte der wunderschöne, tiefblaue Vogel weit draußen auf dem Meer, damit er kein Aufsehen erregte. Sie streckte die Hand aus und Saena ließ sich darauf nieder.

»Hallo, mein Hübscher. Ich habe eine Aufgabe für dich.« Sie ging mit dem Vogel zu ihrem Bett und holte mit einer Hand den Schubkasten darunter hervor. Waffen lagen darin aufgereiht: ein Dolch, ein Zweihänder, Pfeil und Bogen sowie eine Pistole. Abale zog den Zweihänder aus der Scheide und ließ ihn mit einer Hand kreisen. Dank der Kraftübungen, die die Mönche ihnen gezeigt hatten, besaß sie kräftige Muskeln, die ihre schlanke Gestalt allerdings nur erahnen ließ. Abale liebte dieses Schwert. Es war mit Magie geschmiedet, ihr Element war darin eingearbeitet. Mit einer kleinen Handbewegung konnte sie es von Wasser umfließen lassen und es damit beinahe unzerstörbar machen. Dieses Schwert war seit Generationen im Besitz des Boten, der das Element Wasser beherrschte. Die Mönche bewahrten es auf. Sie seufzte und steckte es wieder in die Scheide zurück. Viel zu auffällig. Sie nahm den Dolch heraus, der ebenfalls mit Magie geschmiedet worden war, und steckte ihn in ihren Strumpf. Mit der Hose drüber fiel er kaum auf und sobald sie ihre Stiefel anzog, würde niemand ihn bemerken. Die Pistole nahm sie ebenfalls heraus und wog sie in der Hand. Sie würde sie nicht immer bei sich tragen können, aber wahrscheinlich genau dann brauchen, wenn sie sie zu Hause ließ. Mit einem Seufzen legte sie Pistole, Pfeil und Bogen sowie den Zweihänder auf ein Laken und schlug es über den Waffen zusammen. Den Beutel hielt sie Saena hin. Der Vogel war zwar nicht größer als ein Falke, aber es gab fast nichts, das zu schwer für ihn war. Saena keckerte leise, zwickte Abale liebevoll ins Ohr und nahm dann den Beutel in die Krallen.

»Bring den Beutel an einen sicheren Ort in der Nähe von Reykjavik, mein Hübscher. Wenn ich ihn brauche, werde ich dir Bescheid geben.«

Kaum war der Vogel aus dem Fenster verschwunden, öffnete ihre Mutter die Zimmertür. »Bist du fertig, Liebes?«

»Ja.« Abale sah sich noch einmal um, dann nahm sie den letzten Karton und verließ ihr Kinderzimmer.

»Keine Sorge, Bella, dies wird immer dein Zimmer bleiben.« Ihre Mutter legte ihr einen Arm um die Schultern. Abale lächelte. Ihre Eltern hatten sich nie daran gewöhnt, sie so zu nennen, wie es in ihrer Geburtsurkunde stand. Keiner nannte sie Abale, abgesehen von ihren Gefährten und den Mönchen. Für alle anderen blieb sie Bella, das schüchterne Mädchen von nebenan, das im Sommer Camps besuchte, um mehr Selbstvertrauen aufzubauen. Das hatten sie zumindest erzählt. Es war die einfachste Erklärung dafür, dass sie jeden Sommer sechs Wochen verschwand. Nun, zumindest darüber brauchte sie sich jetzt keine Gedanken mehr zu machen. Der Weg zum Tempel, ihrem zweiten Zuhause, war verschlossen. Sie würde erst wieder hingelangen, wenn sie die Hilfe der Mönche brauchte. Und falls sie diese Hilfe brauchte, bedeutete dies, dass sie Krieg gegen Engel und Dämonen führten.

»Dann mal los!« Ihr Vater saß schon im voll bepackten Auto und grinste ihr aufmunternd entgegen. Abale stieg auf den Rücksitz. Sie brauchten fast zwei Stunden bis Reykjavik und dann noch eine halbe, um in der Stadt ihre neue Wohnung zu finden.

Michel, ihr Mitbewohner, stand an der Straße und winkte. »Hallo Abale! Schön, dass du hier bist. Hier ist schon mal dein Haus- und Wohnungstürschlüssel. Ich würde dir gerne beim Auspacken helfen, aber ich muss leider los zur Uni. Sehen wir uns heute Abend?«

Die Wohnung lag im zweiten Stock, hatte eine Küche mit einer kleinen Sitzecke, einen Balkon, ein großes Bad mit Badewanne und zwei Zimmer. Ihres lag zwischen Badezimmer und Küche. Abale öffnete die Tür und stellte die erste Kiste ab. Von ihrem Vormieter hatte sie den Kleiderschrank und das Bett übernehmen können, ansonsten fehlten aber noch alle Möbel. Sie seufzte und ließ das noch trostlose Zimmer auf sich wirken. Ihr neues Zuhause ab heute.

Mit dem Lageplan in der Hand stand Abale auf dem Campus und drehte sich zögernd im Kreis. Sie hatte die Aufteilung der Kunsthochschule noch nicht so ganz verstanden. Eine Woche war sie nun schon hier und fühlte sich immer noch verloren. Eigentlich komisch: Der Tempel war um einiges größer als dieser Campus, und dort hatte sie nach den ersten Wochen jeden Winkel gekannt und sich nie verlaufen.

Schließlich gelangte sie zu einem Hörsaal, an dem die richtige Nummer stand. Sie seufzte erleichtert, betrat den Raum und suchte sich einen Platz. Dabei streifte sie aus Versehen ein Mädchen, das hinter ihr entlangging.

»Hey, pass doch auf!«, schrie das Mädchen und sprang wütend auf.

Abale sah sie erschreckt an. »Entschuldigung, das war keine Absicht.«

»Ich zeig dir gleich, was Absicht ist!«, rief das fremde Mädchen hitzig und hob die Fäuste. Ohne zu überlegen, fing Abale den Schlag ab, hielt sie am Handgelenk fest und drehte ihr den Arm auf den Rücken. Erst, als sie Applaus hörte, sah sie auf. Um sie herum hatten sich einige Studenten versammelt, die allem Anschein nach froh waren, dass sie das Mädchen in seine Schranken verwiesen hatte. Etwas verlegen ließ Abale es los.

»Das wirst du mir büßen«, schnaubte die Studentin und rauschte aus dem Raum. Abale seufzte und sah ihr hinterher. Sie war gerade erst eine Woche hier, und schon schien sie eine Feindin zu haben.

»Danke. Du bist Abale, stimmt's?« Ein großes, blondes Mädchen sprach sie an.

Abale nickte. »Ja. Tut mir leid, aber ich bin leider ganz schlecht im Namenmerken ...«

»Agnes«, sagte die Studentin und reichte ihr die Hand.

»Was war denn mit dem Mädchen eben los?«

»Seit ein paar Tagen ist Konstancia extrem gereizt. Ich kenne sie schon seit der Schulzeit, und eigentlich ist sie wirklich sanftmütig und lieb. Ich weiß nicht, was gerade in sie gefahren ist. Komm, suchen wir uns einen Platz.« Agnes drehte sich um und ging in die Mitte des Raums.

Abale folgte ihr und ließ sich neben ihr nieder. Sie dachte darüber nach, was Agnes über Konstancia erzählt hatte. Nachdenklich schweifte ihr Blick zur Tür. War es möglich, dass sie beeinflusst wurde? Es schadete sicher nicht, sich ihr Schicksal anzusehen, wenn sie ihr das nächste Mal über den Weg lief.

»Entschuldige, was hast du gesagt?«, fragte Abale. Agnes hatte die ganze Zeit auf sie eingeredet, während sie in Gedanken versunken gewesen war.

»Ich fragte, ob du mit mir heute Mittag essen willst. Alleine fühlt man sich immer so verloren in der Mensa«, wiederholte die Studentin ihre Frage.

»Gern!«, sagte Abale erfreut und lächelte sie an. Vielleicht hatte sie sich heute nicht nur eine Feindin gemacht, sondern auch eine Freundin gefunden.

Der Dozent betrat den Hörsaal und alle verstummten. Abale beugte sich gespannt vor. Professor Dolas war beliebt bei den Kunststudenten. Er wusste unglaublich viel und seine Vorlesungen waren immer spannend und anschaulich. Außerdem sah er wirklich gut aus. Er war schon älter, und leichte graue Strähnen durchzogen seinen dunklen Haarschopf, körperlich war er aber fit, und aus seinen Augen sprühte pure Lebensfreude. Abales Wagen bekamen einen rötlichen Schimmer, als er sie einmal direkt ansah.

Agnes knuffte sie in die Seite. »Ich sehe, du bist unserem *McDreamy*-Dozenten verfallen?«

»Quatsch, ich finde nur, dass er wirklich gut aussieht«, erwiderte Abale und grinste ihre neu gewonnene Freundin an.

»Na dann ist ja gut, ich stehe nämlich wirklich auf ihn«, sagte sie kichernd. Abale schüttelte amüsiert den Kopf.

Das Mittagessen genoss Abale sehr, sie freute sich über Agnes' Gesellschaft. Die Studentin war flippig und gut vernetzt, innerhalb von zwei Stunden lernte Abale mehr Menschen kennen als in der gesamten vergangenen Woche. Sie war froh, dass die Kommilitonin sich ihrer angenommen hatte, damit standen ihre Chancen gut, nicht zu einer Außenseiterin zu werden. Erst am Nachmittag, nach dem letzten Seminar, verabschiedeten sie sich voneinander mit dem Versprechen, sich morgen spätestens zum Mittagessen zu treffen. Leise summend macht Abale sich auf den Heimweg nach Haus.

Da hörte sie plötzlich einen Schrei. Abale lief los, bog um die nächste Ecke und sah Konstancia. Sie stand vor einem Kind, die Hand zum Schlag erhoben. Tränen liefen über das Gesicht des Kindes und es hielt ihr sein Kuscheltier, einen Teddybären hin.

»Bitte nicht mehr hauen«, stammelte das Kind schluchzend.

»Konstancia!«, rief Abale erbost und trat näher.

»Was willst du?«, schrie diese zurück.

»Was hast du vor? Was hat das Kind dir getan?«

»Gar nichts. Ich habe einfach nur Lust, seinen Teddybären mitzunehmen, Vielleicht reiße ich ihm dann den Kopf ab. Oder Arme und Beine.«

»Nein!«, schrie das Kind und umarmte den Teddybären ganz fest. Konstancia holte mit der Hand aus.

»Wag es nicht!«, schrie Abale. Die Studentin hielt in ihrer Bewegung inne und sah sie böse an. »Sonst was?«

Abale atmete tief durch. Sie musste herausfinden, ob an Konstancias Schicksal herumgespielt wurde. Wie konnte aus der sanftmütigen Person, die Agnes ihr beim Mittagessen beschrieben hatte, so ein Biest werden? Sie fokussierte sich auf

Konstancia und ließ den Schicksalsbaum erstehen. Beinahe wäre sie einen Schritt zurückgewichen. Der Baum faulte. Die Schicksalsäste waren nicht einfach abgeschnitten, sie vermoderten regelrecht. Ein Dämon musste sie beeinflusst haben. Ganesh hatte ihnen erzählt, dass sich die Beeinflussungen von Engeln und Dämonen unterschieden. Während Engel gerne einen Schnitt machten, hatten Dämonen ein Interesse daran, andere zu quälen und das Schicksal langsam verfaulen zu lassen, sodass die Menschen teilweise sogar merkten, wie sich Türen vor ihnen schlossen und ihnen nur noch eine Handlungsweise blieb.

Abale stiegen Tränen in die Augen, als sie sah, warum Konstancia so auf diesen Teddy fixiert war: Ihr Stiefvater mochte sie nicht und hatte ihren Teddy aus Bosheit vor ihren Augen zerstört. Das vor ihr war ihre kleine Halbschwester, die einen Teddy geschenkt bekommen hatte. Nun wollte Konstancia deren Teddy zerstören, nachdem sich die Tür verschlossen hatte, ihren Stiefvater endlich mit ihrem Schmerz zu konfrontieren und ihm zu sagen, wie weh es tat, von ihm nie anerkannt zu werden. Abale sammelte ihre Kräfte und schickte eine kleine Menge davon in den Schicksalsbaum. Die Türen mussten sich wieder öffnen, damit die sanftmütige Konstancia wieder zum Vorschein kam, der Mensch, der die Richtigen für ihr Verhalten tadelte und nicht auf Unschuldige losging. Unter dem Einfluss ihrer Kraft richtete sich der Schicksalsbaum langsam wieder auf, die verfaulten Äste wurden wieder zum Leben erweckt. Abale sah, wie der Hass aus Konstancias Augen verschwand. Es dauerte nur wenige Sekunden, dann war der Baum wieder so wie vor der Beeinflussung. Die Studentin sah auf das Tränen überströmte Kind vor sich, hockte sich hin und nahm es in den Arm.

»Es tut mir so leid, meine Kleine. Ich weiß nicht, was in mich gefahren ist.« Über Konstancias Gesicht liefen Tränen.

Abale entfernte sich leise. Erst, als sie außer Sichtweite war, begann sie zu laufen. Sie wollte nach Hause. Je schneller sie verschwand, desto unwahrscheinlicher war es, dass der Dämon merken würde, dass sie Konstancia geheilt hatte.

Von einem Dach hoch über ihr sah eine dunkle Gestalt auf die Szene hinab. Der Dämon hatte gesehen, wie Abale den Schicksalsbaum geheilt hatte, und folgte ihr mit den Augen, als sie sich entfernte. Ein grausames Lächeln lag um seinen Mund. »Dann beginnt wohl das Spiel, Schicksalsbotin.«

6

(Herbst 2009)

»Wie fandest du den Film?«, fragte Enlil und legte einen Arm um Amandas Schultern. Er hatte lange gebraucht, um sie zu diesem Date zu überreden. Was ihm in der Schulzeit so leicht gefallen war, schien im Studium immer schwerer zu werden. Freunde hatte er noch fast keine gefunden, die Einzige, auf die er immer zählen konnte, war Alyss. Seine beste Freundin aus Schultagen war zum Glück auch nach Yale gegangen, sodass er zumindest nicht dauernd alleine herumlaufen musste. Im Gegensatz zu ihm hatte sie immerhin Freunde. Auf einer ihrer Partys hatte er Amanda kennengelernt. Alyss war nicht davon begeistert, dass er mit ihr ausging, und hatte ihm haarsträubende Geschichten über sie erzählt. Enlil hatte darüber aber nur gelacht. Er hatte allerdings Amandas Schicksalsbaum untersucht, aber daran ließ sich zum Glück nichts Auffälliges feststellen.

Generell hatte er bisher nur wenige beeinflusste Menschen in Yale gefunden und diese schienen kein Ziel vor Augen zu haben. Anscheinend wussten sie noch nicht, wo sich einer der Reiter befand. Das Einzige, das sie verband, war, dass sie ein Auslandssemester in Deutschland planten. Er hatte Izila davon in Kenntnis gesetzt, damit sie die Augen aufhielt – sie lebte ja in Deutschland. Vielleicht gab es dort weitere Hinweise auf den Reiter.

»Sehr schön, ich mag Disney-Geschichten generell gerne und mit *Oben* haben sie wieder einen wundervollen Film gezaubert«, erwiderte Amanda auf seine Frage.

»Da hast du recht«, stimmte Enlil zu. »Wollen wir noch irgendwo was trinken gehen?«

Bevor Amanda antworten konnte, piepste ihr Handy. »Entschuldige«, sagte sie und zog es aus der Tasche.

Enlil nahm den Arm von ihrer Schulter und ging ein paar Schritte zur Seite, damit es nicht so aussah, als würde er die SMS mitlesen wollen.

»Ich ... ich kann leider nicht noch etwas trinken gehen. Meine Freundin hatte gerade Stress mit ihrem Freund und braucht jemanden zum Reden«, stammelte Amanda, während sie weiter wie gebannt auf das Display starrte.

Enlil streckte die Hand aus, um ihr eine Haarsträhne aus dem Gesicht zu streichen. Sie wich zurück. Stirnrunzelnd sah er sie an. »Soll ich dich zu ihr begleiten?«

»Nein ... nein, es ist nicht weit, ich laufe gleich hin. Bis demnächst irgendwann mal!« Amanda sah ihn nur flüchtig an, als sie ihr Handy wieder in ihre Handtasche stopfte, dann lief sie um die nächste Ecke.

Verwirrt sah Enlil ihr nach. Was war da gerade passiert? Amandas Verschwinden glich eher einer Flucht. Hatte er etwas falsch gemacht? Oder stimmten die Geschichten, die Alyss ihm über Amanda erzählt hatte, doch? Kopfschüttelnd machte er sich auf den Weg nach Hause. Er war nicht in der Laune, alleine etwas trinken zu gehen. Noch etwas lesen und dann schlafen, schien ihm die bessere Alternative zu sein.

Ein Klingeln riss ihn aus dem Tiefschlaf. Enlil rieb sich die Augen und griff nach dem Handy. Alyss, um fünf Uhr morgens.

»Alyss, was gibt es?«, meldete er sich schlaftrunken.

Ein Schluchzen antwortete ihm.

»Alyss?«, fragte er noch einmal.

»Komm ... komm in die Winchester Avenue ... Sam ... tot«, schluchzte sie.

»Bin unterwegs«, rief Enlil. Er sprang aus dem Bett und zog schnell irgendwelche Sachen an. Sam war seit ein paar Monaten Alyss' Freund. Wieso war er tot? Was war passiert?

In der Winchester Avenue angekommen, sah er schon, wo er hinmusste: Vor einem Haus standen viele Polizeiwagen mit Blaulicht sowie ein Krankenwagen. Er lief darauf zu und sah Alyss in eine Decke gehüllt im Krankenwagen sitzen, mit einer dampfenden Tasse Tee in der Hand. Die Polizisten und Sanitäter beachteten ihn nicht weiter, darum kletterte er zu ihr.

»Was ist passiert?«, fragte er.

»Ich habe Sam gestern Abend getroffen. Es war alles wie immer zwischen uns. Irgendwann haben wir uns verabschiedet, mit dem Plan, heute Morgen brunchen zu gehen. Wieso ist er jetzt nicht mehr da?« Alyss schniefte und trank einen Schluck aus der Tasse. Enlil sah, wie ihre Hände zitterten.

»Dann bekam ich eine SMS von ihm, ganz früh heute Morgen. Er könne das alles nicht und es tue ihm leid, aber er würde jetzt Schluss machen mit allem. Ich konnte damit nichts anfangen, wollte ihn anrufen, aber er ging nicht ans Handy. Darum bin ich hierhergelaufen, zu seiner Wohnung, und ... und ...« Tränen liefen über ihr Gesicht.

Enlil legte einen Arm um sie. Er spürte einen Kloß im Hals. Sollte Sam sich tatsächlich einfach so umgebracht haben?

»Er reagierte nicht auf mein Klingeln, die Tür bekam ich nicht auf. Ich wusste mir nicht anders zu helfen, als die Polizei zu rufen. Die brachen die Tür auf und fanden ihn ... in der Küche, mit aufgeschnittenen Pulsadern. Jede Hilfe kam zu spät.« Alyss schluchzte.

Enlil drückte sie an sich, legte sein Kinn auf ihrem Kopf ab. Tränen glitzerten in seinen Augen. Warum hatte Sam das getan? Er war immer ein aufgeweckter, fröhlicher Mensch gewesen. Was war passiert, dass er Selbstmord beging? Er hätte sich zu gern Sams Schicksalsbaum angeschaut, aber die Bäume von toten Menschen konnten die Boten nicht mehr sehen. Was sollte er nur tun?

»Ob das wirklich Selbstmord war?«, hörte er da die Stimme eines Polizisten hinter dem Krankenwagen.

»Wie kommst du darauf?«, fragte eine andere Stimme. »Die Pulsadern sind aufgeschnitten und es gibt einen Abschiedsbrief, das ist ja geradezu wie im Lehrbuch.«

»Er hat eine Kopfverletzung, von der die Spurensicherung noch nicht weiß, wo sie herrührt. Es kann auch sein, dass er dadurch gestorben ist.« Die Stimmen entfernten sich wieder.

Enlil sah Alyss an. Die blickte mit großen Augen zum Haus hinüber, in dem Sam gewohnt hatte.» Mord? Aber wer sollte denn etwas gegen Sam haben?«, fragte sie leise.

Enlil schüttelte den Kopf. »Es war bestimmt kein Mord. Vielleicht ist er nur gestolpert und mit dem Rücken irgendwo dagegengefallen«, versuchte er Alyss zu beruhigen. Insgeheim fragte er sich aber selbst, wer einen Grund hätte, Sam umzubringen – und es dann wie einen Selbstmord aussehen zu lassen. In was für Schwierigkeiten war Sam da nur geraten? Ob es etwas mit den Engeln und Dämonen zu tun hatte? Hatten sie von seiner Verbindung zu ihm erfahren und wollten ihm, dem Boten, einfach nur schaden, indem sie seine beste Freundin in Verzweiflung stürzten? Er seufzte leise. Das waren Fragen, die er nicht beantworten konnte, solange er hier herumsaß.

»Musst du noch länger hier bleiben?«, fragte er Alyss.

Die schüttelte den Kopf. »Die Polizei hat meine Personalien aufgenommen, und die Sanitäter müssen mich auch nicht weiter beobachten. Ich konnte mich nur nicht bewegen«, erwiderte sie.

»Dann komm, ich bringe dich nach Hause«, sagte Enlil. Erst würde er sich um Alyss kümmern und dann versuchen herauszufinden, was es mit Sams Selbstmord auf sich hatte.

Als er wieder alleine in seiner Wohnung war, warf er einen Blick auf sein Handy. Es zeigte eine neue Nachricht von Sam an: *Wir müssen reden, Alyss hat einen großen Fehler gemacht.*

Enlil runzelte die Stirn. Sam hatte die Nachricht losgeschickt, kurz bevor Alyss ihn angerufen und von seinem Tod berichtet hatte. Was für einen Fehler sollte Alyss begangen haben?

7

(Herbst 2009)

Hey Casanova, wie geht es dir? Izila hatte sich gerade in ihren Instant Messenger eingeloggt und gesehen, dass ihr Chatfreund endlich mal wieder online war. Die letzten Monate hatte er sich sehr zurückgezogen. Dabei gab es so viel zu erzählen. Immerhin hatte sie das Abitur im ersten Anlauf und dann auch noch mit einem guten Schnitt bestanden, und das, obwohl sie in den zurückliegenden Jahren so oft gefehlt hatte. Aber die Mönche hatten sie nicht nur in ihren Elementen unterrichtet, sie hatten auch darauf geachtet, dass sie mit dem Schulstoff hinterherkamen. Jetzt im Herbst begann ihr Studium der Sozialwissenschaften. Die Wahl war einfach gewesen: Sie hatte einen Studienführer in die Hand bekommen, der genau bei diesem Studiengang ein Brandloch hatte. Noch offensichtlicher konnte das Schicksal ihr nicht mitteilen, was sie tun sollte. Ihr Bauch kribbelte, als ihr Messenger endlich anzeigte, dass *Casanova* eine Antwort tippte.

Hey Kleine, mir geht es ganz gut. Ich stecke gerade ein bisschen im Umzugsstress. Wie geht es dir?

Mit einem Grinsen legte sie die Finger auf die Tastatur. Sie war schnell im Tippen, aber sie wollte ihn nun auch ein paar Minuten mit der Antwort hinhalten. Sie schrieb langsam los. *Mir geht es super, ich bin gerade in meine Studenten-WG gezogen, meine beiden Mitbewohner sind echt cool drauf. Die ersten paar Vorlesungen und Seminare hatte ich auch schon an der Uni, ist echt interessant! Warum ziehst du um?* Sie las die Nachricht noch ein paarmal durch, dann schickte sie sie ab.

Es dauerte nicht lange, da kam die Antwort: *Das freut mich für dich! Ich ziehe um, weil ich mit der Uni fertig bin und einen Job als wissenschaftlicher Mitarbeiter bekommen habe. Sie haben mich tatsächlich an der TU Hamburg angenommen! Zwar nur für ein Jahr, aber immerhin. Ein wenig forschen, ehe es in die Wirtschaft geht, kann ja nicht schaden.*

Izila stockte der Atem. Hamburg! Ihre Finger flogen jetzt über die Tastatur. *Hamburg?! Hier wohne ich doch, Casanova! Dann könnten wir uns ja vielleicht mal treffen?*

Seine Antwort kam postwendend und löschte alles Kribbeln aus ihrem Bauch: *Du kennst doch meine Einstellung dazu, Izila.*

Ich möchte nicht, dass unsere Freundschaft durch den realen Kontakt zerbricht, falls wir uns nicht riechen können.

Aber wo wir nun in derselben Stadt wohnen, könnten wir doch ein Mal eine Ausnahme machen, oder? Izila konnte es nicht fassen, dass er sie immer noch nicht treffen wollte. Dachte er etwa, sie wäre so hässlich? Sie war zwar nicht hundertprozentig zufrieden mit ihrem Aussehen, ihre Haut, zum Beispiel fand sie zu blass, aber um ihre feuerroten Haare wurde sie von fast allen ihren Freundinnen beneidet. Durch die ständigen sportlichen Übungen, die sie fortführte, um fit für den Kampf zu bleiben, war ihr Körper zudem schlank und muskulös, hatte aber unübersehbare weibliche Rundungen – und vor allem wunderbar lange Beine, die sie gern durch hohe Schuhe betonte. Sie hatte irgendwann gegen Ende der Pubertät damit angefangen und trug die Schuhe so gerne, dass die Mönche sie schließlich darin trainieren ließen. Die Chancen standen immerhin gut, dass sie in hohen Schuhen einem Dämon oder Engel gegenüberstehen würde und kämpfen müsste. Abale hatte sich dem Training angeschlossen. Bisher lief sie zwar lieber in Chucks herum, aber sie konnten ja nicht wissen, wie es in ein paar Jahren sein würde.

Izila sah wieder auf den Bildschirm und bemerkte das Blinken ihres Messengers. *Casanova* hatte geantwortet. *Lass uns einen Deal machen, Izila: Wenn wir uns durch Zufall über den Weg laufen, dann werde ich nichts mehr dagegen sagen, dass wir uns persönlich treffen. Was meinst du dazu?*

Du meinst, wir lassen das Schicksal entscheiden? Da war es wieder, dieses wunderbare Kribbeln in Izilas Bauch.

Genau.

Izila grinste. Wenn das Schicksal ihn für sie vorgesehen hatte, dann war es mehr als wahrscheinlich, dass sie sich treffen würden. Sie schickte ihre Zustimmung ab und tanzte danach eine

Runde durchs Zimmer. Sie würde endlich *Casanova* begegnen! Und sich vielleicht in ihn verlieben und er sich in sie!

Gefährten! Seid ihr da?, rief sie in Gedanken hinaus und verstärkte die immer latent vorhandene telepathische Verbindung. Mit den Jahren waren die Boten immer besser darin geworden, diese zu beherrschen. Seit Enkis Hilferuf vor zwei Jahren wussten sie, dass sie über die halbe Erdkugel miteinander in Kontakt bleiben konnten, und mittlerweile bereitete es ihnen keine Mühe mehr. Sie konnten nur nicht so kommunizieren, wenn andere dabei waren, sie sahen dabei so abwesend aus, als würden sie gleich in Ohnmacht fallen.

Was gibt es, Izila?, meldete sich Abale zu Wort, und Izila merkte, dass auch die beiden Jungen zuhörten.

Casanova ist nach Hamburg gezogen! Und mit etwas Glück laufen wir uns über den Weg!, rief Izila. Gefühle wurden mit übertragen, daher war sie sicher, dass die anderen spürten, wie sie strahlte. In dem Gefühlsfluss, der bei ihr ankam, verspürte sie aber neben Freude noch etwas anderes: Traurigkeit. Enlil war traurig.

Enlil? Was ist passiert?, fragte sie.

Es dauerte, ehe er antwortete, und sie spürte, dass ihm jedes gedachte Wort schwer fiel. *Alyss' Freund hat Selbstmord begangen. Dabei war er immer glücklich, voller Lebensfreude und bis über beide Ohren verliebt in Alyss. Ich habe die beiden schon vor dem Traualtar stehen sehen. Wie kann ein glücklicher Mensch Selbstmord begehen? Und obwohl es Ungereimtheiten gibt, hat die Polizei alle Ermittlungen eingestellt, nachdem sie seinen Abschiedsbrief gefunden hat. Wie konnte das nur passieren? Warum habe ich mir sein Schicksal nicht angesehen? Ich hätte es verhindern können!*

Izila schwieg. Sie wusste nicht, was sie sagen konnte. Sie schickte nur eine Welle des Mitleids zu Enlil. Dies war der Vorteil ihrer telepathischen Verbindung: Sie brauchten keine Worte, um auszudrücken, was sie für einander fühlten.

Wir dürfen nicht wahllos in den Schicksalen der anderen herumwühlen, Enlil. Ein Blick, um zu schauen, ob sie beeinflusst wurden, muss reichen. Wir sind nicht dafür verantwortlich, ob sich ein Mensch das Leben nimmt, fremdgeht oder seine Kinder vernachlässigt. Wenn wir dies sehen, durch Zufall, können wir eingreifen. Aber wir können nicht alles Leid der Welt verhindern. Sonst müssten wir unsere eigentliche Aufgabe vernachlässigen – die Suche nach den Reitern. Und wenn wir dies tun, ist die Erde dem Untergang geweiht. Du hast nichts falsch gemacht und du hättest auch nichts ändern können. Wenn der Todeswunsch groß ist in jemandem, kann nur ein guter Therapeut helfen, und auch nur, wenn der Betroffene die Hilfe annehmen will.

Wunderbare Abale, immer fand sie die richtigen Worte, dachte Izila, ohne diesen Gedanken den anderen mitzuteilen.

Abale hat recht, Enlil, meldete sich Enki zu Wort. *Wir dürfen uns durch Einzelschicksale nicht aufhalten lassen. Mit jeder Lektion, die uns Ganesh gab, wurde mir klarer, dass wir nicht dazu da sind, die einzelnen Menschen zu beschützen, sondern die ganze Menschheit retten sollen. Wir müssen das große Ganze betrachten, nicht die vielen kleinen Details. Dein Bekannter brachte sich um – und du konntest nichts dagegen tun. Wenn du willst, dass sein Tod nicht ganz umsonst war, dann lass dir das eine Lehre sein. Betrachte die Menschen in deinem Umfeld aufmerksamer, nicht durch den Schicksalsbaum, sondern durch die Augen eines mitfühlenden Menschen. Und steh ihnen bei, wenn du Probleme bemerkst, auch wenn sie selbst sie verleugnen. Wir dürfen unser Mitgefühl nicht verlieren, es darf aber nicht über unserer Aufgabe stehen.* Enki schickte mit seinen Worten Verständnis.

Izila spürte, dass es Enlil langsam besser ging.

Wenn du mal Abstand von allem brauchst, Enlil, steht dir meine Tür immer offen, schickte sie ihm zu. Sie empfing ein kleines Lächeln von ihm.

Danke, Izila. Das weiß ich zu schätzen, aber ich kann hier nicht weg. Ich muss mich um Alyss kümmern. Sie ist so traurig, dass sie nicht einmal weinen kann. Sie braucht meine Kraft. Danke, Gefährten, für alles. Enlil schickte ihnen Dankbarkeit. Izila fühlte, wie er aufatmete und wieder Kraft schöpfte.

Noch etwas, sagte er. *Ich habe hier in Yale weitere beeinflusste Studenten gefunden. Ich wollte nichts sagen, bis ich sicher bin, ob sie ein gemeinsames Ziel haben, aber das haben sie: Sie wollen ein Auslandssemester machen, in Deutschland. Du solltest aufpassen, Izila. Ihr Schicksalsbaum zeigt, dass dieser Wunsch mit der Beeinflussung immer stärker geworden ist.*

Danke für die Warnung, ich werde schauen, ob ich hier irgendwas Verdächtiges bemerke, erwiderte Izila. *Bisher habe ich aber noch keine beeinflussten Menschen entdeckt – weißt du, an welcher Uni sie ihr Auslandssemester machen wollen? Die Universität Hamburg, an der sie studierte, hatte ein gutes Programm für ausländische Studenten, vielleicht würden sie hierher kommen.*

Nein, aber ich versuche, das herauszufinden, versprach Enlil, dann zog er sich aus dem Kontakt zurück, bis nur noch eine latente Verbindung vorhanden war, wie ein fast vergessener Gedanke irgendwo im Hinterkopf.

Mit einem Abschiedsgruß gingen auch Izila, Abale und Enki auseinander. Die Botin des Feuers blieb einen Moment auf dem Bett sitzen, dann stand sie auf und leistete Mara und Lars, ihren beiden Mitbewohnern, in der Küche Gesellschaft. Sie brauchte jetzt fröhliche Menschen um sich herum. Und ein bisschen Alkohol, um auf Enlils und Alyss' Freund das Glas zu heben.

8

(Herbst 2009)

Wie genau hatte Mara es bloß geschafft, sie hierzu zu überreden? Seufzend ließ Izila sich auf die Tanzfläche ziehen. Eigentlich hatte sie heute Abend ruhig zu Hause bleiben wollen, aber Mara hatte es am Ende doch geschafft, sie in den Club mitzunehmen. Man könne doch samstags in Hamburg nicht einfach zu Hause herumsitzen, hatte sie behauptet. Die Botin versteckte ein Gähnen hinter ihrer Hand. Mara war ja auch nicht den ganzen Tag unterwegs gewesen und hatte sich Schicksalsbäume angeschaut. Seit Enlil ihr gesagt hatte, dass die Beeinflussten, die er in Yale gefunden hatte, nach Deutschland gehen wollten, befürchtete Izila, der Reiter könnte in der Nähe sein, deshalb suchte sie regelmäßig nach beeinflussten Menschen. Bisher hatte sie noch keine gefunden.

Sie gab Mara ein Zeichen, dass sie sich etwas zu trinken holen würde – reden hatte bei der lauten Musik eh keinen Zweck. Die nickte nur und tanzte weiter. Izila bahnte sich durch die Tänzer ihren Weg zur Bar.

»Club Mate« brüllte sie dem Barkeeper entgegen und setzte sich auf einen der Barhocker.

»Schmeckt das Zeug?«, schrie ihr plötzlich eine Stimme ins Ohr.

Izila drehte sich mit hochgezogenen Augenbrauen zu dem Mann um, der ihr Trommelfell malträtiert hatte. »Würde ich es sonst trinken?«, schrie sie zurück.

Etwas perplex sah der Mann sie an, dann drehte er sich zur Bar, rief dem Barkeeper etwas zu und hatte wenig später selbst eine Flasche Club Mate in der Hand. Grinsend stieß er mit Izila an. »Dann mal Prost«, brüllte er.

Izila grinste gegen ihren Willen und nahm einen Schluck. Schlecht sah er nicht aus – dunkle Haare, graue Augen und ein muskulöser Oberkörper, soweit sie das durch das Hemd erkennen konnte. Kurz fokussierte sie seinen Schicksalsbaum – keine Beeinflussungen.

»Bist du öfter hier?«, fragte er immer noch brüllend.

Izila zuckte mit den Schultern und deutete auf ihre Mitbewohnerin. »Nur, wenn sie mich mal wieder hierhin mitschleppt«, erwiderte sie ebenso laut. Wenn er noch länger mit ihr reden wollte, war sie morgen heiser. Sie wusste, warum sie neue Leute lieber in Kneipen kennenlernte und nicht in Clubs. Vielleicht war Tanzen die bessere Alternative als hier an der Bar zu sitzen. Sie trank aus, stellte die Flasche auf die Bar und streckte den Mann die Hand hin. »Lass uns tanzen!«, rief sie ihm zu.

Er schenkte ihr ein Lächeln, das Kribbeln in ihrem Bauch verursachte und ließ sich von ihr auf die Tanzfläche ziehen.

Mara warf ihr einen anerkennenden Blick zu, als sie mit dem Fremden neben ihr erschien. Izila streckte ihr in Gedanken die Zunge raus und begann, sich im Takt der Musik zu bewegen. Kurz darauf wechselte die Musik von rockig zu ruhig, und der Fremde zog sie zu sich heran, legte seine Hände auf ihre Hüften. Izila spürte ein angenehmes Kribbeln auf der Haut. Sie schlang ihre Arme um seinen Nacken und rückte näher an ihn heran. Vielleicht war es doch gar nicht so schlecht, jemanden in einem Club kennenzulernen. In einer Kneipe wären sie sich nicht so schnell so nahe gekommen, überlegte Izila, während sie in seine Augen blickte.

»Wollen wir woanders hingehen?« fragte er nach dem Lied nahe an ihrem Ohr, ohne hineinzubrüllen.

Izila überlegte nicht lange und nickte. Sie tippte Mara auf die Schulter. »Ich verschwinde mit dem super aussehenden Kerl hier, ist das in Ordnung?«

Mara hielt ihren Daumen hoch und deutete auf eine Gruppe von Menschen. Anscheinend hatte sie Freunde von sich entdeckt und würde nicht allein bleiben. Izila winkte ihr zum Abschied, dann folgte sie dem Fremden nach draußen.

Auf der Straße war noch viel los, typisch für Hamburg. Sie schüttelte den Kopf, um das taube Gefühl aus den Ohren zu vertreiben, dann sah sie den Fremden an. »Wie heißt du eigentlich?«, fragte sie.

»Kargúhl, und du?«

»Izila«, erwiderte sie. »Soll ich dir meinen Lieblingsplatz hier in Hamburg zeigen?«, fragte er mit einem schelmischen Grinsen.

»Immer«, erwiderte Izila lächelnd.

Auf dem Weg dahin kauften sie sich Pizza und Wein und redeten über die Stadt, in die sie beide erst vor ein paar Monaten gezogen waren, wie Izila herausfand. Kargúhl führte sie zum Hafen, der bei Nacht wunderbar ruhig war. Obwohl das Feuer ihr Element war, mochte Izila das Geräusch der schwappenden Wellen und betrachtete gern die Spiegelungen des Mondes und der Lichter auf dem Wasser. Es war beinahe magisch, mit Kargúhl, einem beinahe Fremden, auf einer Bank zu sitzen, Pizza zu essen, Wein zu trinken und einfach nur aufs Wasser zu sehen. Sie hatte den Eindruck, ihn schon ewig zu kennen.

»Was machst du hier in Hamburg?«, fragte er sie.

»Ich studiere Sozialwissenschaften hier an der Uni. Und du?«, erwiderte sie.

»Ich habe einen Job an der TU angefangen, mein erster nach dem Abschluss. Ich dachte, ein wenig Forschungsarbeit kann nicht schaden, ehe ich in die Wirtschaft wechsle.«

Izila starrte Kargúhl an.

»Was ist los? Habe ich was Falsches gesagt?«, fragte er sichtlich irritiert.

»Das klingt jetzt vielleicht seltsam«, erwiderte Izila, »aber nutzt du zufällig im Internet den Nicknamen *Casanova*?«

Ein paar Augenblicke lang starrte er sie nur an, dann streckte er die Hand aus und strich ihr eine Haarsträhne hinters Ohr. »Kleines?«, fragte er vorsichtig.

Izila fiel ihm um den Hals. »Du bist es wirklich! Wir haben uns tatsächlich getroffen! Endlich!«, rief sie.

Kargúhl lachte und umarmte sie ebenfalls. »Ich glaub' es nicht! Was für ein Zufall!«

Izila seufzte und atmete tief seinen Duft ein, ehe sie sich wieder von ihm löste. »Also treffen wir uns jetzt öfter?«, fragte sie.

Kargúhl strich über ihre Wange, bei seinem Lächeln hatte sie tausend Schmetterlinge im Bauch. »Das hoffe ich. Ich hätte nie gedacht, dass du mich so umhauen würdest«, erwiderte er.

»Hast du etwa gedacht, ich wäre hässlich?«, fragte Izila gespielt beleidigt.

»Nein, nein!« Er hob beschwichtigend die Hände. »Ich hätte nur nicht gedacht, dass du mir so gut gefällst, dass ich eifersüchtig auf deinen Freund werden würde.«

Izila lächelte. »Da ich keinen Freund habe, ist das kein Problem.«

Stirnrunzelnd sah Kargúhl sie an. »Hattest du mir nicht etwas von einem Jungen erzählt, mit dem du ein Date hattest?«

Izila zuckte mit den Achseln. »Das ist im Sand verlaufen.«

»Umso besser«, erwiderte Kargúhl und rückte näher.

Die Botin lächelte und verschränkte ihre Finger mit seinen. »Was machen wir jetzt?«

Kargúhl lächelte und gab ihr einen Kuss, der die Schmetterlinge in ihrem Bauch Saltos schlagen ließ. Seine Hände waren plötzlich überall, erkundeten ihren Körper.

Atemlos rückte sie von ihm ab und hielt seine Hand auf ihrem Oberschenkel fest. »Geht das nicht etwas zu schnell?«, fragte sie.

»Ich träume schon so lange davon, dich endlich zu berühren, ich habe mich schon vor Jahren in dich verliebt«, erwiderte er und lehnte seine Stirn an ihre.

»Und doch wolltest du mich nicht treffen?«, fragte Izila verwirrt.

»Ich hatte Angst, den Zauber unserer Gespräche zu zerstören.«

Izila seufzte. Sie konnte ihn verstehen. Auch sie hätte nicht geglaubt, diese enge Verbundenheit zu spüren. Aber sollte sie so einfach mit ihm gehen, alle Vorsicht über den Haufen werfen?

Er küsste sie nochmals, strich mit seiner Hand über ihren Oberkörper. Izila erschauerte und spürte, wie das Feuer in ihr erwachte. Sie wollte ihn, sie liebte ihn schon seit so vielen Jahren. Warum sollte sie nicht mit ihm gehen? Er fühlte doch das Gleiche für sie.

»Zeig mir deine Wohnung«, flüsterte sie und sah ihm in die Augen. Kurz glaubte sie, etwas wie Triumph darin aufblitzen zu sehen, es war aber so schnell verschwunden, dass sie sich nicht sicher war. Als er sie noch einmal küsste, war der Gedanke aus ihrem Kopf verschwunden und sie ließ sich von ihm zu seiner Wohnung führen, voller Vorfreude auf die Leidenschaft, die er in ihr wecken würde.

9

(Winter 2009)

Enki saß ruhig unter einem Baum. Er genoss die Stille, die der fallende Schnee verursachte. Sein Studium in Sundsvall hatte angefangen, er hatte sich für Geschichte entschieden. Er wollte mehr erfahren über das Auftreten der Reiter, über den Kampf der Schicksalsboten. Er war sich sicher, dass er in den Geschichtsaufzeichnungen etwas dazu finden würde – wenn auch vielleicht versteckt und nur für den zu entdecken, der wusste, wonach er zu suchen hatte. Dieses Wochenende war er zurück nach Östersund gefahren, wie er es alle zwei bis drei Wochen tat. Er vermisste Alma. Doch gerade, weil er sie so vermisste, wurde der Zweifel in ihm immer stärker. Würde sie ihn zurückweisen, wenn sie von seinem Schicksal wüsste? War sie seine Gefährtin, oder musste er diese erst noch finden? Die Mönche hatten gesagt, sie würden es merken, wenn sie den Gefährten vor sich hätten. Enki war sich dessen aber nicht sicher. Alma war seine Jugendliebe, vielleicht interpretierte er auch einfach nur zu viel in diese Beziehung hinein. Er musste es sicher wissen. Er musste ihr Schicksal anschauen. Seufzend sah er hinauf in die schneebedeckte Baumkrone. War Wissen wirklich besser als die Ungewissheit?

Gefährten, wie geht es euch?, fragte er in den leeren Raum in seinen Gedanken. Die latente Verbindung zu den anderen wurde schnell stärker. Trotz Zeitverschiebungen klappte es immer, dass sie sich antrafen. Teilweise wurden die anderen zwar aus dem Schlaf gerissen, aber sie wurden wach, wenn jemand nach ihnen rief. Dies war beruhigend zu wissen. So war sich Enki sicher, dass er niemals einen Hilferuf überhören würde.

Enki, ist alles gut? Deine Gedanken sind so melancholisch, meldete sich Izila als Erste zu Wort.

Enki lächelte. Sie war meist diejenige, die die feinen emotionalen Verfärbungen der Gedanken bemerkte.

Ich werde mir gleich Almas Schicksal anschauen. Ich muss endlich wissen, ob sie meine Gefährtin ist oder nicht.

Warum gerade jetzt? Ihr seid doch so glücklich. Was macht es schon, wenn sie es nicht ist? Vielleicht wird sie erst durch die Beziehung zu dir zu deiner Gefährtin, sprach Abale in seinen Gedanken.

Genau! Immerhin hat euch das Schicksal doch fast genauso überraschend zusammengebracht wie Kargúhl und mich! Und außerdem mag sie den Wald und geht gerne mit dir tagelang wandern, ohne fließend Wasser oder ein richtiges Bett. Wenn das nicht für sie spricht, weiß ich auch nicht weiter. Izilas Gedanken verrieten, wie sie die Vorstellung, tagelang im Wald unterwegs zu sein, fand.

Enki grinste. Izila war schon immer die gewesen, die auf ein funktionierendes Badezimmer und ein richtiges Bett beharrt hatte. Schon mit acht Jahren hatte sie sich bei der ersten Reise zum Tempel bei ihren Eltern beschwert, dass sie keine Lust mehr hatte, sich hinter einem Busch zu erleichtern.

Wie geht es dir und Kargúhl?, fragte er, um von seinem Thema abzulenken. Er wusste, dass er Alma liebte, das mussten sie ihm nicht sagen. Er wollte nur sicher sein, dass sie ihn auch lieben konnte, wenn sie die Wahrheit über ihn erfuhr.

Einfach fantastisch! Er geht gerne mit mir aus, letztens waren wir ganz schick essen und danach noch in einer Cocktailbar. Er ist ein echter Gentleman, genau so, wie ich mir meinen Traummann immer vorgestellt habe! Ich glaube, das ist nicht nur eine Schwärmerei, erwiderte Izila.

Enki bemerkte die Einfärbung ihrer Gedanken, sie schien sich wirklich in ihn zu verlieben.

Enlil, wie geht es dir? Du bist so still heute, meldete sich Abale zu Wort, nachdem sie Izila hatte spüren lassen, dass sie sich für sie freute.

Es wird besser. Die Polizei hat Sams Leiche endlich freigegeben und die Beerdigung konnte stattfinden. Bei aller Trauer hat mir das auch gut getan. Ich konnte endlich wieder richtig durchatmen.

Das verstehe ich, meinte Abale. *Die letzte Hoffnung, dass alles nur ein böser Traum ist, ist mit der Beerdigung verschwunden, und so weh einem der Verlust auch tut und so sehr man sich auch an die Hoffnung geklammert hat, es ist eine Erleichterung, wenn sie verschwindet und ein Strich unter das Erlebte gezogen werden kann. Damit das eigene Leben weitergehen kann.*

Du hast recht, Abale, genauso geht es mir. Warum studierst du eigentlich nicht Psychologie? Ein kleines Grinsen begleitete diesen Gedanken.

Weil es mir reicht, euch zu analysieren, gab Abale zurück und schickte ein Lachen mit.

Enki hörte Schnee knirschen. *Gefährten, ich muss mich von euch verabschieden. Ich glaube, Alma kommt.*

Viel Glück, Enki!, hörte er einstimmig von den Boten, dann wurde die Verbindung zwischen ihnen wieder schwächer. Keinen Moment zu früh. Er lächelte. Alma trug dicke Schneehosen und einen Wintermantel, dazu einen Schal, der ihr halbes Gesicht verdeckte. Nur auf dem Kopf trug sie nichts, damit ihre Haare frei umherwehen konnten.

Ihre Augen lächelten, als sie sich neben ihn setzte. Sie zog ihren Schal zurecht, damit sie ihm einen Kuss auf den Mund geben konnte. »Wie lange sitzt du schon hier? Du erfrierst noch!«

»Keine Sorge, Alma, das werde ich schon nicht«, entgegnete Enki, der ebenfalls dicke Wintersachen trug, die jedoch seiner sportlichen Statur keinen Abbruch taten. Dank des Trainings der Mönche war er gelenkig und muskulös. Er war der Wendigste und Schnellste der Boten, und diesen Platz wollte er nicht aufgeben.

»In ein paar Wochen ist Weihnachten. Wollen wir dieses Jahr zusammen feiern? Du hast mir noch nichts von deinen Plänen verraten.« Alma lehnte sich an ihn und sah hinauf in die Baumkrone.

Enki zuckte innerlich zusammen. Noch drei Wochen, dann war es so weit. Das Fest war Alma sehr wichtig und sie verbrachte es immer mit ihrer Familie. Dass sie es jetzt mit ihm feiern wollte, zeigte ihm, was sie für ihn fühlte. Aber wie tief waren ihre Gefühle wirklich? Er legte einen Arm um ihre Schultern und fokussierte sich auf sie. Der Schicksalsbaum entstand. Er wollte nur einen kurzen Blick darauf werfen, nur sehen, ob sie eine Entscheidung treffen musste, die ihre gemeinsame Zukunft gefährden würde. Daran würde er ja erkennen, ob sie zu ihm gehörte oder nicht – seine Lebensgefährtin würde doch bestimmt ohne Wenn und Aber bei ihm bleiben. Eine Entscheidung für ihn, mehr wollte er in ihrem Baum nicht sehen. Aber er sah etwas anderes: Ein immer dicker werdender Ast deutete darauf hin, dass sie zu einer Weltenbummlerin werden würde. Sie wollte in Amerika studieren. Amerika! Sie wollte ihn also verlassen?

»Du willst weg aus Schweden?«, rutschte es ihm heraus.

»Wie kommst du darauf?«, fragte sie zurück. Sie sah ihm aber nicht in die Augen, anscheinend hatte er ins Schwarze getroffen.

»Meine Mutter deutete etwas in der Art an«, versuchte er sich herauszureden.

Alma lächelte. »Das ist wohl der Nachteil, wenn sich die Eltern kennen.« Sie seufzte, sah ihn aber weiterhin nicht an. »Ich weiß nicht, ob ich weggehen will. Mir wurde ein Stipendium angeboten, ich könnte ein oder sogar zwei Semester in den USA studieren. Ich soll mich in zwei Tagen entscheiden.«

»So kurzfristig?« Enlil versuchte, seine Stimme sorglos und interessiert klingen zu lassen. Er wollte ihrer Zukunft nicht im Wege stehen. Sein Herz aber begann zu brechen.

»Eigentlich hatte ich zwei Monate Zeit für die Entscheidung. Es tut mir leid, ich wusste nicht, wie ich es dir sagen sollte.« Endlich sah sie ihn an. Tränen glitzerten in ihren Augen.

»Was sagen? Dass du mich verlassen willst?« Enki rückte ein Stück von ihr ab und sah ihr in die Augen.

Sie schüttelte den Kopf. »Nein, ich will dich nicht verlassen! Selbst wenn ich gehe, möchte ich mit dir zusammenbleiben.«

»Wie stellst du dir das vor? Im schlimmsten Fall sehen wir uns ein Jahr lang nicht. Wie sollen wir da zusammenbleiben? Wer weiß, was in diesem Jahr alles passiert. Vielleicht brauche ich dich an meiner Seite, aber du bist auf der anderen Seite des Globus.«

Alma schnaubte. »Was soll denn Schlimmes passieren, dass du mich so plötzlich an deiner Seite brauchst? Du warst es doch, der nach Sundsvall gegangen ist, sodass wir uns nur noch am Wochenende sehen können!«

Enki lag es auf der Zunge, ihr von dem Kampf zu erzählen. Sie hatten bisher keinen Reiter ausfindig gemacht, was die Chance erhöhte, dass die Engel oder Dämonen Erfolg haben könnten. Jeden Moment konnten sie einen der Reiter erwecken und der Krieg würde beginnen. Dann musste er wissen, dass Alma in Sicherheit war. Sonst könnte er sich nie auf den Kampf konzentrieren. Aber er konnte sie nicht darum bitten, hierzubleiben. Sie wollte gehen, das hatte er deutlich an dem dicken Ast in ihrem Schicksalsbaum gesehen. Es gab in ihrem Baum keine Entscheidung, in Schweden zu bleiben, keine Entscheidung für ihn. Wie konnte er sie da mit der Bürde seines Wissens belasten, wenn sie wahrscheinlich nicht seine Lebensgefährtin war? Er schüttelte den Kopf und sah sie wieder an. Tränen sammelten sich in ihren Augen.

»Es tut mir leid, Alma. Ich kann das nicht. Es hatte einen Grund, dass ich nach Sundsvall gegangen bin ... Auch wenn mir das jetzt erst klar wird.« Er strich mit dem Finger über ihre Wange.

Die Tränen flossen ihr aus den Augen und auch er konnte seine nicht zurückhalten. Er nahm sie in den Arm und weinte mit ihr. Weinte um die vielen Tage und Jahre ohne sie. Er wollte sie nicht verlieren. Aber wenn sie nicht sein Schicksal war, hatte er keine andere Wahl. Vielleicht hatte Abale aber recht, womöglich wurde Alma gerade durch die Beziehung zu seiner Gefährtin? Was, wenn er jetzt jede Hoffnung darauf verdarb? Aber wie sollte er die Hoffnung behalten?

»Vergiss mich nicht, Enki«, sagte sie leise.

Er küsste sie auf ihr Haar. »Es gibt eine Geschichte, eine Legende um meinen Namen. Meine Eltern haben ihn mir aus einem bestimmten Grund gegeben. Solltest du irgendwann herausfinden, warum meine Eltern mich so genannt haben und welche Bürde dieser Name auf meine Schultern legt, und dennoch bei mir sein wollen, dann komm bitte zurück zu mir. Aber nur, wenn du dir wirklich sicher bist.«

Das Mädchen sah ihn mit großen Augen an, aber Enki schüttelte den Kopf. Er würde ihr nicht mehr sagen. Er wollte nicht in ihre Augen sehen und wissen, dass sie diese Aufgabe niemals mit ihm teilen würde. Er wollte nicht dabei sein, wenn sie die Wahrheit über ihn herausfand und als Hirngespinst abtat. Aber er konnte jetzt hoffen, dass sie eines Tages zu ihm zurückkam. »Wann fliegst du?«

»Direkt im neuen Jahr«, antwortete Alma und stand auf.

Enki erhob sich ebenfalls und nahm ihre Hand. »Dann bringe ich dich jetzt ein letztes Mal nach Hause«, sagte er.

Auf dem Heimweg flossen die Tränen stumm über ihre Wangen. Vor Almas Tür beugte Enki sich vor und küsste sie ein letztes Mal, dann ging er, ohne sich noch einmal umzudrehen. Er durfte ihren Traum nicht zerstören. Wenn er schon keine Träume haben konnte, weil das Schicksal der Welt auf seinen Schultern lag, sollte zumindest Alma ihre verwirklichen. Ohne ihn, denn mit ihm wäre sie immer wieder gezwungen, zurückzustecken. Am Ende der Straße drehte er sich doch noch einmal um. Das Schneetreiben war dichter geworden, er konnte ihr Haus fast nicht mehr erkennen. Er erahnte den dunklen Schatten, der davor stand, hob einmal kurz die Hand , dann drehte er sich wieder um und eilte nach Hause.

10

(Winter 2009)

Abale!, rief Enki in Gedanken. Er stand an einem See und betrachtete das glitzernde Sternenlicht, das sich darauf spiegelte. Mit Alma war er gern unter dem Sternenhimmel spazieren gegangen, sie liebte diese besondere Art der Stille ebenso sehr wie er. Ein Seufzen kam über seine Lippen. Die Sehnsucht zu ihr war so unsagbar groß. Nur noch wenige Tage, dann war sie in Amerika. Seine Eltern trafen gerade die Weihnachtsvorbereitungen, an der Uni gab es auch nicht mehr viel zu tun. Die Ferien begannen schon nächste Woche. Aber er nur noch weg von allem, eine Auszeit nehmen. Da war ihm Abale eingefallen, die Einzige, die gerade keine eigenen Probleme hatte. Enlil war verzweifelt damit beschäftigt, Alyss wieder ein Stück Lebensfreunde zu geben, nachdem sich ihr Freund umgebracht hatte. Beinahe hätte sie sich auch umgebracht, als Enlil ihr die seltsame SMS gezeigt hatte, die er von Sam kurz vor dessen Tod erhalten hatte. Es hatte Tage gebraucht, ehe Alyss sich wieder einigermaßen beruhigt hatte. Enlil verbrachte jetzt jede freie Minuten bei ihr, aus Angst, dass sie sich etwas antun könnte. So gern Enki ihm auch helfen wollte, gerade konnte er dies nicht. Und Izila kämpfte beständig um die Zuneigung Kargúhls. In einer Woche war er aufmerksam und der perfekte Freund, in der nächsten ließ er sie wieder links liegen – zu viel Arbeit, war seine Ausrede, laut Izila. Ein paar Tage später war er wieder der liebevolle Freund, als den sie ihn kennengelernt hatte. Enki machte die Abhängigkeit, in die sie sich begab, Sorgen, aber er konnte nichts dagegen sagen. Izila musste selbst herausfinden, ob Kargúhl ihr Schicksal war und sie ihn annehmen wollte oder nicht.

Abale hingegen lebte im Studium auf, hatte Freunde gefunden und führte ein wunderbar normales, unkompliziertes Leben. Genau das, was er jetzt brauchte.

Was ist?, kam endlich die Antwort von Abale. Recht verschlafen, er hatte sie anscheinend aus einem tiefen Traum geweckt.

Kannst du mir ein Tor zu dir öffnen? Ich muss hier weg.

An sich gern, Enki, nur ...

Nur was?

Ich habe Herrenbesuch.

Enki konnte durch die telepathische Verbindung ihr Erröten spüren. Er grinste.

Ich werde vor morgen früh nicht auftauchen, ok?

Nein, ist schon gut. Ich mache dir einen Ankerpunkt im Badezimmer, kleinen Moment.

Die Verbindung wurde ein wenig schwächer, dann spürte er ein sanftes Ziehen aus der Ferne. Er erschuf ein Portal, trat in den Baum hinein und mit einem zweiten Schritt wieder hinaus, mitten in Abales Badezimmer.

»Danke«, sagte er grinsend und nahm sie in den Arm. Sie hatten sich seit ihrem letzten Sommer im Tempel nicht mehr gesehen, es kam ihm wie eine Ewigkeit vor.

»Was ist los, Enki? Schmerzt dich die Trennung so sehr? Musstest du Alma wirklich verlassen?« Sie nahm ihn bei der Hand und führte ihn in die Küche.

»Sie wollte weggehen, nach Amerika. Dort kann ich sie nicht beschützen, Abale. Aber wie hätte ich ihr sagen können, dass ich nicht will, dass sie geht, wenn es doch ihr sehnlichster Wunsch ist? Wenn die Dämonen und Engel keine Verbindung von ihr zu mir finden, dann werden sie sie hoffentlich in Frieden lassen.«

Enki setzte sich an den Küchentisch und sah sich um. Er mochte die Wohnung, sie war unkompliziert, aber freundlich eingerichtet und passte zu Abale. Viel verändert hatte sich die

Botin des Wassers nicht, stellte er fest. Ihr langes, dunkles Haar schimmerte blau im Licht der Küchenlampe und ihre Augen leuchteten tiefblau wie das Meer. In irgendeinem Sommer hatte sie mal erzählt, dass ihre Freundinnen neidisch waren auf ihre Haarfarbe und versuchten, durch Färben einen ebenso blauen Schimmer zu bekommen. Keine hatte es geschafft.

Plötzlich hörten sie schlurfende Schritte im Gang. »Abale? Was ist los?«, ertönte eine verschlafene Stimme.

»Michel, das ist Enki, ein guter Freund von mir. Er spricht leider nur Schwedisch und Englisch, versteht aber Isländisch ausgezeichnet. Und das ist Michel, mein Mitbewohner«, wandte sie sich an Enki und zuckte etwas hilflos die Schultern wegen der Erklärung zu den Sprachen. Die Boten verstanden sich durch die ständige, latente Verbindung untereinander. Im Gespräch mit anderen Menschen verstanden sie außerdem jede Sprache der Welt – darum hatten die Mönche es nicht für nötig erachtet, sie in Sprachen auszubilden, abgesehen von Englisch. Wenn es sein musste, konnten sie sich auch mit anderen Menschen per Telepathie verständigen. Dieses Mittel sollten sie aber nur in größter Not einsetzen, denn angeblich hielten die Menschen sich leicht für verrückt, wenn sie plötzlich eine Stimme in ihrem Kopf hörten.

»Gar kein Thema, ich verstehe und spreche ausgezeichnet Englisch«, erwiderte Michel und wechselte direkt die Sprache. »Was treibt dich zu so später Stunde hierher, Enki? Eifersüchtig auf Abales Herrenbesuch?« Michel grinste, holte sich eine Flasche Bier aus dem Kühlschrank und ließ sich ebenfalls am Küchentisch nieder.

»Apropos Herrenbesuch«, sagte Abale und stellte Enki auch eine Flasche Bier hin, »ist es in Ordnung, wenn ich mich jetzt wieder zurückziehe?«

»Klar, ich unterhalte deinen Freund schon«, meinte Michel.

»Ja, geh ruhig, Abale. Wir werden uns schon verstehen«, sagte Enki und prostete Abales Mitbewohner zu. Er würde ihm ein wenig von seinem Liebeskummer erzählen. Eine unbeteiligte Person, mit der er sich betrinken konnte und die er danach nie wiedersehen würde. Das war genau das, was er jetzt brauchte.

Abale lächelte den beiden zu und verschwand aus der Küche.

»Was ist das für ein Herrenbesuch?«, fragte Enki Michel.

»Ein Kommilitone von ihr. Sie waren zwei-, dreimal zusammen aus und jetzt hat sie ihn mit nach Hause genommen. Sie meint, er tut ihr gerade gut, aber etwas Längerfristiges sei es nicht. Wie hat sie es ausgedrückt? Ah ja, sie findet, er habe zu viel Angst vorm Wasser. Warum auch immer das wichtig ist.« Michel zuckte mit den Schultern.

Enki wusste genau, was sie meinte: Er war nicht ihr Gefährte. Aber Abale wollte gerade nicht allein sein und darum gab sie sich mit der zweiten Wahl zufrieden. Enki seufzte, dann erzählte er Michel von Alma. Sie redeten die ganze Nacht, schimpften auf die Liebe und die Frauen, tranken ein Bier nach dem anderen, genau so, wie Enki es brauchte.

Morgens schob Abale ihren Herrenbesuch aus der Tür und kam dann fertig angezogen in die Küche. »Ich muss in die Uni, Enki, willst du mit?« Stirnrunzelnd sah sie auf die vielen leeren Flaschen. Michel schlief mit dem Kopf auf dem Tisch, Enki hatte mit dem Rücken an die Wand gelehnt gedöst. Lange schon war er nicht mehr so betrunken gewesen, und es fühlte sich gut an. Sein Liebeskummer war wunderbar betäubt. Er stand schwankend auf. »Frische Luft wird mir gut tun. Michel, vielen Dank für den unterhaltsamen Abend, das sollten wir wiederholen.«

Ohne aufzusehen, hob Michel eine Hand zum Gruß.

Auf unsicheren Beinen stakste Enki zur Tür und hinunter auf die Straße. Dort atmete er tief ein. Es dauerte nur einige Sekunden, dann war er wieder klar im Kopf, dank des wunderbaren Stoffwechsels der Boten: Sie konnten sich zwar betrinken, aber ein paar tiefe Atemzüge sorgten für eine beinahe vollständige Ernüchterung.

Abale kam hinter ihm her und hakte sich ein. »Du machst Sachen«, meinte sie lachend.

Enki verbrachte einige schöne Tage bei Abale. Abends saßen sie mit ihren Freunden zusammen, tranken, erzählten und lachten. Agnes, ihre beste Freundin, hatte er sofort ins Herz geschlossen. Oft musste Abale dolmetschen, aber das erhöhte nur den Spaßfaktor ihrer Unterhaltungen.

An einem Morgen ging Abale zu einer Vorlesung, Enki hatte keine Lust mehr auf Kunstgeschichte, darum zog er alleine durch Reykjavik und wollte sie später abholen. Er hatte vor, Weihnachtsgeschenke für seine Eltern und seine Schwester zu kaufen, und steuerte gerade einen Laden mit allerlei Krimskrams an, als er einen Schrei hörte. Er lief los, schlitterte um eine Ecke und sah einen jungen Mann und eine junge Frau am Rande eines Parks stehen.

»Lass mich los, du tust mir weh!«, schrie die Frau und versuchte, sich aus dem Griff des Mannes zu befreien. Enki fokussierte sich auf die beiden und sah sich ihre Schicksalsbäume an. Sein Gefühl hatte ihn nicht getäuscht: Der Baum des Mannes trug Anzeichen von Fäulnis. Lange konnte die Beeinflussung durch einen Dämon nicht zurückliegen, denn er hatte noch viele gesunde und starke Äste. Enki überprüfte, welche Entscheidungen die Fäulnis nicht verhinderte. Wie erwartet sah er, dass der Mann nach Deutschland reisen sollte. Das war allerdings nur eine Entscheidung unter vielen, und noch deutete nichts darauf hin, dass ihm allein diese Möglichkeit blieb. Trotzdem sollte er Izila darüber informieren und den Baum bereinigen. Enki sah sich kurz um, es war niemand in der Nähe. Er konzentrierte sich und schickte kleine Stöße seiner Elementenergie in den Baum. Es dauerte nicht lange, da war in den verfaulten Ästen wieder Leben. Der Griff um den Arm der Frau lockerte sich.

»Ich ... Bitte entschuldige!«, stammelte der Mann fassungslos. Er streckte die Hand nach ihr aus, aber sie wich einen Schritt zurück.

»Ich gehe jetzt nach Hause, Lennart. Melde dich heute bitte nicht mehr bei mir, ich rufe dich an, wenn ich es will«, sagte sie, wandte sich um und lief davon.

Enki wollte gerade auf den Mann zugehen, als ein dunkler Schatten, in einen schwarzen Umhang gehüllt, aus einer der Gassen trat und ihm den Weg versperrte.

»Halt dich da raus, Schicksalsbote. Dies ist mein Revier!« Die Stimme des Schattens hallte tief. »Ich warne euch, dich und deine kleine Freundin! Wenn ihr euch noch einmal einmischt, seid ihr Geschichte.« Dann drehte er sich lautlos um und verschwand.

Enki schaute der Gestalt nach. Was war hier gerade passiert? Er musste zu Abale, er musste sie warnen!

»Du siehst aus, als hättest du ein Gespenst gesehen«, begrüßte Abale ihn, als sie aus der Vorlesung kam.

»Ich glaube, das habe ich auch. Oder zumindest einen Dämon.« Er schilderte ihr, was passiert war.

Abale runzelte die Stirn. »Sein Revier? Dass ich nicht lache. Ich werde schon aufpassen, dass die Schicksalsbäume nicht verfaulen«, meinte sie, als Enki geendet hatte.

»Ich würde zu gern mit dir auf die Jagd nach ihm gehen, aber bald ist Weihnachten. Ich muss nach Hause.«

Abale nickte. »Das verstehe ich, Enki. Ich komme schon zurecht. Wenn ich Hilfe brauche, öffne ich ein Portal für euch. Lass uns in die Mensa gehen. Ich sterbe vor Hunger!«

Enki nickte. »Zu Hause werde ich in meinen Büchern nachschlagen, ob ich etwas über einen vermummten Dämon finde.«

Abale hakte sich bei ihm ein. »Gut, halt mich auf dem Laufenden, ja? Und ich hoffe, du konntest zumindest ein bisschen deinen Schmerz wegen Alma vergessen.«

Enki lächelte und drückte Abale kurz an sich. »Ja, ich hatte hier genug Ablenkung. Danke dafür.«

Um den Schein vor Abales Freunden zu wahren, stieg er nach dem Essen in eine Bahn zum Flughafen. Irgendwo auf der Strecke stieg er aus, ging zu einem Baum, öffnete ein Portal und trat hindurch, als er sicher war, dass ihn niemand sah. In einem kleinen Waldstück, das ihm seit seiner Kindheit bestens vertraut war, kam er wieder aus dem Portal hervor. Er ließ seine Elementflügel entstehen, flog in die Luft und landete wenig später auf dem Waldweg. Von dort lief er schnellen Schrittes nach Hause. Die Zeit bei Abale hatte ihm wirklich gutgetan, er freute sich wieder auf zu Hause und das Weihnachtsfest. Vor allem aber freute er sich, etwas zum Arbeiten zu haben – der vermummte Dämon ließ ihm keine Ruhe, er wollte zu gern wissen, wer das war.

11

(Winter 2010)

Du kannst dir nicht wahllos die Schicksale aller Menschen anschauen, Enlil, sprach Izila in seinen Gedanken.

Er spürte die schweigende Zustimmung der anderen beiden Boten. Dennoch hielt er es für gerechtfertigt: Er hätte Sam retten können, wenn er in dessen Schicksal geschaut hätte. Seufzend ging Enlil über den beinahe menschenleeren Campus. Die Feiertage waren vorüber, in zwei Tagen begannen die Vorlesungen und Seminare wieder. Langsam kehrten die ersten Studenten zurück. Er war einer der Ersten, da er Silvester hier auf einer großen Party gefeiert hatte. Irgendwie gelang es ihm nicht so recht, Freunde zu finden, und jetzt mit den Schuldgefühlen wegen Sams Tod war es noch schwieriger. Auf der Silvesterparty hatte er die ganze Zeit an Sam gedacht und daran, wie sehr ihm diese gefallen hätte. Vor vier Monaten war Sam gestorben. Was, wenn er durch einen Engel oder Dämon in den Selbstmord getrieben worden war?

Enlil, bitte. Vergiss nicht, was unsere Aufgabe ist. Du hast doch seit einiger Zeit keine Menschen mehr in deiner Nähe gefunden, die beeinflusst wurden. Die Gefahr, dass du über das Leben jedes Menschen richten willst, selbst wenn er nicht beeinflusst wurde, ist viel zu groß, gab Abale zu bedenken.

Sie hatten ja recht, das wusste er. Aber trotzdem konnte er den Gedanken nicht abschütteln. Wenn sie sich Schicksale ansehen konnten, warum durften sie dann nicht auch dafür sorgen, dass die Menschen die richtigen Entscheidungen trafen, damit sie ein gutes und erfülltes Leben hatten? So schwer konnte das doch nicht sein? Vielleicht konnte damit sogar der Weltfriede hergestellt werden. Waren sie das der Menschheit nicht schuldig?

Auch wenn ich es hasse, Filme zu zitieren: Aus großer Macht folgt große Verantwortung. Ist es nicht unsere Verantwortung, unsere Macht für die Menschen einzusetzen? Dafür zu sorgen, dass sie alle glücklich und zufrieden sind, das Böse aus dieser Welt zu tilgen?, war Enlils Antwort.

Du vergisst etwas, Gefährte, erwiderte Enki. *Jeder Mensch soll glücklich und zufrieden sein, und das Böse soll verschwinden? Das ist genau die Utopie, die sich die Engel erhoffen. Und sie werden jeden umbringen, der diese Ordnung stört. Würdest du das auch tun? Du kannst manche Menschen nicht von ihren falschen Entscheidungen abhalten, du kannst allein durch die Beeinflussung von Entscheidungen das Böse nicht tilgen. Und ist es nicht das Recht eines jeden Menschen, eigene Entscheidungen zu treffen? Ist es nicht ihr gutes Recht, auf den falschen Weg zu geraten, wenn sie nur so lernen, was richtig ist? Wir dürfen ihnen ihre Entscheidungsfreiheit nicht nehmen. Denn wenn wir das tun, sind wir nicht besser als die Engel und Dämonen. Unsere Verantwortung liegt darin, ihnen diese Freiheit zu erhalten, sie zu beschützen. Nicht vor ihren eigenen Entscheidungen und Schicksalen, sondern nur vor den Beeinflussungen der Engel und Dämonen. Und selbst dies schaffen wir nicht bei jedem Menschen – wer weiß, wie viele Engel und Dämonen in Afrika, Asien oder allein nur im Nachbarstaat sind. Wir müssen aber darauf vertrauen, dass das Schicksal uns genau dahin bringt, wo wir gebraucht werden. In die Nähe eines Reiters.*

Enlil seufzte. *Und wenn ich mir nur ein paar Bäume anschaue und nur darauf achte, ob sie beeinflusst wurden? Das sehe ich doch auf einen Blick.*

Verausgabe dich nicht. Jeder Blick auf den Schicksalsbaum kostet uns Kraft, das weißt du. Und das Bereinigen kostet wieder Kraft. Hör rechtzeitig damit auf, falls du angegriffen wirst. Nicht, dass du zu wenig Kraft hast, um einen Ankerpunkt zu errichten, damit wir dir helfen können. Er spürte, wie Izila telepathisch ein aufmunterndes Lächeln mitschickte.

Ohne ein Wort schickte er seine Zustimmung an die anderen, dann spürte er, wie die Verbindung schwächer wurde, bis sie nur noch eine Ahnung irgendwo in seinen Gedanken war. Aufatmend setzte er sich auf eine Bank. Irgendjemand hatte schon den Schnee von ihr heruntergewischt. Mit beiden Händen fuhr er sich durch die Haare. Alyss war noch bei ihren Eltern, sie würde erst morgen wiederkommen. Bevor sie abgereist war, hatte er sich kurz ihren Schicksalsbaum angesehen. Er war normal, es war kein Zweig dabei, der ihren frühzeitigen Tod bedeuten könnte. Danach hatte er sie entspannter in die Ferien fahren lassen können. Er wüsste nicht, was er ohne sie machen sollte, sie war seine einzige Vertraute hier in Yale.

Ein Singsang erklang und ein Vogel ließ sich auf seiner Schulter nieder.

»Hallo, Caladri. Hast du dir Sorgen gemacht? Keine Angst, mir geht es gut.« Mit einem Finger strich er über das weiche Gefieder seines Elementvogels. Die fahlen Federn schienen ständig in Bewegung zu sein, als würde ein Wind durch sie hindurchwehen.

Knirschende Schritte näherten sich über den Schnee.

»Du fliegst besser wieder davon, ehe dich jemand sieht. Danke für deinen Besuch, komm bald mal wieder vorbei.«

Mit einem erneuten Singsang hob Caladri ab und verschwand wieder in den tiefhängenden Schneewolken am Himmel.

Ein Student bog um die Ecke. Enlil fokussierte ihn. Der Schicksalsbaum erschien. Beinahe wäre der Bote von der Bank gefallen: Der Baum hatte nur noch einen Ast. Nicht verfault, sondern sauber abgetrennt vom Stamm, dies hier war das Werk eines Engels. Die Beeinflussung lag augenscheinlich schon lange zurück, ein Jahr vielleicht. Die Entscheidungen führten den Menschen in eine bestimmte Richtung: Er musste irgendwie nach Deutschland kommen. Die Hinweise, dass dort irgendwo ein Reiter sein musste, verdichteten sich – bisher hatte Izila aber noch keine beeinflussten Menschen gefunden. Enlil konzentrierte sich und schöpfte Kraft aus der Luft. Dann schickte er einen kleinen Stoß in den Studenten. Der blieb wie angewurzelt stehen. Er musste spüren, dass sich in ihm etwas veränderte. Schlagartig taten sich ihm neue Möglichkeiten auf, die abgestorbenen Äste bekamen wieder Leben. Stück für Stück richtete sich der Baum wieder auf und entzog dem einen, dicken Ast einen Teil seiner Kraft, sodass er dünner wurde. Es dauerte einige Augenblicke, bis der Schicksalsbaum durch seine eigene Kraft die Bereinigung zu Ende bringen konnte. Enlil atmete schwer, er fühlte sich wie nach einer Runde Jogging. Der Student stand noch kurz unschlüssig da, dann drehte er sich um und ging den Weg zurück. Er hatte sich für einen anderen Zweig seines Schicksalsbaums entschieden – denn jetzt stand ihm wieder alles offen.

Enlil wartete, bis er wieder bei Kräften war, dann ging er nach Hause. Unterwegs sah er sich die Schicksalsbäume von allen Studenten an, denen er begegnete. Nur die Wenigsten von ihnen waren unbeeinflusst. Einige hatten nur wenige abgestorbene Äste, aber die meisten Beeinflussungen lagen schon lange zurück, sodass nur noch ein dicker Ast emporragte. Enlil verbrauchte ungeheuer viel Kraft, um all die Bäume zu bereinigen, aber er schaffte es.

In seiner Wohnung ließ er sich aufs Bett fallen und wollte nur noch schlafen. Der letzte Gedanke, der ihm durch den Kopf ging, war, dass er unbedingt den anderen davon erzählen musste. Wie konnte es sein, dass ihm dies nie vorher aufgefallen war? Warum hatte er sich nie vorher auf Verdacht einen Schicksalsbaum angesehen? Er wusste doch, welche Charakterzüge für eine Beeinflussung sprechen konnten. Über diesem Gedanken schlief er ein.

»Hey, Enlil!«

Enlil drehte sich um und sah Alyss auf sich zu laufen. Er blieb stehen und wartete auf sie. Die Uni hatte seit einer Woche wieder angefangen und sie hatten kaum Zeit füreinander. Dieses Semester musste er viel lernen. Außerdem entdeckte er jeden Tag weitere Studenten, die beeinflusst worden waren, und bereinigte ihre Schicksalsbäume, was an seiner Kraft zehrte. Er musste unbedingt mit den anderen Boten darüber reden.

»Hallo Alyss, alles gut bei dir?«, fragte er.

Sie nickte lächelnd und hakte sich bei ihm unter. »Ja, alles ein bisschen stressig gerade, aber sonst ist alles gut.«

Er schaute sie von der Seite an. Er mochte Alyss und fand sie attraktiv. Kein Wunder, dass Sam sich in sie verliebt hatte. Bei dem Gedanken an ihren toten Freund trübte sich sein Blick. Es wurmte ihn, dass er nicht herausfand, was wirklich mit ihm geschehen war.

»Was ist los? Keine Sorge, mir geht es wirklich gut. Ich bin zwar noch traurig wegen Sam, aber nicht mehr verzweifelt. Das Leben geht ja doch irgendwie weiter«, sagte Alyss.

Sie setzten sich auf eine Bank und Alyss malte mit einem Fuß Muster in den Schnee vor ihren Füßen.

»Ich fühle mich immer noch so hilflos. Ich hätte doch etwas für ihn tun müssen«, seufzte Enlil und lehnte sich zurück, um in den Himmel zu schauen. Ganz oben, so klein, dass er fast nicht zu erkennen war, kreiste Caladri über der Universität. Enlil hatte ihn gebeten, in seiner Nähe zu bleiben. Er fühlte sich, als könnte ihn jeden Moment ein Engel angreifen. Bei all den Beeinflussungen, die er rückgängig machte, würde der Verantwortliche irgendwann die Spur zu ihm verfolgen. Vielleicht gab es hier sogar mehr als einen Engel. Interessanterweise waren nur Studenten betroffen. Enlil hatte sich auch den einen oder anderen Dozenten angeschaut, aber deren Schicksalsbäume waren alle rein. Er war noch keinem Engel in die Arme gelaufen. Aber irgendwo hier mussten sie sich verstecken.

»Du hättest nichts tun können. Wirklich nicht«, erwiderte Alyss und legte den Arm um seine Schulter.

»Das sage ich mir auch dauernd. Es ist gut, Alyss, von Tag zu Tag besser, wirklich. Irgendwann kann ich damit abschließen.« Irgendwann würde er sich auch nicht mehr fragen, was Sam ihm über Alyss hatte erzählen wollen. Alyss selbst wusste nichts von einem Fehler, den sie begangen hatte. Zumindest hatte sie das gesagt.

Sie lächelte. »Das freut mich! Du, ich muss leider wieder los, meine nächste Vorlesung fängt gleich an.« Sie sprang auf, winkte ihm kurz zu und war verschwunden.

Enlil seufzte. Alyss war in letzter Zeit immer auf dem Sprung, vielleicht war das ihre Art der Trauerverarbeitung. Dennoch vermisste er es, Zeit mit ihr zu verbringen. Er stand auf und ging in die Bibliothek, er musste noch lernen. Außerdem wollte er an einem ungestörten Ort mit seinen Gefährten reden.

Eine Lernecke hinter einem hohen Bücherregal, wo er nicht sofort für andere zu sehen war, war frei. Er breitete seine Lernsachen aus, dann rief er seine Gefährten in Gedanken.

Was gibt es?, meldete sich sogleich Izila, und auch die anderen telepathischen Stränge verdichteten sich.

Ich hatte euch doch erzählt, dass hier an der Uni sehr viele beeinflusste Menschen sind. Die meisten wurden von Engeln beeinflusst und haben als Ziel Deutschland vor Augen. Aber ist es nicht seltsam, dass Izila bei sich keine beeinflussten Menschen findet?, fragte Enlil.

Gute Frage, antwortete Enki. *Ich kann das mal nachschlagen, vielleicht gab es so etwas früher schon mal.*

Vielleicht wissen die Dämonen und Engel einfach noch nicht, dass sie den Reiter in Deutschland suchen müssen, gab Abale zu bedenken. *Wenn wir die Menschen immer früh genug bereinigt haben, sodass sie deren Ziel nicht herausfinden konnten, können sie es ja noch nicht wissen. Immerhin sind wir die Einzigen, die die Schicksalsbäume sehen können.*

Das ist ein guter Gedanke, so wird es hoffentlich sein, warf Enki ein. *Izila sollte aber dennoch die Augen offen halten. Ich habe außerdem noch eine gute Nachricht. Durch ständige Nachfragen habe ich von meiner Uni endlich die Erlaubnis bekommen, auch die ganz, ganz alten Bücher in der Bibliothek zu lesen. Zwar nur in geschützten Räumen und unter Aufsicht, aber immerhin. Vielleicht finde ich darin etwas, irgendwo in der Geschichte müssen sich doch Aufzeichnungen finden lassen, wir sind doch nicht die ersten Boten. Vor allem die Gruppe von Menschen, die das Buch der Sieben Siegel bewacht, hoffe ich dadurch zu finden. Auch wenn es eine mühsame Arbeit ist, viele der Seiten sind geradezu unleserlich.* Er 'hörte sich ziemlich frustriert an.

Danke, Enki! Mehr wollte ich auch gar nicht von euch, Gefährten, erwiderte Enlil.

Ich habe noch eine kurze Frage, meldete sich Izila. *Sag, Abale, warum bist du so abwesend? Bedrückt dich etwas?*

Abale schickte ein Seufzen über den telepathischen Strang. *Ich suche immer noch nach diesem maskierten Dämon, den Enki bei mir gesehen hat. Ich habe das Gefühl, als könnte er mich jeden Moment hinterrücks anfallen.*

Mit dem Gefühl lebe ich auch gerade, Abale. Jeden Moment könnte den Engeln auffallen, dass ich es bin, der die Beeinflussungen rückgängig macht, sagte Enlil.

Das ist wohl einfach unser Los als Boten des Schicksals, meinte Izila und schickte tröstende Gedanken an die beiden. Enlil schickte seinen Gefährten ein Lächeln, dann ließ er die Verbindung schwächer werden. Er spürte, wie die anderen es ihm gleichtaten. Seufzend streckte er seine Glieder, dann widmete er sich seinen Lernsachen. Es half ja nichts, mit seinem Studium musste er vorankommen. Konzentrieren konnte er sich momentan allerdings nicht gut, dafür war er einfach zu sehr mit seinen Gedanken bei den beeinflussten Menschen. Wie viele Lebensläufe die Engel und Dämonen wohl zerstörten, wie viele Familien auseinanderbrachen und Freundschaften kaputtgingen, nur weil sie einen Reiter suchten. Es musste aufhören. Eigentlich müsste es die Schicksalsboten immer geben. Denn wer kümmerte sich in der Zeit, in der sie nicht da waren, um die Bereinigung der Menschen? Moment, dazu hatte Ganesh etwas gesagt. Enlil versuchte, sich die Worte seines Lehrmeisters ins Gedächtnis zu rufen: *Die Engel und Dämo-*

nen sehen die Zeichen, sie wissen, wann die Reiter wahrscheinlich erscheinen. Erst dann beginnen sie, wirklich viele Menschen zu beeinflussen. Die Wenigen, die dazwischen beeinflusst werden, überleben meist nicht lange. Ihre Aufgabe ist es, die Reiter zu finden. Gibt es diesen aber nicht, läuft die Aufgabe der beeinflussten Menschen ins Leere und sie sterben, da sie keinen Lebenssinn mehr sehen.

Das war es. Die Engel und Dämonen brauchten die Menschen. Darum beeinflussten sie sie nur, wenn sie wussten, dass ein Reiter auf der Erde war. Enlil atmete tief durch und beugte sich wieder über seine Aufgaben. Abale hatte sehr wahrscheinlich recht mit ihrer Annahme. Es war unwahrscheinlich, dass der Reiter in seiner Nähe war. Dennoch würde er weiterhin die Augen aufhalten. Ganesh hatte gesagt, sie würden ihn einfach erkennen: ein Mensch ohne Schicksal. Er war gespannt, ob dies wirklich so einfach war.

12

(Frühling 2010)

Im Dunkeln schlug sie die Augen auf. Nur das Licht einer Straßenlaterne sickerte durch die Schlitze des Rollos am Fenster, sodass sie Umrisse erkennen konnte. Izila setzte sich leise auf. Was hatte sie geweckt? Sie erschuf eine Feuerkugel, die das Zimmer in rötliches Licht tauchte, und ließ sie an die Decke schweben. Sie hätte auch die Nachttischlampe anmachen können, aber dafür hätte sie sich über Kargúhl beugen müssen und sie wollte ihn nicht wecken.

Im Zimmer entdeckte sie nichts Ungewöhnliches. Daher löschte sie die Kugel wieder und horchte in die dunkle Wohnung. Erst vor ein paar Wochen hatte sie erfahren, dass Abale von einem geheimnisvollen Schatten bedroht und Enlils Universität wahrscheinlich von Engeln besetzt worden war. Seitdem war sie auf der Hut.

Da hörte sie plötzlich ein Geräusch, ein leises Klirren aus der Küche. Leise schob sie sich an Kargúhl vorbei, der tief schlafend neben ihr lag. Sie hatten gerade wieder eine der guten Beziehungsphasen, in denen er nicht genug von ihr bekommen konnte. Das genoss sie und vernachlässigte ihr Studium ein wenig. Aber schon morgen konnte es wieder vorbei und Kargúhl wieder distanzierter sein. Izila löschte die Feuerkugel, schlüpfte leise durch die Zimmertür und schloss sie ebenso leise hinter sich, dann schlich sie auf Zehenspitzen zur Küche, die Hände in Kampfhaltung. Die Tür stand offen und Licht fiel in den Flur. Izila wagte einen Blick in den Raum und atmete erleichtert auf.

»Was machst du da, Lars?«

Ihr Mitbewohner stand in der Küche und wühlte im Schrank mit den Gläsern. »Ich suche zwei Gläser, aus denen man Sekt trinken kann.«

Izila sah auf die Uhr an der Wand. Es war drei Uhr in der Früh. »Warum willst du jetzt Sekt trinken?«

»Von wollen kann keine Rede sein. Aber das Mädel in meinem Zimmer hätte gerne etwas Sekt, und ich würde ihr den Wunsch gerne erfüllen.«

Izila runzelte die Stirn, dann ging sie selbst zum Schrank und suchte die Gläser heraus. »Hier, bitte. Ist es das Mädchen, hinter dem du schon seit Wochen her bist?«

»Genau das. Es ist unser drittes Date und wir landen schon im Bett, unglaublich, oder?«

Izila nicke und winkte Lars zu, als er aus der Küche verschwand. Dann nahm sie sich ein Glas Wasser und setzte sich an den Tisch. Mit Kargúhl war sie schneller im Bett gelandet, schon an jenem ersten magischen Abend, als sie sich endlich durch Zufall getroffen hatten. Ihr stieg die Röte in die Wangen, wenn sie daran dachte, wie ausgehungert sie die ersten Wochen nach der Nähe des anderen gewesen waren. Sie hatten die Finger keine Sekunde voneinander lassen können. Sie hatte tatsächlich einen Mann gefunden, der das Feuer in ihr zu schätzen wusste und nur noch stärker anfachte. Sie grinste und trank aus. Dann stellte sie das Glas in die Spüle und ging leise zurück in ihr Zimmer. Kargúhl lag immer noch im Bett und schlief mit ruhigen Atemzügen. Schnell schlüpfte sie aus ihren Shorts und dem T-Shirt, das sie zum Schlafen trug, dann setzte sie sich auf die Bettkante und küsste ihn auf den Mund, und fuhr mit der Zunge seine Lippen nach.

Ohne die Augen zu öffnen, umfasste er ihre Hüften. »Ist dir nicht kalt, so nackt?«, fragte er leise und streichelte sie.

Sie bekam eine Gänsehaut. »Dann musst du mich wohl wärmen«, antwortete sie und küsste ihn erneut.

Er erwiderte den Kuss, unterbrach ihn und sah sie an. Ein Lächeln lag um seinen Mund. »Das musst du dir erst verdienen.«

Izila lachte leise, schlug die Bettdecke zurück und setzte sich rückwärts auf seinen Bauch. Langsam beugte sie sich vor und verwöhnte seinen Körper mit zahlreichen Küssen und sanften Bissen. Sie mochte das leise Stöhnen, das er von sich gab. Nach einem letzten Kuss rutschte sie von seinem Bauch herunter und legte sich neben ihn. »Zufrieden?«, fragte sie leise.

Kargúhl breitete die Decke über sie beide aus und drehte sich zu ihr. »Ich schon, aber du fehlst noch«, war seine Antwort, dann begannen seine Finger ihren Körper zu erkunden.

Izila seufzte wohlig und gab sich ganz den Berührungen hin. Sie genoss das Gefühl seiner Hände auf ihrer nackten Haut.

Dann schob er sich langsam auf sie, und die Leidenschaft in ihr erwachte zum Leben, ließ sie alles andere vergessen.

Sie kuschelte sich an ihn und strich mit ihren Fingern über seine Brust. »Ich liebe dich«, sagte sie leise in die Dunkelheit. Dann stockte sie. Es war ihr einfach herausgerutscht, sie hatte es noch nie zu ihm gesagt. Bevor sie sich aber Gedanken darüber machen konnte, drückte er sie noch fester an sich und sagte: »Ich dich auch.«

Izila spürte ein Glücksgefühl in sich aufsteigen. Er liebte sie! Er musste ihr Gefährte sein! Ihm gehörte ihr Herz und daran würde sich nie etwas ändern. Sie würde ihn beschützen, mit ihrem Leben. Die Engel und Dämonen sollten sich in Acht nehmen, an ihn würde sie niemanden herankommen lassen. Ihre Aufgabe, den Reiter zu beschützen, würde sie schon irgendwie mit ihrer Liebe zu Kargúhl verbinden können. So wichtig konnte der Reiter schon nicht sein, immerhin mussten vier erweckt werden, damit die Apokalypse stattfinden konnte, und vier in einer Generation waren laut Ganesh mehr als unwahrscheinlich. Sie würde also genug Zeit haben, Zeit, um sie mit Kargúhl zu verbringen und eine Familie mit ihm zu gründen. Wie schön ihre Kinder aussehen würden!

Lächelnd bremste Izila ihre Gedanken. So weit war es nun wirklich noch nicht. Aber sie würden dahin kommen, dessen war sie sich sicher. Immerhin liebte sie ihn mit jeder Faser ihres Seins. Sie brauchte ihn wie die Luft zum Atmen. Ein Leben ohne ihn konnte sie sich nicht mehr vorstellen. Und nun war sie sich sicher, dass es ihm genauso ging.

13

(Frühling 2010)

»So geht das nicht weiter, Izila.« Mara verschränkte die Arme vor der Brust und stellte sich in die Küchentür.

Izila sah verschlafen von ihrem Frühstück auf. »Was geht nicht weiter?«

»Du kannst nicht weiterhin die Uni schwänzen. Die Prüfungen stehen bald an. Seit zwei Wochen warst du schon nicht mehr dort!« Mara durchbohrte sie mit ihren Blicken.

Izilas Wangen röteten sich. Sie hatte zwei Wochen lang mit Kargúhl auf Wolke sieben geschwebt. Er hatte Urlaub, und sie waren die ganze Zeit zusammen gewesen. Sie hatte nicht nur die Uni vernachlässigt, sondern auch ihre Freunde und ihren Teil der Hausarbeit in der WG. Aber es ging immerhin um Kargúhl, um ihre große Liebe! Heute endete sein Urlaub, er würde weniger Zeit für sie haben, und Izila konnte sich wieder um ihr eigenes Leben kümmern.

»Keine Sorge, Mara. Ich gehe heute in die Uni.«

»Na dann ist ja gut«, giftete ihre Mitbewohnerin und setzte sich ihr gegenüber.

»Hab ich dir etwas getan?«

»Du kannst dein Leben nicht von einem Mann abhängig machen! Er tut dir nicht gut, Izila. Wenn du bei ihm bist, bist du nicht du selbst.«

Izila schnaubte und trank einen Schluck Kaffee. Nicht sie selbst. Sie verstellte sich doch andauernd! Wäre sie sie selbst, würde Mara vor Angst kein Wort mit ihr reden. Wie behandelte man einen Menschen, dem das Feuer nichts anhaben konnte?

»Es ist meine Entscheidung, Mara. Und ich sage dir, er tut mir gut. Er macht mich glücklich. Lass es mich doch einfach genießen.« Sie blieb ruhig, weil sie keinen Streit provozieren wollte.

»Was genießen?«, ertönte Lars' Stimme aus dem Flur. Er kam zu ihnen in die Küche und schaute die beiden Mädchen erwartungsvoll an.

»Ich habe Izila gerade gesagt, dass sie ihr Leben nicht von Kargúhl abhängig machen soll«, meinte Mara.

»Ach, das macht Izila schon nicht, oder?«, fragte Lars.

Izila schüttelte den Kopf. »Ich freue mich nur, wenn er Zeit für mich hat. Aber ab heute gehe ich ja wieder zur Uni und werde mich auch wieder stärker an der Hausarbeit beteiligen.«

Mara sah sie skeptisch an.

»Versprochen«, schob Izila hinterher und lächelte ihre Mitbewohnerin an.

»Na gut«, sagte diese und ihr Gesicht nahm endlich einen weicheren Ausdruck an. Izila mochte ihre beiden Mitbewohner. Sie waren unkompliziert und es war auch nicht schlimm, wenn sie ein paar Tage nicht dazukamen, ein paar Worte miteinander zu wechseln.

»Das Semester ist bald zu Ende. Bleibt ihr in den Ferien hier?«, fragte Lars und nahm sich Saft aus dem Kühlschrank.

»Ich weiß es noch nicht. Ich denke, ich werde mal ein paar Tage hier sein und ein paar woanders«, erwiderte Izila. Kargúhl hatte sie gefragt, ob sie ein paar Tage zusammen verreisen wollten. Außerdem brauchte Enlil vielleicht Unterstützung in Amerika. Die Beeinflussungen nahmen bei ihm zu, während sie hier immer noch keine gefunden hatte. Es wurde vielleicht Zeit, den Engel aus seinem Versteck zu locken, damit die Schicksale der Menschen wieder in Ruhe gelassen wurden.

»Ich fahre für zwei Wochen zu meinen Eltern. Ich habe sie ewig nicht gesehen!« Mara bekam vor Vorfreude glänzende Augen. Sie kam aus dem südlichen Teil Deutschlands, daher hatte sie im Semester nur wenig Gelegenheit, nach Hause zu fahren und ihre Familie und alten Freunde zu sehen.

»Was ist mit dir?« Izila sah Lars an.

»Ich bleibe hier. Meine Freundin und ich machen uns ein paar schöne Wochen. Die erste Zeit zusammen muss man ja genießen!« Er zwinkerte ihnen zu.

Mara und Izila sahen sich grinsend an. »Er hat sie seine Freundin genannt!«, riefen beide lachend.

Lars sah sie gespielt genervt an. »Albernes Pack«, erwiderte er.

Noch immer lachend stand Izila vom Tisch auf. »So, ich mache mich dann auf den Weg in die Uni. Bis nachher, ihr beiden!«

»Bis dann!«, antworteten Mara und Lars und steckten dann die Köpfe zusammen. Izila war sich sicher, dass Mara ihren Mitbewohner über seine Freundin ausfragen würde und dass sie es später brühwarm von ihr erzählt bekommen würde.

Leise zog Izila die Tür zum Hörsaal auf und schlüpfte hinein. Sie war ein paar Minuten zu spät, die meisten Dozenten interessierte das aber nicht. Sie suchte sich in einer der oberen Reihen einen Platz und holte Block und Stift aus ihrer Tasche. Dann lehnte sie sich seufzend zurück und versuchte, den Ausführungen zu folgen. Es war eine soziologische Vorlesung, nicht gerade ihr Lieblingsthema. Politikwissenschaft lag ihr mehr. Es dauerte eine Weile, bis sie die bedrückte Stimmung im Saal bemerkte. Sie sah sich um, um herauszufinden, was los war. In einer Ecke neben der Tafel kauerte ein Student. Er hatte einen Spitzhut aus Papier auf. Sie runzelte die Stirn. War das ein seltsames, soziologisches Experiment? Sie beugte sich zu ihrer Sitznachbarin und flüsterte: »Entschuldige, aber was hat es mit dem Studenten da vorn auf sich?«

Die Studentin schaute sie entsetzt an, legte den Finger an die Lippen und schrieb auf ein Blatt Papier: *Er hat gestört und wurde nach vorne zitiert.*

Izila lehnte sich zurück. Das war doch kein Grund, jemanden so bloßzustellen! Immerhin waren sie alle freiwillig hier.

Warum protestierte niemand dagegen? Sie atmete tief durch, dann fokussierte sie den Dozenten. Schnell entstand dessen Schicksalsbaum vor ihrem Auge, ein Baum mit abgestorbenen Ästen. Ein Engel hatte ihn beeinflusst. Das erklärte sein Verhalten, aber nicht das der Studenten. Nacheinander sah sie sich ihre Kommilitonen an und erschrak bei jedem mehr: Fast jeder war beeinflusst worden, entweder von Engeln oder von Dämonen. Die Beeinflussungen waren alle frisch, sie lagen höchstens einen Monat zurück. Und die meisten, die hier saßen, hatten ihren Fachbereich gewechselt, wie sie an den noch bestehenden Ästen erkennen konnte. Ab dem nächsten Semester würden sie alle Chemie studieren. An dieser Universität. War der Reiter ihr tatsächlich so nahe? Wann hatten die Engel und Dämonen das herausgefunden? Sie hatte doch immer wieder die Menschen um sich herum kontrolliert!

Sie musste die Beeinflussungen aufheben, nur ein oder zwei Schicksalsbäume würde sie unbereinigt lassen, in der Hoffnung, dass die Studenten sie zum Reiter führen würden. Zumindest hoffte sie, dass ihr Plan aufgehen würde. Sie fuhr sich durch die Haare. Nach der Vorlesung war noch genug Zeit, darüber nachzudenken. Auf jeden Fall erklärte sich so das Verhalten der Studenten: Egal ob es um die Utopie der Engel oder Dämonen ging, in beiden musste Vorgesetzten unbedingter Gehorsam gezollt werden. Sie atmete nochmals tief durch und sammelte ihre Kräfte. Sie hatte noch nie versucht, so viele Schicksale auf einmal zu bereinigen. Aber um sich jeden einzeln vorzunehmen, fehlte ihr die Zeit. Außerdem fiel es dann vielleicht auf, und sie wurde hier, mitten im Hörsaal, angegriffen. Sie wusste nicht, wie beeinflusste Menschen reagierten, wenn sie nur einige von ihnen bereinigte. Ob sie dies merkten?

Izila vertrieb diesen Gedanken. Sie wollte es jetzt nicht herausfinden. Ihre Kraft musste groß genug sein, um alle auf einmal zu bereinigen. Immerhin war sie bisher noch niemals an die Grenzen ihrer Kräfte gestoßen, ganz egal, was Ganesh oder einer der anderen Mönche von ihr verlangt hatten. Sie konzentrierte sich, ließ ihre Energie vor ihrem inneren Auge über dem Raum schweben und dann mit einem Mal herunterfallen und in die Schicksalsbäume regnen. Sie spürte, wie die Bäume die Energie dankbar annahmen, und die verfaulten und abgestorbenen Äste sich wieder mit Leben füllten. Immer mehr Energie war nötig, noch konnten sie sich nicht von alleine heilen, nur noch ein bisschen ... Da wurde alles um sie her schwarz.

Ein Singsang durchbrach die Stille des Hörsaales. Izila schreckte zusammen und trennte die Verbindung zu den Schicksalsbäumen. Sie sah zum Fenster, gerade schnell genug, um Phönix vorbeifliegen zu sehen. Stöhnend griff sie sich an ihren schmerzenden Kopf und lehnte sich schwer atmend zurück. Beinahe hätte sie sich übernommen und zu viel Energie abgegeben. Es würde einige Zeit dauern, bis sich ihre Speicher wieder aufgeladen hatten. Anscheinend gab es auch für sie eine Grenze. Und einen ganzen Hörsaal heilen zu wollen, auf einmal, gehörte dazu. »Danke, Phönix«, flüsterte sie leise. Zu einem telepathischen Dankeschön fehlte ihr die Kraft. Sie bekam nur vage mit, dass der Student aus der Ecke unter vielen Entschuldigungen zurück auf seinen Platz gelassen wurde. Die Energie hatte anscheinend gereicht, die Stimmung in der Vorlesung war wieder eine andere, eine fröhlichere.

Nach einer weiteren halben Stunde stolperte Izila erschöpft aber glücklich aus dem Saal. Sie suchte sich einen ruhigen Platz auf dem Campus, an dem sie so schnell keiner stören würde, und aß ihr mitgebrachtes Brot. Sie spürte, wie die Energie sofort von ihrem Körper verwertet wurde. Das Bereinigen der Bäume hatte sie beinahe komplett ausgebrannt. Ohne den warnenden Ruf von Phönix hätte sie sich so sehr verausgabt, dass sie einige Zeit nicht zu gebrauchen gewesen wäre. Sie hätte sogar sterben können.

Gefährten?, rief sie vorsichtig in die Dunkelheit ihrer Gedanken hinaus. Telepathie war anstrengend, wie sie jetzt merkte. Lange würde sie nicht mit ihnen reden können.

Izila? Was ist passiert? Ich spüre deine Verbindung nur noch ganz schwach, als wärst du gar nicht mehr da, kam Abales besorgte Stimme in ihre Gedanken, und sie merkte, dass auch die anderen beiden Boten da waren.

Ich habe mich überschätzt. Ich saß heute im Hörsaal und um mich herum waren nur beeinflusste Studenten, teilweise von Engeln, teilweise von Dämonen. Ich habe versucht, sie alle zu heilen, das war anscheinend ein Fehler. Phönix hat einen Warnruf geschickt und mich so gerettet.

Zum Glück! Wir können nicht auf dich verzichten, Izila, du brauchst deine Kräfte, meinte Enki.

Deswegen kann ich auch gar nicht lange mit euch reden. Ich scheine hier endlich voranzukommen bei der Suche nach dem Reiter. Die beeinflussten Studenten haben teilweise mitten im Semester die Uni oder den Fachbereich gewechselt.

Das klingt ganz so, als wäre der Reiter in deiner unmittelbaren Nähe. Izila, sag Bescheid, falls du Hilfe brauchst. Ich spüre, dass du wieder schwächer wirst. Wir unterhalten uns länger, wenn es dir wieder gut geht! Enlils fürsorgliche Gedanken umhüllten sie kurz und Izila schickte einen dankbaren Gedanken zu ihm. Dann verabschiedete sie sich von den anderen und ließ die telepathische Verbindung schwächer werden, bis sie kaum noch vorhanden war. Stöhnend stand sie auf und hielt sich den Kopf. Die Schmerzen wurden immer schlimmer, am besten ging sie nach Hause und legte sich ins Bett. Wenn sie sich nicht irrte, hatte Mara auch Schmerztabletten zu

Hause, sie litt oft unter Migräne und konnte ihr bestimmt etwas empfehlen. Falls gar nichts half, dachte sie noch bei sich, würde sie Phönix bitten, ein natürliches Feuer für sie zu suchen, damit sie sich dorthin teleportieren und Kraft daraus aufnehmen konnte. Sie hoffte zumindest, dass ihre Kraft dann noch für das Erschaffen eines Portals reichte. Langsam, da jeder Schritt schmerzte, machte sie sich auf den Weg nach Hause.

14

(Frühling 2010)

Ein letzter Pinselstrich, dann war das Bild fertig. Abale betrachtete zufrieden ihr Werk. Sie lernten gerade, ein Stillleben in Szene zu setzen, und sie fand, dass es ihr diesmal wirklich gut gelungen war. Sie hatte die Stimmung des Sonnenuntergangs eingefangen, mit langen Schatten, sodass eine Hälfte des Obstkorbes im Dunklen lag und die andere noch hell erleuchtet war. Dazu hatte sie allen Tönen einen kleinen Rotstich gegeben, damit klar wurde, dass die langen Schatten vom Sonnenuntergang herrührten. Bei Sonnenaufgang würde alles ein wenig blasser und farbloser aussehen.

»Uh, unglaublich, Abale. Du kannst einfach wunderbar malen«, ertönte eine Stimme.

Abale drehte sich um und lächelte Agnes an. Sie hatte sie in ihren ersten Studienwochen kennengelernt, und seitdem war sie ihr zu einer immer besseren Freundin geworden. Sie hatte auch Enki, als der sie kurz vor Weihnachten besucht hatte, trotz der Verständigungsschwierigkeiten, angenommen wie einen alten Freund. Das hatte Abale ihr hoch angerechnet.

»Danke. Ich hoffe, unserem Dozenten gefällt es auch«, sagte sie. Professor Dolas leitete diesen Kurs. Sie hatte ihn in ihrem ersten Semester schon kennengelernt, in einer Vorlesung, und dabei mitbekommen, dass er unter den Studenten *McDreamy* genannt wurde. Erst hatte sie gedacht, er wäre eher ein Theoretiker, aber wie sich herausgestellt hatte, konnte er auch sehr gut malen und besaß darüber hinaus das Talent, gut erklären zu können.

»Bestimmt! Er hat doch eh einen Narren an dir gefressen«, holte Agnes sie aus ihren Gedanken zurück.

Abales Wangen färbten sich leicht rosa. »So kannst du das nicht sagen«, meinte sie.

»Es ist doch ein offenes Geheimnis, dass er fast jedes Jahr mit einer neuen Studentin oder manchmal sogar einem Studenten eine Affäre beginnt. Dieses Jahr scheinst du dran zu sein«, witzelte Agnes.

Abale sah sie entrüstet an. »Als ob ich mich auf so etwas einlassen würde!«

»Aber das weiß er ja nicht«, sagte ihre beste Freundin und widmete sich wieder ihrem Bild.

Abale schüttelte grinsend den Kopf und sah ihr beim Malen zu. Egal, was Agnes auch sagte, Abale fand, dass ihre Freundin weitaus besser malte als sie selbst. Das Obst sah so echt aus, dass sie am liebsten in das Bild hineingegriffen und sich einen Apfel aus der Schale genommen hätte. Sie sah Agnes gern dabei zu, wie sie Leben in ihre Bilder brachte. Hier noch ein Pinselstrich und dort – es schien, als würde das Bild zu ihr sprechen und ihr genau sagen, was sie zu tun hatte.

Plötzlich klatschte Professor Dolas in die Hände. Abale sah erschrocken auf.

»Die Stunde ist vorbei, meine Lieben. Lasst die Bilder einfach an eurem Platz stehen, ich werde sie mir in Ruhe anschauen und euch Anmerkungen dazu aufschreiben«, sagte er.

Abale reinigte ihre Pinsel und Farbpalette und schulterte ihre Tasche. Dann sah sie, wie der Dozent zu Agnes trat und etwas zu ihr sagte. Agnes winkte ihr zu, dass sie ruhig schon vorgehen sollte. Abale seufzte und machte sich auf den Weg in die Mensa. Hoffentlich hatte Agnes die Zeichen nicht falsch gedeutet und war jetzt selbst mit der Affäre dran. Abale wusste nicht, ob ihre Freundin dazu nein sagen würde.

Als sie Agnes zwei Stunden später wiedertraf, hatte diese einen träumerischen Ausdruck im Gesicht und schien mit ihren Gedanken in einer anderen Welt zu sein. Sie saß auf einer Bank und genoss die ersten Sonnenstrahlen.

»Hey, Agnes, was wollte Dolas von dir?«, fragte Abale und setzte sich neben sie.

»Hmm? Oh, er hat meine Arbeit gelobt und mir eine große Zukunft als Künstlerin vorausgesagt. Er war so unglaublich charmant, ich glaube, ich bin verliebt.«

Abale schnaubte und schaute ihre Freundin skeptisch an. »Ernsthaft? Bist du dir sicher, dass du da nicht etwas überreagierst?«

»Nein, ganz und gar nicht! Mit ihm ist mein Lebensweg klar gezeichnet, es gibt keine Abzweigungen, keine Zukunftsangst ... nur ohne ihn, da weiß ich nicht, wo ich einmal landen werde.« Agnes sah sie ärgerlich an.

Abale runzelte die Stirn. »Ein klar gezeichneter Lebensweg? Was genau meinst du damit?«

»Genau das, was ich dir gerade gesagt habe! Mit Dolas an meiner Seite bin ich zu Großem berufen! Aber alleine bin ich nichts.«

Abale schüttelte ungläubig den Kopf. Das war nicht mehr ihre beste Freundin!

»Agnes, hör zu ...«

»Nein, du hörst zu! Du gönnst ihn mir nur nicht! Scher dich weg, Abale, ich brauche dich nicht mehr!« Wutentbrannt stand Agnes auf, nahm ihre Tasche und rauschte davon.

Abale blieb einen Moment wie vom Donner gerührt sitzen, dann eilte sie ihr nach. Sie machte nicht den Fehler, sie noch einmal anzusprechen. Aber sie wollte ihren Schicksalsbaum sehen. War sie beeinflusst worden? Aber woher kam dann diese Fixierung auf Dolas?

Agnes blieb vor dem schwarzen Brett stehen und heftete einen Zettel daran. Abale nutze die Chance und fokussierte sich auf sie. Augenblicklich entstand der Schicksalsbaum vor ihren Augen, ein Baum, bei dem Äste abzufaulen begannen. Sie sah sich das Schicksal genauer an. Es hatte mit Dolas gar nichts zu tun. Ihr Baum wies sie jetzt in eine einzige Richtung: Sie würde selbst Professorin für Kunst werden und jedem jungen Studenten die Freude daran austreiben, wenn er nicht so gut war wie sie. Um sich den Weg zu ebnen, wollte sie Nachhilfe in Malerei geben und eine Zeit lang im Ausland studieren, in Deutschland. Für eine Weile wollte sie außerdem Dolas' Geliebte sein – aus Dankbarkeit, weil er es war, der ihr den einzigen Weg gezeigt hatte, den ihr Schicksal nehmen konnte. Abale schüttelte den Kopf, dann ließ sie langsam einen Tropfen ihrer Energie in den Baum fließen. Viel würde er nicht benötigen, da die Beeinflussung noch nicht lange zurück lag. Sie wusste, dass Agnes Angst vor der Zukunft hatte, aber sie glaubte nicht, dass sie ihr Leben so festgefahren leben wollte. Kurz zeigte sich Verwirrung in den Zügen ihrer Freundin, dann riss sie den Zettel wieder vom schwarzen Brett ab. Abale lächelte zufrieden. Sie würde sie heute Abend anrufen und fragen, ob wieder alles in

Ordnung war. Aber nun wollte sie sich mit Professor Dolas unterhalten. Die Spur führte zu ihm, sie war sich sicher, dass er der mysteriöse Schatten war.

Abale atmete tief durch, dann klopfte sie an die Tür des Arbeitszimmers. Von drinnen ertönte ein leises »Herein!«.

Sie trat ein und schloss die Tür direkt hinter sich. »Hallo, Professor Dolas. Ich habe eine kurze Frage zu einer Maltechnik«, begann Abale und blickte sich unauffällig um. Das Zimmer wurde fast komplett von einem riesigen Schreibtisch ausgefüllt, der nur wenige Zentimeter Platz ließ, um sich daran vorbeizuzwängen. An den Wänden rechts und links des Schreibtisches standen Regale, die vor Büchern überquollen. Hinter dem Schreibtisch und neben der Tür hingen Bilder von Studenten, aber auch vom Professor. Sie waren alle in gedeckten Farben gehalten und strahlten etwas Düsteres aus. In dem Raum gab es nur ein Fenster, direkt hinter dem Schreibtisch. Der Professor stand an einem der Bücherregale. Im Gegenlicht waren seine Gesichtszüge nur schwer zu erkennen. Alles in allem wirkte der Raum bedrohlich. Vielleicht hätte sie ihren Gefährten doch sagen sollen, was sie vorhatte, dachte Abale, aber dann straffte sie die Schultern und wischte den Gedanken fort. Sie war hierfür ausgebildet worden und würde es hinkriegen.

»Bitte, frag nur«, sagte Professor Dolas und wandte sich ihr zu. Er stellte das Buch, in dem er geblättert hatte, zurück ins Regal und lehnte sich dann mit verschränkten Armen an seinen Schreibtisch.

Abale schluckte. Sie wusste, warum er *McDreamy* genannt wurde, seine Ausstrahlung war nicht zu leugnen.

»Ich bekomme die Licht- und Schattentechnik bei Stillleben noch nicht so gut hin, wie ich das gerne möchte. Können Sie mir da einen Rat geben?« Etwas Besseres war ihr auf die Schnelle nicht eingefallen.

Der Dozent schien aber darauf anzuspringen, er wandte sich wieder einem der Regale zu. »Ich habe hier irgendwo ein Buch darüber«, murmelte er und begann zu suchen.

Abale nutzte die Chance und fokussierte ihn. Sein Schicksalsbaum entstand vor ihrem inneren Auge, und sie konnte einen leisen Aufschrei nicht unterdrücken. Der Baum hatte einzelne Äste mit einem silbernen Schimmer, wie bei Engeln, die ihre Magie nutzten. Der überwiegende Teil des Baumes aber war eher in der Farbe von angelaufenem Silber, als würde beständig ein dunkler Tropfen auf den Baum fallen und den Glanz immer weiter verdunkeln. So sah eigentlich ein Baum aus, der von dämonischer Energie geprägt wurde. Aber wie war das möglich?

Der Professor drehte sich langsam zu ihr um. »Ich nehme an, du hast dir gerade mein Schicksal angeschaut und festgestellt, dass es nicht dem Lehrbuch entspricht«, sagte er und setzte sich in seinen Schreibtischstuhl.

»Du weißt, wer ich bin«, sagte sie. Sie schob eine Hand hinter ihren Rücken und erschuf eine Wasserkugel darin. Wenn sie sie warf, würde sie sich ausdehnen und den Raum vom Schreibtisch bis zur dahinterliegenden Wand mit Wasser füllen, wie ein übergroßes Aquarium. Dies würde ihr einige Sekunden verschaffen – Zeit, die sie brauchen würde, um aus diesem Zimmer zu entkommen. Einmal mehr nahm sie sich vor, stärker zu trainieren und endlich auch das Eis, das zu ihrem Element gehörte, zu meistern. Eine dicke Wand aus Eis hätte ihr gerade viel mehr genützt als das Wasser.

»Du bist eine der Botinnen des Schicksals und fühlst dich unglaublich wichtig, nur weil du das Schicksal der Menschen erkennen kannst«, erwiderte er. »Du glaubst, die ganze Welt müsste dir dankbar sein, weil sie ihre Entscheidungsfreiheit behält. Doch wer sagt dir, dass sie diese überhaupt wollen?«

»Der Tod«, antwortete Abale.

Dolas sah sie überrascht an.

»Wenn ihr Menschen beeinflusst, werden sie sterben. Vielleicht nicht sofort, vielleicht erst nach zwei oder drei Jahren – aber sie werden sterben, und das lange vor ihrer Zeit. Die Menschen brauchen ihren freien Willen, um zu überleben.« Sie verschwieg absichtlich den Reiter. Wenn er nichts davon wusste, dass die beeinflussten Menschen ihn suchten, dann würde sie ihm das garantiert nicht erzählen.

»Das würde natürlich das Gerede erklären...«, murmelte er leise.

»Welches Gerede?«

»Dass jeder, der sich mit mir einlässt, über kurz oder lang den Tod findet. Dabei gibt es nichts Besseres, als mit Menschen zu schlafen, die ich selbst beeinflusst und danach noch mit dem *Glanz* belegt habe. Sie sind so verdammt dankbar, dass sie einfach alles mit sich machen lassen. Sogar Studenten, die niemals einen Mann auch nur angeschaut hätten, geben sich mir bereitwillig hin.«

Abale verzog das Gesicht. »Das also hast du mit Agnes gemacht!«

»Agnes? Ach, die Kleine von vorhin? Ja, sie wird eine wunderbare Abwechslung. Es war so leicht, sie zu verführen, sie hat gar nicht gemerkt, was passiert, da war ich schon in ihr.« Dolas grinste hämisch. »Wie wäre es, wenn wir das auch mal ausprobieren?«, fragte er.

»Niemals!«, entgegnete sie. »Ich werde deinen Machenschaften hier und heute ein Ende setzen!«

»Ach ja?« Dolas stand auf und an seinem Rücken erschienen große Flügel in der Farbe von dunklem Silber.

Abale stockte kurz der Atem. Dämonen hatten keine Flügel, und die von Engeln waren silbern!

»Nur, damit du Bescheid weißt, kleine Botin: Ich bin ein gefallener Engel. Es gibt nichts, was du mir entgegensetzen könntest. Ich mache, was ich will und mit wem ich es will. Meine Macht ist um ein Vielfaches größer als deine und die deines Gefährten. Da du mir Agnes genommen hast, werde ich dich als Ersatz fordern. Widersetzt du dich mir, werde ich dich in die Irrenanstalt einweisen lassen. Selbst wenn du denen beweisen kannst, dass du keine Wahnvorstellungen hast, sondern wirklich eine besondere Magie anwenden kannst. Was glaubst du, wie lange es dauern wird, bis du als Versuchskaninchen in irgendeiner geheimen Forschungseinrichtung der Regierung endest?« Er sah sie mit einem leicht schläfrigen Blick an.

Angst hatte er überhaupt keine, registrierte die Botin erschrocken. Sie wich langsam vor ihm zurück. »Ich kann das nicht tun«, flüsterte sie tonlos.

Dolas lachte nur. »Ich gebe dir Zeit bis heute Abend, zur Dämmerung. Bis dahin musst du dich entschieden haben. Ich erwarte dich dann wieder hier.«

Abale stürzte aus der Tür und rannte los. Sie wollte einfach nur weg von ihm, weg von diesem Schlafzimmerblick, der ihr Verhängnis bedeutete. Sie musste mit jemandem reden. Aber mit wem? Wer würde, wer könnte ihr helfen? Sie rannte immer weiter, bis sie am Meer war. Dort blieb sie schwer atmend stehen und sah zum Horizont. Was sollte sie tun? Luzifer war ein gefallener Engel gewesen. Er war so stark gewesen, dass er drei Reiter erwecken und zwei Boten töten konnte, ehe es ihnen damals gelang, ihn und die Reiter zu bezwingen. Ganesh hatte ihnen dies in ihrem letzten Sommer im Tempel erzählt. Wie sollten sie gegen einen gefallenen Engel ankommen?

Ein Singsang erfüllte plötzlich die Luft um sie. Abale streckte ihren Arm aus und ihr Elementvogel landete darauf.

»Saena! Weißt du, was ich tun soll?«

Der Vogel keckerte leise.

Abale seufzte. Sollte sie ihren Gefährten Bescheid sagen? Sie zum Kampf rufen? Was, wenn sie starben? Durch ihre Schuld?

Saena keckerte lauter und kniff Abale leicht in den Finger. »Aua, was soll das? Meinst du, ich soll nicht so herumhadern? Du hast ja recht, dafür wurden wir immerhin ausgebildet.« Sie seufzte, dann setzte sie sich im Schneidersitz hin, den Blick weiterhin auf das Meer gerichtet. Saena hopste von ihrem Arm in ihren Schoß und schmiegte sich an sie.

Gefährten? Ich brauche euren Rat, rief sie in Gedanken. Fast sofort verdichteten sich alle telepathischen Stränge.

Was ist los?, fragte Enlil.

Der Schatten an meiner Uni ... Er ist ein gefallener Engel. Sie spürte das Erschrecken der anderen.

Bist du dir ganz sicher?, kam es zaghaft von Izila.

Ja, ich habe seinen Schicksalsbaum und seine Flügel gesehen. Sie schickte ihren Gefährten ein gedankliches Bild davon.

Was wollte er?, meldete sich Enki zu Wort.

Guter Enki, er wusste, dass der enttarnte Engel sie nicht so hatte davonkommen lassen, sondern etwas von ihr wollte. Abale holte tief Luft, dann erzählte sie den anderen von ihrem Gespräch mit Dolas. Die Boten erarbeiteten zusammen einen Plan, wie sie den gefallenen Engel angreifen konnten. Abales Einwände, sie wolle ihre Gefährten nicht in so eine Gefahr bringen, schlugen die anderen einfach in den Wind. Sie sagten, sie seien schließlich dazu ausgebildet worden, zusammen zu kämpfen, als Team und nicht allein. Ihr Einwand, dass sie vielleicht den Reiter verpassten, wenn sie sich auf den gefallenen Engel konzentrierten, wurde ebenso wenig gelten gelassen. Wenn es danach ginge, durften sie ja nichts mehr tun, außer herumzusitzen und auf den Reiter zu warten. Schließlich gab sich die Botin des Wassers geschlagen und erklärte sich mit dem Plan einverstanden. Die Verbindung zu den anderen Boten wurde wieder schwächer, sie mussten alle ihre Vorbereitungen treffen.

»Saena, kannst du mir mein Schwert bringen? Und die Pistole, vielleicht werde ich die auch brauchen. Am besten mit dem Schalldämpfer, damit wir so wenig Aufmerksamkeit wie möglich erregen. Bring die Waffen hierher, ich hole sie ab.«

Saena rieb kurz den Kopf an Abales Hand, dann hob er ab und flog auf das Meer hinaus. Wo das Versteck der Waffen war, wusste Abale nicht, aber das war wahrscheinlich auch besser so. Sie stand auf und lief zu ihrer Wohnung. Es blieben ihr nur noch ein paar Stunden bis zur Dämmerung.

15

(Frühling 2010)

In der Wohnung angekommen, suchte sie in ihren Schränken nach schicker Kleidung, in der sie dennoch kämpfen konnte. Sie entschied sich für einen Rock, eine Bluse und flache Schuhe. Ihre langen, schwarzblauen Haare flocht sie in *Lara-Croft*-Manier, damit sie sie beim Kämpfen nicht behinderten. Sie musste fast über sich selbst lachen, als sie sich im Spiegel anschaute. Das Halfter für die Pistole befestigte sie am Oberschenkel, sodass es durch den Rock verdeckt wurde. Nachdem sie fertig angezogen war, sprang sie aus dem Fenster, manifestierte die Flügel und flog so hoch oben, dass sie von einem flüchtigen Beobachter für einen Vogel gehalten wurde. Wer länger hinsah, würde seinen Augen nicht trauen und irgendeine Erklärung dafür finden. Ihr fehlte aber die Zeit, jetzt zu Fuß zu gehen. Geschickt ließ sie sich am Strand aus der Luft fallen und dabei die Flügel verschwinden. Saena wartete bereits mit den Waffen auf sie.

»Danke, mein Hübscher«, sagte sie und streichelte dem Vogel über den Kopf. »Ich werde dich wahrscheinlich im Kampf brauchen. Aber bring dich nicht unnötig in Gefahr, ok?«

Ein zustimmender Singsang erklang.

Abale schob die Pistole ins Halfter und band sich die Schwertscheide mit dem Zweihänder gut sichtbar um die Hüfte.

Es wurde Zeit, dass sie sich auf den Weg machte. Sie hoffte nur, dass ihre Gefährten rechtzeitig bei Dolas eintreffen würden. Nachdem sie einen Ankerpunkt erschaffen hatte, sprang sie in die Luft, manifestierte ihre Flügel und flog mit Saena an ihrer Seite zurück zur Universität.

Der Campus war menschenleer. Abale war dies nur recht – so würde niemand sie in dieser Aufmachung bemerken und sie käme nicht in Erklärungsnot. Entschlossen betrat sie das Gebäude, während Saena draußen blieb.

Ich werde nicht vor Dolas davonlaufen, ich lasse mich nicht von ihm einschüchtern. Ich bin eine Botin des Schicksals, das Wasser ist mein Element. Dolas ist nur ein gefallener Engel, und wahrscheinlich nicht einmal ein mächtiger. Warum sonst sollte er in einer Uni hocken und Studenten verführen? Er ist bei Weitem kein Luzifer. Es wird schon nicht so schlimm werden. Wie ein Mantra sagte sie sich dies immer wieder, bis sie vor der Tür des Arbeitszimmers stand. Diesmal klopfte sie nicht an, sondern trat gleich ein.

Dolas stand vor dem Schreibtisch und hatte die Arme vor der Brust verschränkt. Er hatte sie offenbar erwartet. Die Botin trat ein und schloss die Tür hinter sich. Einige Augenblicke standen sie sich schweigend gegenüber.

»Du willst also kämpfen«, sagte er schließlich mit einem leisen Bedauern in der Stimme. Abale trat mit ausdrucksloser

Miene einen weiteren Schritt vor und zog ihr Schwert mit beiden Händen aus der Scheide. Sie legte es auf den Boden, dann richtete sie sich wieder auf. Dolas zog überrascht eine Augenbraue hoch.

»Gegen einen Gegner wie dich habe ich doch eh keine Chance«, sagte Abale leise und trat noch einen Schritt weiter auf ihn zu. Sie behielt ihn die ganze Zeit im Auge. Der Schlafzimmerblick trat wieder auf. Er streckte eine Hand aus und streichelte mit einem Finger sachte über ihre Wange. Abale musste an sich halten, um ihn nicht sofort anzugreifen. Noch nicht. Erst, wenn er sich in Sicherheit wiegte. Ein Opfer, das sie bringen musste für den Sieg.

Sie zwang einen Ausdruck auf ihr Gesicht, von dem sie hoffte, dass er ihn überzeugte, dann ging sie noch weiter auf ihn zu. Er umfasste mit einer Hand ihren Po, zog sie näher an sich, zwängte eins seiner Beine zwischen ihre und fuhr mit einem Finger über ihre Lippen, die sie für ihn öffnete – erwartungsvoll, wie Abale hoffte.

Dolas lachte leise. »Keine Chance, kleine Botin. So jemand wie du verdient keinen Kuss.«

Abale sah einen Schatten vor dem Fenster. Sie lehnte ihren Oberkörper zurück. »Weißt du ... So jemand wie du eigentlich auch nicht.« Sie zog ihr Bein an und traf ihn damit zielsicher in die Weichteile, dann setzte sie zu einem Rückwärtssalto an und verpasste ihm mit ihrem Fuß einen Kinnhaken. Keine Sekunde später hielt sie das Schwert kampfbereit in den Händen. Wasser umflutete die Klinge, um die magische Wirkung zu verstärken.

Bevor Dolas reagieren konnte, zersprang das Fenster hinter ihm und er stieß einen Schmerzensschrei aus. Fahrig griffen seine Hände nach hinten. Er drehte sich um, um zu schauen, woher der Angriff kam. Abale sah mit Genugtuung, dass Izila und Enki genau getroffen hatten: Zwei Pfeile steckten in seinem

Rücken, genau an der Stelle, an der seine Flügel unsichtbar zusammengefaltet waren. Durch die Pfeile waren sie fixiert, sodass er sie nicht ausbreiten und davonfliegen konnte.

»Hast du wirklich geglaubt, du hättest es nur mit zwei Boten zu tun?«, kam eine Stimme von der Tür. Enlil war eingetreten, sein Schwert hielt er lässig in der Hand.

»Ihr ... Ihr seid alle erweckt?«, Dolas drehte sich um und hielt sich mit einer Hand krampfhaft am Schreibtisch fest.

»Natürlich, vier Boten, um das Schicksal der Welt zu retten. Nicht nur zwei. Du solltest in Geschichte besser aufpassen.« Abale streckte ihr Schwert aus, die Spitze zeigte genau auf seine Kehle. »Noch irgendwelche letzten Worte?«, fragte sie.

Dolas sah wütend von einem Boten zum anderen, dann sprang er auf den Tisch und stieß einen markerschütternden Schrei aus. Sie hörten etwas reißen. Abale sah erschreckt zu ihm hoch. Er hatte seine Flügel ausgebreitet, aber dort, wo die Pfeile sie fixiert hatten, klaffte ein langer Riss. Mit einem kurzen, hasserfüllten Blick warf sich Dolas aus dem Fenster und versuchte, an Höhe zu gewinnen. Abale und Enlil sprangen hinterher und manifestierten ihre Flügel. Abale zog ihre Pistole und feuerte ein paar Schüsse auf den gefallenen Engel ab, von Izila und Enki prasselte ein wahrer Pfeilregen auf ihn herunter. Einen Pfeil fing er aus der Luft und schleuderte ihn zurück – ein spitzer Schrei ließ Abale zusammenzucken. Er hatte getroffen. Der Pfeilhagel hörte auf.

Dolas drehte sich zu ihnen um. Er griff an seine Hüfte und zog ein Schwert wie aus dem Nichts hervor. »Na, dann kommt mal her, ihr beiden«, keuchte er erschöpft.

Enlil ließ sich das nicht zweimal sagen und griff sofort an. Abale sah wie erstarrt zu. Obwohl Dolas geschwächt war, war er immer noch schnell. Ohne ihren Überraschungsangriff auf seine Flügel hätten sie keine Chance gegen ihn gehabt. Plötzlich bemerkte sie eine Lücke in Enlils Deckung – da hatte Dolas sie auch schon entdeckt, sein Schwert zielte genau auf die Stelle. Mit einem Schrei warf Abale sich dazwischen und konnte den Schwertstreich gerade noch abwehren. Bevor sie ihr Schwert erneut zu heben vermochte, prasselten die Schläge des Dozenten schon auf sie und Enlil ein. Er drängte sie Schritt für Schritt zurück. »Das wird so nichts, Enlil«, rief Abale ihrem Kampfgefährten zu.

Da ertönte plötzlich ein heller Pfiff – und Dolas schrie auf. Die Vögel! Wie beim Engel damals im Wald attackierten sie die Flügel. Doch Dolas schien darauf vorbereitet zu sein. Er hieb nicht mit dem Schwert um sich, sondern griff mit seiner Hand nach hinten – und bekam Saena zu fassen.

»Nein!«, schrie Abale auf, als er mit der Hand den Hals des Vogels zudrückte. Ohne nachzudenken, holte sie mit ihrem Schwert aus, zielte auf seine Hand und hackte sie ab. Im Fall konnte sich Saena aus dem Würgegriff befreien und flog etwas schwankend wieder in die Lüfte. Dolas starrte ungläubig auf seinen Armstumpf, dann sackte er plötzlich in die Tiefe. Seine Flügel trugen ihn nicht mehr. Enlil und Abale flogen ihm hinterher, landeten schwer atmend neben ihm am Boden und ließen ihre Flügel verschwinden. Dolas hatte den heftigen Aufprall nicht überlebt. Die Vögel kreisten wie Aasgeier über dem Leichnam.

»Müssen wir ihn untersuchen?«, fragte Abale Enlil.

»Nein, die Kleidung lassen die Vögel ja übrig. Alles Wichtige werden wir darin finden.«

Abale nickte, dann gab sie den Vögeln ein Zeichen. Sofort stürzten sie sich auf den Leichnam und begannen zu fressen. Jetzt kamen auch Izila und Enki angeflogen. Mit einer Handbewegung rief Enki alle Pfeile wieder zu sich und verteilte sie auf seinen und Izilas Köcher.

Izila sank zu Boden und hielt sich den Hals. »Der Mistkerl hat mich beinahe gekriegt.«

Abale besah sich die Wunde und zog die Luft ein. Der Pfeil hatte die Hauptschlagader nur knapp verfehlt. »Ich nehme dich heute mit zu mir und versorge die Wunde. So geschwächt kannst du dir kein Portal erstellen«, sagte sie zu ihrer Freundin und drückte ihr aufmunternd den Arm.

Izila nickte. Seit ihrem Versuch, einen gesamten Hörsaal zu bereinigen, war sie sich ihrer Grenzen bewusst.

Sie ließen den zerpflückten und halb aufgefressenen Leichnam in der Erde verschwinden. In Dolas' Kleidung fanden sie nichts Brauchbares, Enlil wollte aber den Laptop aus dessen Büro mitnehmen, vielleicht waren darin E-Mails, die ihnen von Nutzen sein konnten. Danach verabschiedeten sich die Jungen von den Mädchen und öffneten sich Portale nach Hause. Abale griff Izila unter die Arme, manifestierte ihre Flügel und flog mit ihr zu sich.

Erst, als Izila mit einem frischen Verband um den Hals schlafend in ihrem Bett lag, erlaubte Abale es sich, tief durchzuatmen. Sie ging ins Bad, stellte sich unter den heißen Duschstrahl und wartete darauf, dass das Zittern ihrer Hände aufhörte. Sie hatten einen gefallenen Engel besiegt. Er hätte zwar beinahe einen Vogel und eine Botin getötet, aber sie hatten alle überlebt. Erschöpft hockte Abale sich hin und lehnte sich gegen die Duschwand. Von draußen war ein leiser Singsang zu hören – Phönix und Saena kreisten über dem Haus und würden sie heute Nacht bewachen. Abale schloss die Augen und genoss das gute Gefühl, in Sicherheit und von Wasser umgeben zu sein.

16

(Frühling 2010)

Ich habe den Code von Dolas' Laptop geknackt. Soweit ich bisher sehen konnte, sind die Dämonen und gefallenen Engel wie eine Armee organisiert – die gefallenen Engel stehen an der Spitze. Der oberste dieser Gefallenen ist derzeit ein gewisser Saladin. Und weit unten scheint Dolas in der Rangfolge nicht gestanden zu haben, er hat ziemlich viele E-Mails mit Saladin ausgetauscht. Allerdings benutzen sie eine Verschlüsselung, die ich bisher noch nicht knacken konnte. Enlil zog den Laptop näher zu sich und wartete auf die telepathische Antwort seiner Gefährten. Mittlerweile schaffte er es, sich auch auf andere Dinge zu konzentrieren, während die starke telepathische Verbindung bestand. Nur Gespräche mit anderen waren nicht leicht gleichzeitig zu führen. Er öffnete das Mailprogramm und sah sich die kryptischen Zeichen in einer der Nachrichten an. Ein gedankliches Bild davon schickte er an seine Gefährten.

Uff, sieht ganz schön kompliziert aus, meinte Izila. *Benutzt du ein Programm zur Entschlüsselung?*

Nein, wenn ich eines der Hackerprogramme darüber laufen lasse, könnten die Dämonen es bemerken. Wenn sie ihre Mails verschlüsseln, werden sie definitiv auch Leute haben, die regelmäßig überprüfen, ob jemand Fragen nach genau diesem Code stellt.

Sag Bescheid, wenn du den Code entschlüsselt hast, Enlil. Was macht Alyss eigentlich? Verfolgt sie dich immer noch auf Schritt und Tritt?, mischte sich Abale ein.

Enlil seufzte. Abale hatte einen wunden Punkt getroffen. Er wusste nicht, womit er Alyss' Aufmerksamkeit verdiente, mittlerweile hatte er das Gefühl, dass sie ihm hinter jeder Ecke auflauerte. Sie versuchte, ihn zu irgendwelchen Unternehmungen zu überreden, beispielsweise zu einem Ausflug ins Schwimmbad, dabei wusste er genau wusste, wie sehr sie schwimmen hasste. Er hatte das Gefühl, als wollte sie ihn mit aller Macht von seiner Pflicht abhalten. Das konnte allerdings nicht sein, denn sie wusste ja gar nicht, was er wirklich tat. Sie war auch nicht beeinflusst worden. Er hatte ihrem Schicksalsbaum noch einmal einen flüchtigen Blick gewidmet und nichts Auffälliges gefunden. Ein leiser Zweifel blieb aber, den er nicht verdrängen konnte. Vielleicht war es aber auch einfach nur ihre Art, ihre Abwesenheit in den Monaten nach Sams Tod wieder gutzumachen. Er wollte sich auch nicht beschweren. Er hatte seine beste Freundin vermisst und war froh, dass sie wieder Zeit mit ihm verbringen wollte. Er wäre nur noch froher, wenn sie ihn nicht ganz so viel beanspruchen würde.

Bisher ja, Abale. Ich hoffe, es legt sich bald wieder. Vielleicht langweilt sie sich, sie braucht wahrscheinlich einfach mal wieder einen Freund. Er grinste und spürte, wie die anderen Boten sich seiner Belustigung anschlossen. Er selbst hätte auch gern mal wieder eine Freundin gehabt, bisher hatte sich aber nicht die Richtige gefunden. Es schien, als hätten die Frauen keine Lust, sich auf etwas Ernsthaftes mit ihm einzulassen. Er seufzte. Wahrscheinlich musste er einfach warten, bis ihm das Schicksal die richtige Frau vor die Füße stellte.

Na gut, Gefährten. Ich muss dann wieder los, Kargúhl und ich wollen ein wenig die erste Sonne im Park genießen. Izilas Gedanken begleitete ein warmes Gefühl. Sie hatte sich verliebt in den Mann, den sie schon seit ihrer Teenagerzeit kannte. Anscheinend hatte sie das Glück, ihrem Gefährten sofort über den Weg gelaufen zu sein.

Läuft es gut bei euch?, fragte Abale.

Ein kurzes Zögern, ein Flackern von einem Zweifel, dann war es wieder verschwunden. *Natürlich, es könnte gar nicht besser sein!*, meldete Izila überschwänglich.

Enlil stutzte. Woher kam dieser Zweifel? Was war los bei ihr? Doch andererseits – sie mussten lernen, die Privatsphäre der anderen zu achten. Der Zweifel war so leise gewesen, kaum wahrnehmbar. Vielleicht hatte Kargúhl nur zu lange gebraucht, um auf eine SMS zu antworten. Es war nicht Enlils Sache, da mehr hineinzuinterpretieren als tatsächlich da war. Wenn Izila Probleme hatte, würde sie ihnen davon erzählen.

Ich werde versuchen, den Engel auszumachen, der für die Beeinflussungen hier in Yale zuständig ist. Ich halte euch auf dem Laufenden, sagte Enlil und löste sich dann langsam aus der Verbindung, bis sie nur noch ein vages Gefühl irgendwo in seinen Gedanken war.

Enlil streckte sich auf seinem Bett aus, seine Gedanken schweiften immer wieder zu Alyss. Es war auffällig, wie sehr sie ihn zu beschäftigen versuchte, vor allem seitdem er angefangen hatte, die Beeinflussungen zu entfernen. War er vielleicht dem verantwortlichen Engel aufgefallen? Vielleicht benutzte er Alyss, um ihn von seiner Aufgabe abzuhalten, nur wie schaffte er das? Womit konnte er Alyss erpressen? Alle Engel waren irgendwie korrupt. Solange sie ein höheres Ziel voraussetzten, liefen sie keine Gefahr, zu gefallenen Engeln zu werden. Dies wurden sie nur, wenn sie etwas taten, was allein ihren eigenen Zielen diente. Egoismus wurde unter Engeln hart bestraft. Auch wenn Enlil der Ansicht war, dass jeder Engel egoistisch handelte, weil jeder gerne den Ruhm ernten wollte, den Reiter erweckt zu haben.

Seufzend setzte er sich auf und griff nach seinem Handy. Morgen würde er sich mit Alyss treffen, und dann würde er ihr unbemerkt nachgehen, um herauszufinden, ob sie von einem Engel benutzt wurde. Vielleicht sollte er auch Caladri auf sie ansetzen, damit er sie auf keinen Fall aus den Augen verlor. Er tippte eine SMS an Alyss ein und schickte sie ab.

»Bitte, ich kann doch nichts dafür, dass er sich nicht ablenken lässt!« Enlil schlich näher zu der halboffenen Tür, durch die Alyss' Stimme zu hören war. Er konnte nicht sehen, mit wem sie sprach, aber er wusste, wem das Büro gehörte: Professor Bennett, einem Dozenten für englische Literatur. War er etwa der Engel, der alle Studenten hier beeinflusste?

Enlil war mit Alyss im Kino gewesen. Danach hatte er sie nach Hause bringen wollen, aber sie hatte mit einer Ausrede abgelehnt und war alleine losgegangen. Mit Caladris Hilfe war Enlil ihr gefolgt und lauschte nun gespannt dem Gespräch hinter der angelehnten Tür.

»Ich habe dir doch gesagt, welche Konsequenzen es haben wird, wenn du das nicht schaffst. Er soll aufhören, hier herumzuschnüffeln, Alyss! Ansonsten war es das mit deinen guten Noten! Und du weißt, was ich deinen Eltern antun könnte.« Die Stimme klang rau und nur mühsam beherrscht. Enlil ballte die Hände zu Fäusten.

»Ich weiß doch auch nicht mehr, was ich noch tun soll!«, hörte er seine Freundin schluchzen. Ein Klatschen und ein spitzer Aufschrei – Enlil konnte sich kaum zurückhalten, in das Büro zu stürmen.

»Wozu haben wir dich denn ausgewählt? Erfüll deine Aufgabe, sonst bekommst du die Konsequenzen zu spüren!«

Der Bote spürte, dass das Gespräch vorbei war. Er drückte sich in eine dunkle Nische – keinen Augenblick zu früh. Alyss stürzte aus der Tür und rannte den Gang entlang. Ihre Wange trug einen roten Abdruck. Bennett hatte sie tatsächlich geschlagen!

Gefährten! Ich habe den Engel gefunden!, rief Enlil in seine Gedanken und zog die Luft neben sich zu einem Ankerpunkt zusammen. Er wusste, die anderen würden gleich kommen, deshalb ging er allein auf die jetzt sperrangelweit aufstehende Tür zu.

»Professor Bennett«, sagte er ruhig und stellte sich in den Türrahmen.

Der Professor blickte auf und lächelte. »Kann ich dir helfen?«, fragte er ruhig und sortierte weiter die Blätter auf seinem Schreibtisch.

»Ich möchte Sie bitten, nicht mehr so mit Alyss umzuspringen.«

»Oh? Was genau meinst du?«

»Sie wird nicht mehr für Sie arbeiten und mich nicht mehr von meiner Aufgabe ablenken müssen.«

Kurz flackerte Angst in den Augen des Engels auf, dann hatte er sich wieder unter Kontrolle. »Du bist als der Bote des Schicksals, der meine Beeinflussungen an dieser Uni zunichtemacht. Weißt du eigentlich, wie nervenaufreibend das ist? Ich möchte, dass du mich in Ruhe lässt, damit ich meine Arbeit machen kann!«

Enlil schnaubte. »Arbeit? Ich denke nicht, dass ich dich weiter wahllos Studenten beeinflussen lassen werde.«

»Nun, dann haben wir wohl keine andere Wahl. Dann muss ich dich eben vernichten.« Der Engel griff unter seinen Schreibtisch und zog ein Schwert hervor.

Enlil grinste nur und trat noch einen Schritt weiter vor. Das Fenster an der Seite des Raumes zersprang mit einem Klirren und Enlil fing geschickt sein Schwert auf. Auf Caladri war Verlass. Dann griff er ohne Vorwarnung an. Er drängte den Engel ein paar Schritte zurück, ehe dieser reagieren konnte und sich zu wehren begann. Enlil trieb ihn immer weiter vom Fenster weg. Er wollte ihn daran hindern, zu fliegen, da er befürchtete, ihm in der Luft unterlegen zu sein. Trotz seines Elements und seiner Freude am Fliegen hatte Enlil im Kampf doch lieber festen Boden unter den Füßen. Klirrend schlugen die Schwerter aufeinander. Beide waren mit Magie geschmiedet und einander ebenbürtig. Der Engel war ein Meister im Fechtkampf. Enlil kam ins Schwitzen, so schnell erfolgten die Stöße seines Gegners. Da stolperte der Dozent, der Bote machte einen triumphierenden Schritt vorwärts – und spürte plötzlich einen brennenden Schmerz im Oberschenkel. Mit einem Aufschrei wich er zurück und starrte fassungslos auf den kleinen Dolch, der in der Wunde steckte. Er zog ihn heraus. Auf der Scheide lag ein grüner Film.

»Gift«, sagte der Engel und sah Enlil verächtlich an. »Hast du wirklich geglaubt, mich allein besiegen zu können? Schöne Vorstellung, Bote.« Er spie das letzte Wort wie eine Beleidigung aus.

Enlil stützte sich an der Wand ab. Der Engel stand zwischen ihm und der Tür, aus dem Fenster konnte er nicht springen. Er wusste nicht, was für ein Gift es war, aber es wirkte schnell, er fühlte sich so schwach, dass er seiner Kraft nicht mehr trauen konnte. Wenn er sprang und das Element ihn nicht trug, würde er auf dem Boden aufschlagen und wäre tot. Langsam kam der Engel näher auf ihn zu und hob sein Schwert. Enlil schloss ergeben die Augen. War dies wirklich das Ende?

»Oh, will der Engel spielen?«, sagte plötzlich eine weibliche Stimme.

Enlil öffnete die Augen und sah Izila den Raum betreten, in ihren Händen kampfbereite Feuerbälle, mit denen sie jonglierte. Ein schwaches Grinsen brachte Enlil noch zustande. Der Engel drehte sich verwirrt um und erstarrte mitten in der Bewegung, als er die Botin erblickte.

»Dann sollten wir wohl mit ihm spielen«, kam eine männliche Stimme hinzu. Abale und Enki traten in den Raum, beide mit gezückten Schwertern.

»Was …?« Der Dozent sah sie fassungslos an.

»Tut mir leid, mein Lieber. Du musst nicht nur mit einem von uns fertig werden, sondern mit allen vieren. Und den

Trick mit dem vergifteten Messer kannst du dir sparen, der klappt nur einmal. Man sollte seinen Joker nie zu früh einsetzen.« Abale machte einen Schritt vorwärts, ein Feuerball flog auf den Engel zu und setzte seine Kleidung in Brand. Er schrie auf und klopfte wild auf seinem Körper herum, um das Feuer zu löschen. Ihm gelang es nicht, aber Izila machte eine Handbewegung und das Feuer erstarb.

»Womit hast du ihn vergiftet?«, fragte sie drohend.

»K ... Kein gefährliches ... Er sollte nur außer Gefecht sein ... Muss ihn zu Dorilla bringen ...« Der Engel kniete nun vor ihnen und stöhnte vor Schmerzen aufgrund seiner verbrannten Haut.

»Dorilla?«, fragte Enki nach.

Abale ging an dem verletzten Engel vorbei zu Enlil. Sie rief Wasser herbei und wusch die Wunde sorgfältig aus, dann konzentrierte sie sich auf den grünen Film auf der Dolchklinge. »Das wird wehtun«, sagte sie und hielt die Hand über der Wunde.

Enlil keuchte erschrocken auf. Es fühlte sich an, als würde sie alles Blut aus ihm heraussaugen. Tatsächlich aber stiegen grüne Fäden aus der Wunde auf und sammelten sich unter Abales Hand. Sie fing sie in einer Wasserkugel ein und wandte sich dann an die anderen: »Alles in Ordnung, ich habe das Gift aus der Wunde gesogen.«

»Oberster ... Erzengel«, stammelte Bennett und sein Blick huschte nervös hin und her. Dann warf er plötzlich sein Schwert von sich, genau auf Enki und Izila zu. Die beiden mussten zur Seite springen, und damit war der Weg zum Fenster frei. Der Engel hechtete darauf zu und sprang hinaus. Sie hörten noch, wie er rief: »Jetzt werde ich jedem euer Gesicht zeigen können!«

»Caladri!«, rief Enlil erschrocken. Er hörte einen schrillen Ton von draußen und dann einen Schmerzensschrei.

Izila stürzte ans Fenster und drehte sich, leicht grün im Gesicht, wieder um. »Caladri hat ihm die Augen ausgehackt und ihn dann fortfliegen lassen. So wird er niemandem unser Aussehen verraten können. Aber er wird jeden Engel daran erinnern, dass sie uns nicht unterschätzen sollten.«

Enlil schluckte und ließ sich dann von Abale aufhelfen. Er wusste nicht, ob er sich je an die Grausamkeit gewöhnen würde, die in den schönen Vögeln steckte. Er trat mit Abales Hilfe ans Fenster. Die vier Elementvögel spielten mit zwei runden Gegenständen und knabberten daran herum. Es bedurfte keiner großen Fantasie, sie als Augen zu identifizieren. Bennett war nicht mehr zu sehen. Er war wahrscheinlich abgestürzt und schleppte sich jetzt zu Fuß an irgendeinen sicheren Ort.

»Wir bringen dich nach Hause, Enlil«, sagte Enki und schob seinem Freund einen Arm unter die Schulter. Der nickte. Seine Kräfte drohten ihn wieder zu verlassen. Abale hatte zwar das meiste Gift aus seinem Körper gezogen, aber anscheinend nicht alles. Er sah, wie Abale den Dolch aufhob und die Wasserkugel mitnahm.

»Ich werde das hier untersuchen, um genau herauszufinden, wie es funktioniert«, sagte sie, als sie Izilas fragenden Blick bemerkte.

»Warum?«

»Damit wir beim nächsten Mal besser vorbereitet sind. Ich werde mich ein wenig schlau machen. Wir haben über Gegengifte zwar auch etwas im Tempel gelernt, aber so wirklich ernst genommen habe ich es damals nicht. Wer hantiert heutzutage schon noch mit vergifteten Dolchen herum?«

Enlil stöhnte leise und versuchte, der Diskussion zu folgen, aber seine Wahrnehmung verschwamm immer mehr. Wie durch Watte registrierte er, dass sie bei ihm zu Hause ankamen und er in sein Bett gelegt wurde. Eine kühle Hand legte sich auf seine Stirn und er öffnete kurz die Augen.

»Ich bleibe hier, bis es dir besser geht, Enlil. Schlaf jetzt. Caladri ist auch hier und wird dich beschützen.« Er sah in Abales meerblaue Augen und nickte. Bevor er in einen traumlosen Schlaf fiel, dankte er Abale wortlos dafür, dass sie es war, die sich um sie alle kümmerte, wenn sie Verletzungen davon getragen hatten.

17

(Frühling 2010)

Er gab ihr einen langen Kuss und Izila schmiegte sich glücklich an ihn. Kargúhl und sie hatten ein wundervolles Wochenende zusammen verbracht – es war genau das, was sie nach dem letzten Kampf gegen den Engel an Enlils Universität gebraucht hatte.

»Heute Abend bin ich beschäftigt, telefonieren wir morgen und schauen, wann wir uns wiedersehen, Izila?« Kargúhl sah sie verliebt an, und ihr Herz machte einen kleinen Hüpfer.

»Ja, ich melde mich bei dir«, sagte sie, küsste ihn noch einmal und sah ihm dann hinterher. Er würde jetzt zur Technischen Universität fahren. Sie freute sich darüber, dass er den Umweg auf sich genommen und sie bis zu ihrem Campus begleitet hatte. Strahlend betrat sie das Gebäude und suchte sich einen Platz, von dem aus sie unauffällig die Studenten fokussieren und ihre Schicksalsbäume betrachten konnte. Da so viele Beeinflussungen auf die Chemiefakultät verwiesen, schwänzte sie regelmäßig ihre Vorlesungen und Seminare, um in den Gebäuden der Chemiker nach Beeinflussungen zu suchen. Irgendwo hier musste es den nächsten Hinweis auf einen Reiter geben, vielleicht lief der Reiter selbst tagtäglich an ihr vorbei.

Beim dritten oder vierten Studenten stockte Izila und sah sich den Baum etwas genauer an. Das Schicksal schien auf einen nahen Tod hinzudeuten. Der Fünfte, der an ihr vorbeilief, war tatsächlich beeinflusst worden, von einem Dämon. Sein Schicksalsbaum brach abrupt ab, als wäre er schon tot. Sie schickte ihre Energie in den Baum, damit er heilte, der Tod blieb aber vorhanden. Izila runzelte die Stirn, schulterte ihre Tasche und folgte dem Studenten in seinen Seminarraum. Sie setzte sich in die hinterste Ecke und besah sich die Schicksale aller Kommilitonen, die hereinkamen. Sie alle, ob beeinflusst oder nicht, schienen kurz vor ihrem letzten Atemzug zu stehen. Das Bereinigen der Schicksalsbäume half nicht, der Tod blieb bestehen. Die Ursache dafür lag also nicht hier, aber wo dann? In keinem Baum war zu erkennen, woran diese Menschen sterben sollten.

Plötzlich klingelte ein Handy. Izila drehte den Kopf und betrachtete den Schicksalsbaum der Studentin, die telefonierte. Er veränderte sich. Die junge Frau legte auf, schulterte ihre Tasche und ging zur Tür. Izila folgte ihr. Kurz nachdem sie das Gebäude verlassen hatte, war der Tod aus ihrem Schicksalsbaum verschwunden. Izila brach der kalte Angstschweiß aus. Es war etwas in diesem Gebäude! Sie lief in ein anderes Stockwerk und fokussierte dort die Schicksalsbäume der Studenten. Auch hier deutete alles auf einen nahen Tod hin. Stand der Reiter etwa kurz vor der Erweckung?

Gefährten!, rief sie in ihre Gedanken, sie konnte ihre Panik nicht unterdrücken.

Was ist los?, bekam sie sogleich von allen besorgte Antwort.

Jeder Student in diesem Gebäude hat den nahen Tod im Schicksalsbaum stehen, ob beeinflusst oder nicht. Aber bei ei-

ner Studentin, die das Gebäude verlassen hat, ist der Tod wieder verschwunden. Was soll ich tun?

Geh raus da, sofort, und erschaffe einen Ankerpunkt für uns!, rief Enki in ihren Gedanken.

Izila zuckte zusammen. Natürlich, er hatte recht, sie musste raus hier. Aber sie konnte die Studenten nicht zurücklassen. Sie packte den nächsten am Arm. »Sag es bitte weiter, alle Seminare heute fallen aus, wegen irgendeinem außerplanmäßigen Treffen der Chemiefakultät.« Auf dem Weg nach draußen sagte sie das Gleiche noch zu anderen Studenten, die ihren Weg kreuzten. Einige folgten ihr zum Glück wirklich zum Ausgang.

Izila trat aus dem Gebäude, ging um eine Ecke und rannte, bis sie eine unbeobachtete Stelle fand. Hier erschuf sie einen Ankerpunkt für die anderen Boten. Kurze Zeit später umarmte sie ihre Freunde. »Danke, dass ihr gekommen seid. Ich glaube, das gesamte Gebäude soll in die Luft fliegen – jeder darin scheint dem Tode geweiht.«

»Anscheinend ist hier wirklich ein Reiter«, sagte Enki. »Erinnert ihr euch an Ganeshs Worte? Die Reiter werden durch eine Katastrophe erweckt. Wenn sich hier viele beeinflusste Menschen versammeln und alle der Tod ereilen soll, ist es wahrscheinlich, dass irgendwo ein Reiter ist, der direkt oder indirekt von der Katastrophe betroffen sein wird. Izila, sind die Beeinflussungen von Engeln oder Dämonen?«

»Dämonen, zum größten Teil. Aber was könnte passieren? Ich habe keinen genauen Vorgang erkannt.«

»Zu welcher Fachrichtung gehört das Gebäude?«, fragte Enlil.

»Chemie«, antwortete Izila.

»Also genug Substanzen in den Versuchsräumen, um die ganze Stadt in die Luft zu sprengen.«

Izila wich alle Farbe aus dem Gesicht. Abale sah besorgt zum Gebäude hinüber. Hinter den Fenstern erkannte sie viele

Studenten – Menschen, die in ein paar Minuten tot sein konnten. »Was machen wir?«, fragte sie.

»Wir gehen in die Höhle des Löwen, was sonst.«, sagte Enlil. »Wir trennen uns und suchen die Versuchsräume der Chemie. Wir müssen jeden einzelnen beeinflussten Menschen reinigen. Und sucht nicht nach einer Bombe. Es wird eher ein verunglücktes Experiment sein und in keinem Fall Absicht. Falls es wirklich schiefgeht – lasst uns hoffen, dass unser Element stark genug ist, um die Explosion einzudämmen.« Er sah die anderen aufmunternd an.

Izila schluckte, ihr Gesicht nahm wieder etwas Farbe an. Sie nickte und zog einen Plan aus ihrer Tasche. »Der Raumplan des Gebäudes. Ich habe ihn immer dabei, sonst würde ich mich hoffnungslos verlaufen. Hier sind die Versuchsräume. Wenn wir uns trennen, können wir auf verschiedenen Wegen dahin gelangen und mehr Menschen bereinigen.«

Enki nickte. »Aber passt auf, dass ihr euch nicht völlig verausgabt. Denk daran, was dir beim letzten Mal passiert ist, Izila, als du zu viele Bäume bereinigen wolltest.«

Die Botin des Feuers nickte. Dann sandte sie einen Gedanken an ihren Elementarvogel. Kaum eine Sekunde später fiel ihr Schwert vom Himmel. Sie fing es geschickt auf und band es sich um die Hüfte. Auch die anderen Boten holten durch eine Bitte an ihre Vögel ihre Waffen herbei. Sie wussten ja nicht, was sie erwartete.

»Was werden die Studenten dazu sagen?«, fragte Abale und sah skeptisch auf die auffälligen Schwertscheiden.

»Sag, du machst LARP und hast deine Waffe zum Üben dabei – falls sie deine Sprache überhaupt verstehen«, riet Izila.

»LARP?«, fragte Enki verwirrt.

»Live Action Role Play. Du denkst dir einen Charakter aus, verkleidest dich und erlebst Abenteuer gegen Drachen und dergleichen. Weniger nerdige Menschen spielen es einfach mit Stift und Papier, die LARPer brauchen aber den vollen Körpereinsatz«, erklärte Izila.

Abale schüttelte lachend den Kopf. »Ich hoffe, das da ist kein Spielzeugschwert.«

»Auf geht's«, mahnte Enki. »Wir treffen uns an den Versuchslaboren.«

Izila hätte am liebsten jeden, der ihr begegnete aus dem Weg geschubst, um so schnell wie möglich zu den Laboren zu kommen. Aber sie zwang sich bewusst langsam zu gehen, fokussierte die Studenten auf ihrem Weg und bereinigte deren Schicksalsbäume, wenn es eine Beeinflussung gab. Einige schickte sie auch unter irgendeinem Vorwand hinaus. Es kam ihr wie eine Ewigkeit vor, bis sie endlich vor den Versuchsräumen stand und auf die anderen Boten traf.

»Es ist nur ein Raum besetzt«, sagte Enlil und deutete auf eine Tür.

»Dann gehen wir mal rein«, meinte Abale. Sie sah blass aus , wirkte aber gefasst.

Izila griff nach der Klinke, öffnete die Tür und schlüpfte hinein, die anderen folgen ihr. Keiner der Studenten nahm Notiz von ihnen, jeder war mit einem Versuchsaufbau beschäftigt. Izila fokussierte sich auf die Schicksalsbäume und wich erschrocken zurück.

»Oh mein Gott«, hörte sie Abale neben sich hauchen.

»Ich denke, Gott hat damit wenig zu tun«, sagte Enki ungewohnt zynisch. Alle Bäume in dem Raum waren dem Tode geweiht, und jetzt bestätigte sich auch ihre Befürchtung: Eine Explosion sollte tatsächlich das gesamte Gebäude in die Luft jagen.

Izila ließ langsam ihre Kraft in einen der Schicksalsbäume fließen. Wer von den Studenten war der Auslöser, wer führte die Explosion herbei? Sie sah an den Bäumen der anderen Studenten, dass ihre Gefährten ebenfalls Bäume bereinigten. Langsam, Stück für Stück. Sie waren zu viert, aber es waren viele Menschen in dem großen Labor. Und die Explosion rückte immer näher ...

Izila arbeitete wie im Wahn. Sie durfte nicht zulassen, dass diese Katastrophe geschah. Sie musste sie aufhalten! So viele unschuldige Menschen würden ansonsten leiden ... Nein, das konnte sie nicht aushalten. Ein Student und noch einer ... Immer mehr wurden gelöst aus ihrer Beeinflussung, und noch immer stand der Tod in ihrem Schicksal, überdeckte alles andere. Da merkte sie plötzlich etwas. Ein Zögern. Eine kurze Bewegung, die innehielt. Sie drehte den Kopf und sah den Studenten an, der wie erstarrt über seinem Versuch saß. Sie blickte in sein Schicksal und sah, dass er der Auslöser war. Und dass keine Zeit mehr blieb, ihn aufzuhalten.

»Raus hier!«, schrie sie und drückte auf den Alarmknopf neben der Tür. Alle Studenten bis auf einen blickten erschreckt auf. Es dauerte eine Sekunde, ehe sie sich regten und tatsächlich auf den Ausgang zuliefen. Eine Sekunde, in der die letzte Chemikalie in den Versuchsaufbau gegeben wurde. Wie in Zeitlupe sah Izila sie hineinfallen. Sie wollte hinausgreifen mit ihrem Element, bemerkte aber gerade noch rechtzeitig, dass Feuer die Explosion nur verschlimmern würde. Stattdessen fühlte sie Enlils kühle Macht an sich vorbeirauschen. Er beeinflusste die Luft, hielt die Chemikalie wenige Millimeter oberhalb der anderen Substanz auf. Zeit, die die anderen Studenten brauchten, um aus dem Raum zu entkommen. Sie hörten Fußgetrappel, aber sie waren nicht schnell genug. Der beeinflusste Student nahm das Reagenzglas, schaute fassungslos auf die beiden Substanzen, die sich nicht vermischen wollten, und warf es dann gegen die Wand. Eine Bewegung, so schnell, dass Enlil ihr nicht folgen konnte. Die Substanzen vermischten sich und entluden sich in einem großen Knall.

Izila hob instinktiv die Arme, rief das Feuer zu ihrem Schutz. Sie sah einen Augenblick nur Schwärze und Rauch, ihre Ohren waren wie mit Watte gefüllt. Sie hustete, dann richtete sie sich auf. Sie trat auf Scherben. Die Fensterscheiben waren zersprungen. Langsam lichtete sich der Nebel. Ihre Gefährten standen ebenfalls wieder auf den Beinen. Vor ihnen schimmerte ein ... nein, vier Schutzschilde. Sie alle hatten im letzten Augenblick den Schild hochgezogen und versucht, die Explosion einzudämmen. Es hatte funktioniert – die Schockwelle hatten sie zwar abbekommen, und von der Außenwand des Gebäudes fehlte ein gutes Stück, aber es stand noch. Selbst der beeinflusste Student hatte überlebt, er war gerade noch im Radius ihrer Schutzschilde gewesen und bloß bewusstlos von der Schockwelle. Enlil beugte sich über ihn und bereinigte seinen Schicksalsbaum.

Allmählich hörte Izila wieder richtig und bemerkte Geräusche von draußen. Sie trat aus dem Türrahmen. Die Tür selbst war aus den Angeln geflogen. Studenten lagen auf dem Boden, von der Druckwelle umgeworfen. Sie half ihnen beim Aufstehen. Abale schloss sich ihr an, Enki und Enlil führten die Geschockten zur Treppe, damit sie den Ausgang fanden. Ein paar Minuten später hörten sie die Sirenen von Feuerwehr und Krankenwagen.

Eingehüllt in eine Decke und mit einem warmen Getränk in der Hand saß Izila mit den anderen auf einer Bank vor dem zerstörten Gebäude. Ihre Schwerter hatten die Boten den Vögeln zurückgegeben. Sie brauchten sie jetzt nicht mehr. Es hatte viele Verletzte gegeben, aber keine Toten, hatten sie von den Sanitätern und Feuerwehrleuten erfahren.

»Warum genau sind wir in dicke Decken eingehüllt und trinken Tee?«, fragte Abale ihre Freunde.

»Wegen des Schocks, damit wir keinen Kreislaufkollaps kriegen. Und außerdem sieht man es genau so auch immer in Filmen«, antwortete Enki und grinste.

Sie beobachteten, wie die Feuerwehr versuchte, das Gebäude abzustützen, das sich bedrohlich zu einer Seite neigte.

»Wir hätten alle draufgehen können«, sagte Izila. »Was haben wir uns dabei gedacht, alle hineinzugehen? Wenigstens einer von uns hätte draußen bleiben sollen.«

»Und wer wäre das gewesen? Wir wurden so ausgebildet, Izila. Entweder alle oder keiner. Alleine sind wir zu verwundbar. Und es hat doch funktioniert.« Abale stieß sie freundschaftlich in die Seite, und Izila legte den Kopf an ihre Schulter.

»Wir leben, das ist die Hauptsache«, sagte Enki leise und konzentrierte sich wieder darauf, die Schicksalsbäume der Vorbeigehenden zu überprüfen. Schließlich hatte die Katastrophe dem Reiter gegolten, er musste also hier irgendwo sein.

»Oh mein Gott, Jan!«, hörten sie plötzlich eine aufgeregte Frauenstimme. An ihnen vorbei rannte eine Studentin direkt auf einen Jungen zu, der sich gerade aus der dicken Decke schälte.

»Alles gut, Katharina«, erwiderte der, nahm sie in den Arm und küsste sie. Lächelnd sah Izila den beiden zu. Das Mädchen war vielleicht zwei oder drei Jahre jünger als sie selbst und schien über beide Ohren verliebt in den Jungen zu sein. Es hätte ihr das Herz gebrochen, wenn er bei der Explosion gestorben wäre. Sie hatten viele Menschen vor dem Verlust eines lieben Menschen bewahrt.

»Oh mein Gott«, sagte Enlil plötzlich. Er war kreidebleich im Gesicht.

Fragend sahen die anderen ihn an.

»Seht euch das Mädchen an, versucht, ihr Schicksal zu sehen«, forderte er sie auf.

Izila runzelte kurz die Stirn und fokussierte dann den Schicksalsbaum. Dann erkannte sie, warum Enlil so bleich geworden war. Ein Mensch ohne Schicksal, hatte Ganesh gesagt. Jemand, der als Baby sein eigenes Schicksal unbewusst abgelehnt hat, dessen Baum keinen Nährboden findet. Was sie sahen, entsprach allerdings nicht ganz diesem Bild: Da war tatsächlich keine Baumkrone mit den vielen, möglichen Verästelungen, sondern das feine Wurzelwerk eines Baumes, der eben erst angefangen hatte zu wachsen. Der Stamm war noch unglaublich dünn und lief ohne eine Krone aus, er hörte einfach auf. Dieses Mädchen wählte sein Schicksal selbst, es hatte kein vorgesehenes. Und jede seiner Entscheidungen machte den Stamm ein kleines bisschen dicker, bis zum Ende des Lebens – oder bis zu seiner Erweckung als Reiterin der Apokalypse.

»Sie ist es. Sie haben wir gesucht«, sagte Abale leise. Tränen standen ihr in den Augen.

Izila konnte es ihr nicht verdenken, sie selbst hätte auch gerne vor Erleichterung geweint. Sie hatten alle Zeichen richtig gedeutet und konnten ein unschuldiges Mädchen davor bewahren, zu einer schrecklichen Geißel der Menschheit zu werden.

»Wir ... Was machen wir jetzt?« Fragend sah Enki seine Gefährten an.

Sollten sie sie einfach ansprechen? Izila schüttelte den Kopf. Würde sie ihnen überhaupt glauben? Würde sie die anderen Boten verstehen? Vielleicht hatte sie auch eine latente telepathische Veranlagung.

»Entschuldigung, mein Freund sagte, ihr hättet ihm hinausgeholfen nach der Explosion? Ich wollte mich dafür bei euch bedanken.«

Izila sah auf und blickte in das strahlende Gesicht der Reiterin. Sie lächelte zurück. »Keine Ursache. Ich heiße Izila, das da sind Abale, Enki und Enlil.«

»Ich bin Katharina.« Das Mädchen blickte sich kurz um und winkte ihrem Freund zu. Der kam herüber, gab ihr einen Kuss und verabschiedete sich. Die Sanitäter hatten ihn gehen lassen, und er wollte nach seinen Freunden sehen. Katharina blieb aus irgendeinem Grund bei den Boten stehen, vielleicht spürte sie das Ziehen des Schicksals doch ein wenig und wusste instinktiv, dass sie bei ihnen am besten aufgehoben war.

»Ihr habt seltsame Namen«, sagte sie und setzte sich vor ihnen auf den Boden.

Abale lächelte. »Das hören wir öfter.«

Izila tauschte einen kurzen Blick mit ihren Gefährten. Katharina hatte Abale verstanden, hatte nicht einmal gestutzt, obwohl die Botin nicht Deutsch gesprochen hatte. Sie mussten ihr die ganze Geschichte erzählen, oder zumindest so viel, dass sie wusste, warum sie von nun an immer in ihrer Nähe sein würden. Doch dafür war hier kaum der richtige Ort.

Enlil schien den gleichen Gedanken zu haben, denn er sagte gerade: »Ich habe Hunger. Wollen wir uns einen ruhigen Platz suchen und etwas essen? Du kannst gern mitkommen, Katharina.«

Sie nickte lächelnd.

Izila schälte sich aus der dicken Decke. Wie selbstverständlich nahmen die Boten eine Formation ein: Enki ging vorne an der Spitze, Izila bildete das Schlusslicht, Abale und Enlil nahmen das Mädchen in ihre Mitte. So war sie von allen Seite geschützt. Die Botin des Feuers betrachtete den wippenden, kurzen Pferdeschwanz vor sich und wünschte sich inständig, dass Katharina bis zu ihrem Lebensende einfach ein Mensch sein konnte.

18

(Sommer 2010)

Stumm saß Enki am Küchentisch. Er hatte seinen Eltern gerade erzählt, dass er sein Studium nach den Semesterferien nicht so intensiv weiterführen würde. Die Boten des Schicksals hatten jetzt eine Aufgabe zu erfüllen, die einen Großteil ihrer Zeit beanspruchen würde. Er hoffte, seine Eltern wären nicht zu enttäuscht.

»Das ist gar kein Problem, Enki. Sag uns einfach, wie viel Geld du im Monat brauchst.« Seine Mutter sah ihn lächelnd an.

Er runzelte sie Stirn. »Wie, ihr gebt mir einfach Geld? Wo wollt ihr das denn hernehmen?«

»Aus einem Depot, das es nur für dich als Boten gibt«, erklärte sein Vater. »Die Legende lebt schon so lange in unserer Familie und irgendwann, vor ein paar hundert Jahren, muss es schon einmal einen Boten gegeben haben. Dieser hat ein Depot eröffnet, Geld gespart und seine Nachkommen angewiesen, das Gleiche zu tun. Niemand sollte dieses Geld je anrühren, bis es wieder einen neuen Boten geben würde. Du kannst dir vorstellen, dass sich da einiges angesammelt hat. Kurz gesagt: Ich denke nicht, dass du irgendwann wirst arbeiten müssen, sofern du sparsam lebst.«

»Ich könnte hundert Jahre oder noch länger leben«, meinte Enki fassungslos.

»Na gut, in hundert Jahren brauchst du dann vielleicht doch mal einen Job oder es gibt genug Familienmitglieder, die dir weiterhin Geld zukommen lassen. Und da du die lebende Legende bist, gehe ich stark davon aus. Deine Schwester will auch für dich Geld zurücklegen, sobald sie etwas verdient.« Sein Vater blickte ihn lächelnd an.

Enki schluckte. Ums Geld musste er sich also keine Sorgen machen. Er konnte einfach für Katharina da sein und sie beschützen und somit die ganze Erde. Das war mehr, als er erwartet hatte. Ob es den anderen Boten ebenso erging? »Ich ... ich danke euch«, sagte er gerührt.

Seine Mutter stand auf und fuhr ihm durch das Haar. »Als du auf die Welt kamst und wir den blühenden Baum mitten im Winter sahen, war uns klar, dass du etwas Besonderes bist. Dein Vater hatte mir so viel von seiner Familienlegende erzählt, aber geglaubt habe ich es erst, als ich das Zeichen wirklich sah. Oh Enki, ich wünschte, ich könnte dir die Last von den Schultern nehmen. Ich wünschte, du hättest in Frieden aufwachsen können.«

Er lächelte sie an. »Aber ich bin doch in Frieden aufgewachsen, Mama. Ich hatte eine wunderbare Kindheit, und die Zeit im Tempel möchte ich niemals missen. Wir haben dort zwar das Kämpfen gelernt, aber ebenso durften wir Kinder sein. Und noch gibt es keinen Krieg. Und es wird nie einen geben, wenn wir das verhindern können.«

Seiner Mutter rollte eine Träne über die Wange. Sie wischte sie weg und seufzte. Auch seinem Vater glitzerten Tränen in den Augen.

»Noch etwas«, sagte seine Mutter und schnäuzte sich. »Alma war vor ein paar Tagen hier und hat nach dir gefragt. Ich weiß nicht, was sie wollte, das hat sie mir nicht gesagt. Sie hat nur darum gebeten, dass ich dir das ausrichte, und dass du zu ihr gehst, wenn du mit ihr reden willst.«

Enki runzelte die Stirn. Bei der Erwähnung von Almas Namen hatte er sich gefühlt, als würde ihm jemand in den Bauch boxen. Es war so viel passiert in letzter Zeit, dass er gar keine Zeit gehabt hatte, an Alma zu denken. Jetzt drängte sie sich mit Gewalt wieder in seine Gedanken. Er straffte die Schultern, stand auf und ging hinaus. Keine zwei Schritte vor der Haustür warf er sich in die Luft und flog auf dem schnellsten Weg zum Wald.

Er landete genau dort, wo Alma ihm zum ersten Mal richtig aufgefallen war. Hier hatte sie damals den Nestling gefunden und ihn darum gebeten, ihn zurück ins Nest zu setzen. Hier hatte ihre Freundschaft begonnen, aus der Liebe geworden war. Ein Singsang ertönte und Amphis setzte sich auf Enkis Schulter.

»Hallo, mein Schöner. Du bist auch am liebsten in diesem Wald hier, nicht wahr?«

Der Vogel keckerte leise, wie zur Zustimmung.

Enki seufzte. Was hatte Alma gewollt? Hatte sie herausgefunden, welche Bürde er trug? Wollte sie ihm sagen, dass sie damit zurechtkam? War sie doch sein Schicksal? Gedankenverloren streichelte er den Vogel und hörte nicht die Schritte, die sich näherten.

»Was für ein schöner Vogel. So einen habe ich noch nie gesehen«, sagte eine leise Stimme hinter ihm.

Enki drehte sich um.

»Alma! Wie geht es dir? Wie war es in Amerika?«

Sie schüttelte den Kopf. »Ich bin nicht geflogen. Ich ... Ich konnte nicht. Aber ich habe stattdessen recherchiert.«

Er nickte und sah sie weiter nur stumm an. Hatte sie herausgefunden, welche Geschichte sich hinter seinem Namen verbarg? Glaubte sie diese Geschichte?

»Ich habe herausgefunden, dass es eine alte Familienlegende gibt. Oh, ich musste mit vielen älteren Menschen aus Östersund sprechen. Kaum jemand kannte den Namen, bis auf eine Frau, die wahrscheinlich schon über hundert Jahre alt ist. Sie erinnerte sich noch an den Krieg und an eine alte Familienlegende, die ihr ein Liebhaber einmal erzählt hatte. Er wollte sie nur heiraten, wenn sie mit der Geschichte leben konnte. Sie hielt ihn für verrückt und schickte ihn fort. Aber sie hat die Legende nie vergessen: Ein Kind, vom Schicksal auserwählt, das den Namen Enki bekommt – es kann die Natur beeinflussen und den Weltuntergang aufhalten. Enki, glaubst du wirklich, dass du das bist? Dass diese Legende wahr ist? Vielleicht haben sich deine Eltern auch nur einen Scherz erlaubt, als sie von der Legende erfuhren.«

Er sah den Zweifel in ihren Augen, hörte ihn in ihrer Stimme. Hielt sie ihn für verrückt? Wenn dem so war, dann war sie wirklich nicht seine Gefährtin. Er ließ die Schultern sinken. Amphis stimmte einen leisen Singsang an und flatterte auf einen niedrigen Ast. Er schien Alma fast vorwurfsvoll anzuschauen.

»Als ich geboren wurde«, sagte er leise, kaum hörbar, »mitten im tiefsten Winter, da stand ein Baum vor dem Krankenhaus in vollem Grün da, als wäre es schon Frühling. Genau vierundzwanzig Stunden blieben die Blätter an den Ästen, dann verfärbten sie sich rot und braun und fielen zu Boden. Das Schicksal hat mich auserwählt, Alma, ob du nun an die Legende glaubst oder nicht. Mein Element hat mich schon vor meinem ersten Atemzug als den erkannt, der ich bin, und mich zu sich gerufen.«

»Dein Element?« Immer noch dieser Zweifel in ihren Augen.

Er seufzte. »Ich beherrsche das Element Erde. Das hier«, er deutete auf den Vogel, »ist Amphis, mein Elementvogel.« Amphis keckerte leise.

Alma wich einen Schritt zurück. »Du glaubst das alles wirklich? Oh mein Gott, Enki! Wurdest du so sehr in dem Glauben erzogen, dass du Realität und Fantasie nicht mehr auseinander halten kannst? Was haben deine Eltern dir angetan?«

»Meine Eltern haben das einzig Richtige getan! Du glaubst nicht, was ich sage? Was hältst du dann davon?« Enki legte eine Hand an den Baum neben ihm. Innerhalb von Sekunden verfärbten sich die Blätter an einem Ast und fielen zu Boden.

Alma schrie auf.

Enki strich entschuldigend über die Rinde des Baums und ließ ein wenig seiner Kraft in ihn fließen, damit der Ast wieder zum Leben erweckt wurde und Blätter tragen konnte. »Wenn du damit nicht leben kannst, dass ich ein Bote des Schicksals bin, dann ist das deine Sache. Aber bezeichne mich nie wieder als verrückt.« Er streckte die Hand nach ihr aus.

Doch Alma wich weiter vor ihm zurück mit schreckgeweiteten Augen.

Enkis Flügel manifestierten sich auf seinem Rücken. Traurig schaute er seine ehemalige Freundin an. »Leb wohl, Alma.« Dann schwang er sich mit Amphis in die Luft, die Augen voller Tränen. Er hatte so gehofft, sie würde ihm glauben und an seiner Seite bleiben. Trotz allem hatte er so sehr darauf gehofft.

19

(Sommer 2010)

»Also nochmal jetzt: Ich darf nirgendwo alleine hingehen?« Katharina sah die vier Boten entrüstet an.

Enki hätte beinahe gelacht. Seit ein paar Wochen kannten sie Katharina nun schon, aus dem Frühling war Sommer geworden. Vom ersten Augenblick an hatten sie sich gut verstanden, was bei Katharinas Wesensart auch kein Wunder war. Sie kümmerte sich um ihre Freunde, egal zu welcher Tageszeit. Sie liebte es, unter Menschen zu sein, stellte sich aber selbst nie in den Mittelpunkt, sondern rückte andere dorthin. Sie war die perfekte beste Freundin, zumindest für Menschen, die ihre Gutherzigkeit nicht ausnutzten. Sie hatte einen ausgeprägten Sinn für Gerechtigkeit und stand für ihre Freunde ein, egal, wie groß die Meute der Gegner war. Was sie allerdings nicht ganz verstand, war, dass Engel und Dämonen existierten und dass sie hinter ihr her waren.

Sie hatten ihr nicht erzählt, dass sie eine Reiterin der Apokalypse werden konnte. Stattdessen hatten sie sich darauf beschränkt, ihr zu erklären, dass sie einer der wenigen Menschen ohne vorherbestimmtes Schicksal war und dass die Engel und Dämonen danach trachteten, dies zu ihrem Vorteil auszunutzen, um die Erde in den Untergang zu führen.

So ganz geglaubt hatte sie ihnen nicht. Nachdem sie kurz darüber gelacht hatte, hatte sie ihnen aber weiter zugehört. Es galt jetzt, sie wirklich davon zu überzeugen. Ein Anfang war gemacht, als sie ihr die Elementmagie zeigten, die sie nutzen konnten. Sie war begeistert gewesen, dass Enki Blumen erblühen oder absterben lassen konnte, Izila ein Feuer aus dem Nichts erschaffen, Abale Wasser herbeirufen konnte und dass Enlil Kontrolle über den Wind hatte. Begeistert, nicht erschrocken. Sie hatte es sogar mit einem Schulterzucken hingenommen, dass sie fremde Sprachen durch leichte Telepathie verstand. Dies war ein guter Anfang. Sie gehörte zu den Menschen, deren Horizont so weit war, dass auch etwas Unmögliches darin Platz hatte. Enki lächelte – Izila hatte mal einen Spruch aus einem Film zitiert, den er selbst nur unterschreiben konnte: *Manchmal denke ich schon vor dem Frühstück an nicht weniger als sechs unmögliche Dinge.* Ein Spruch, den er vielleicht auch Alma hätte sagen sollen. Er schob den Gedanken schnell beiseite.

Momentan fand er es beinahe unmöglich, dass sie wirklich friedlich an Katharinas Küchentisch saßen und darüber redeten, wie sie sie am besten beschützen konnten. Auch die anderen Boten hatten keine finanziellen Sorgen, sodass sie ihre gesamte Energie darauf verwenden konnten, Katharina ein normales, menschliches Leben zu ermöglichen.

»Genau. Aber keine Sorge – wir werden dich nicht vierundzwanzig Stunden lang am Tag begleiten. Uns ist klar, dass du deine Privatsphäre brauchst und dich mit deinem Freund und deinen anderen Freunden auch mal ohne uns treffen willst«, meinte Izila.

»Ganz genau!«, warf Katharina ein. Abale lächelte, dann stieß sie einen kurzen Pfiff aus. Enki und die anderen folgten ihrem Beispiel. Nach wenigen Sekunden ertönte der ihnen allen bekannte Singsang, die vier Elementvögel flogen durchs offene Fenster herein und setzten sich auf den Tisch.

»Oh mein Gott, wie schön!«, rief Katharina aus und streckte vorsichtig eine Hand aus. Amphis kam einen Schritt auf sie zu und ließ sich streicheln. »Was sind das für Vögel?«

»Elementvögel«, erwiderte Enlil. »Der, den du gerade streichelst, heißt Amphis. Er ist der Elementvogel der Erde und gehört daher zu Enki. Daneben steht meiner, Caladri, der Vogel des Winds. Der feuerrote ist Phönix, er gehört zu Izila und demnach zum Feuer. Der blaue heißt Saena und ist Abales Wasservogel.«

»Einer der legendären Phönixe?«, hauchte Katharina und sah den feuerroten Vogel verzaubert an.

Enki lächelte. Es war ihm klar, dass der Feuervogel die größte Aufmerksamkeit bekam. Immerhin war von ihm in Legenden und Sagen die Rede.

»Nicht einer, sondern *der* Phönix. Es gibt nur diesen einen und so war es schon immer. Phönix ist nicht die Bezeichnung einer Art, sondern einfach sein Name«, erklärte Izila und strich ihrem Vogel über das Gefieder.

»Unsere Vögel sind im Kampf ausgebildet, Katharina«, ergriff Enki das Wort. »Das bedeutet, dass sie dich bewachen können, unauffällig, wenn wir dich nicht begleiten können oder sollen. Sollte dich irgendjemand angreifen, rufen sie uns und wir sind sofort zur Stelle.«

»Unauffällig? Ich denke nicht, dass irgendjemand diese Vögel unauffällig nennen würde«, erwiderte das Mädchen.

Die Boten grinsten, dann kramte Izila ihr Smartphone hervor und suchte im Internet nach Bildern von Papageien, die sie Katharina unter die Nase hielt.

»Ja, und?«, fragte diese.

»Papageien sind genauso farbenfroh, wenn nicht noch bunter, als unsere Vögel. Wer ein blitzendes Gefieder sieht, wird denken, dass einer dieser exotischen Vögel seiner Voliere entkommen ist. Niemand wird sich ein zweites Mal danach umdrehen, weil Menschen das nicht tun, wenn etwas unmöglich ist. Darum entgehen ihnen auch so viele Wunder dieser Welt«, erklärte Izila.

Katharina schwieg und die Boten ließen sie in Ruhe nachdenken. Es gab immer noch viel zu verdauen für die Reiterin. »Ok, ok, damit ich das jetzt alles richtig verstehe: Ihr sagt, dass ihr mich vor Engeln und Dämonen beschützen wollt, da diese hinter Menschen her sind, deren Schicksal nicht vorbestimmt ist. Damit ihr mir nicht immer auf der Pelle hockt, sollen die Vögel mich zeitweise ebenfalls bewachen. Aber ... was ist mit eurem Leben? Euren Freunden?«

Enki zuckte unmerklich zusammen. Izila, die neben ihm saß, ergriff seine Hand. Er hatte ihnen von seiner endgültigen Trennung von Alma schon vor Wochen erzählt, aber der Gedanke an sie tat immer noch weh. Izila verstand ihn gerade am besten, weil auch sie von ihrer engen Beziehung zu Kargúhl Abstand nehmen musste. Ihr Lebensmittelpunkt war jetzt Katharina und nicht mehr ihre große Liebe. Wenn Kargúhl ihr Gefährte war, würde er es verstehen. Sie hatte aber Angst, dass sie sich doch in ihm getäuscht haben könnte und er sie verließ. Abale und Enlil waren beide noch ungebunden. Die Botin des Wassers hatte zwar ein paar Liebschaften gehabt, aber keine von Dauer. Enlil versuchte immer noch herauszufinden, warum jede Frau nach ein oder zwei Verabredungen mit ihm davonlief. Für die beiden war es kein Problem, Katharina die oberste Priorität einzuräumen.

Enlil räusperte sich und ergriff dann wieder das Wort. »Wir werden weiter in unseren Ländern wohnen und weiter studieren, uns später einen Job suchen. Es ist nicht so, dass wir uns komplett nur auf dich fokussieren. Wir wollen dir aber ein normales, menschliches Leben ermöglichen, und dafür müssen wir mit unseren Vögeln über dich wachen.«

Katharina nickte und lehnte sich zurück. Sie sah die Boten der Reihe nach an. »Und wer sagt mir, dass ihr mir wirklich die Wahrheit sagt?«

»Niemand«, ergriff Enki das Wort. »Ich weiß, es ist schwer, beinahe Fremden so sehr zu vertrauen. Ich würde dir gern einen Engel oder Dämon zeigen, damit du uns Glauben schenkst, aber es ist zu riskant. Sie könnten dadurch erfahren, wer du wirklich bist. Gib uns ein paar Wochen oder Monate Zeit. Wenn du merkst, dass es dir egal ist, ob wir da sind oder nicht, machen wir unsere Sache gut. Wenn dich etwas stört, reden wir darüber. Und«, Enki schluckte, aber er wusste, er musste dies sagen, damit Katharina ihnen wirklich vertraute, »wenn du meinst, dass du uns gar nicht brauchst, dann werden wir wieder gehen, und es wird sein, als wären wir niemals in dein Leben getreten.«

Die anderen Boten sahen kurz zu Enki und nickten ihm zu. Sie hatten verstanden, warum er ihr dies Angebot machte.

Ein paar Augenblicke schwiegen alle. Dann lachte Katharina. »Jetzt sitzen wir hier und tun so ernst und erwachsen! Nun gut, ich will ausprobieren, ob mir eure Bewachung gefällt oder nicht. Und in ein oder zwei Monaten setzen wir uns wieder so zusammen und reden darüber. Bis dahin möchte ich aber euch als Freunde näher kennenlernen!«

Izila lachte ebenfalls. »Abgemacht!«

Enki grinste und lehnte sich entspannt zurück. Sie hatten es geschafft, sie würden Katharina beschützen können. Amphis flog auf seine Schulter und rieb seinen Kopf an seinen Haaren. Er streichelte den Vogel und hörte zu, wie die Mädchen Shoppingpläne machten. Typisch! Aber genau das war es immerhin, was sie für Katharina wollten: Ein gewöhnliches, normales, menschliches Leben. Doch der Weg dahin war weit. Bevor sie nicht ihren letzten Atemzug tat, konnte sie immer noch als Reiterin erweckt werden.

Izila stieß ihn in die Seite. »Blas kein Trübsal, Enki. Es wird schon alles gut gehen«, flüsterte sie ihm zu und lachte.

20

(Sommer 2010)

»Phönix passt heute Nacht auf dich auf«, sagte Izila zu Katharina. Sie war den ganzen Tag bei ihr gewesen, zusammen hatten sie erst in der Bibliothek der Universität gesessen und an Hausarbeiten und Essays geschrieben, danach noch Katharinas Freunde in einem Café getroffen. Izila wusste, dass Katharina froh war, dass heute sie dran war mit der Überwachung – mit den anderen drei konnte sie nur Englisch reden, wenn ihre Freunde mit dabei waren, und sie musste jedes Mal erklären, warum Enki, Enlil oder Abale Deutsch zwar verstehen, aber nicht sprechen konnten.

»Ist gut. Mein Freund kommt nachher noch vorbei«, erwiderte Katharina.

»Ein Pärchenabend?« Izila grinste und knuffte die Reiterin in die Seite. »Dann schon mal viel Spaß. Vielleicht treffe ich mich heute auch noch mit meinem Freund.«

»Kargúhl heißt er, oder? Wann stellst du ihn mir mal vor?«, fragte Katharina und brachte Izila zur Tür.

»Gute Frage – das muss ich erst mit den anderen Boten absprechen«, erwiderte Izila. Zum Abschied drückte sie Katharina kurz, dann lief sie zur U-Bahn. Sie hätte zwar fliegen können, in Hamburg war der Himmel aber ausnahmsweise mal frei von Wolken, sodass die Gefahr, dass jemand sie entdecken würde, zu groß war.

In ihrer Wohnung griff sie zuerst nach ihrem Handy, das sie vorsichtshalber zu Hause gelassen hatte. Sie wusste, dass sie, wenn Kargúhl sie angerufen hätte, um sie zu sehen, nicht so lange bei Katharina geblieben wäre. Sie hätte dann Phönix schon früher die Überwachung übertragen, aber das hätten ihre Gefährten ganz und gar nicht gut gefunden. Sie verstanden es halt nicht. Kargúhl war manchmal so unnahbar, da musste sie jede Minute nutzen, in der er der liebevolle fürsorgliche und leidenschaftliche Freund war, als den sie ihn kennengelernt hatte. Sie sehnte sich doch so nach ihm. Abale hatte es mal halb im Scherz Abhängigkeit genannt, aber darüber konnte Izila nur lachen. Wenn Abale sich selbst mal verlieben würde, würde sie wissen, dass es keine Abhängigkeit, sondern Liebe war, was Izila für Kargúhl empfand.

Auf ihrem Handy war tatsächlich eine SMS von ihm. *Treffen wir uns heute Abend? XOXO*

Izila spürte das vertraute Kribbeln der Vorfreude in ihrem Bauch, als sie ihre Antwort tippte. *Entschuldige, ich habe mein Handy zu Hause vergessen und war bis eben unterwegs. Ich kann jetzt gerne vorbeikommen.*

Dann lief sie zum Kleiderschrank und zog einen verboten kurzen Rock daraus hervor. Kargúhl liebte es, wenn sie Miniröcke trug und gerade heute wollte sie ihm besonders gut gefallen. Es war lange her, dass er von sich aus ein Treffen vorgeschlagen hatte. Zum Rock zog sie ein Top an und ließ ihre Haare offen über die Schultern fallen.

Ihr Handy piepste, kaum dass sie fertig angezogen war.

Wenn du die Zeit erübrigen kannst, lautete die knappe Antwort.

Das Kribbeln in Izilas Bauch wich einem schlechten Gefühl. Anscheinend war Kargúhl sauer auf sie, weil sie sich nicht gemeldet hatte. Sie legte noch schnell roten Lippenstift auf, dann machte sie sich auf den Weg. Diesmal flog sie, weit oben, um keine Zeit zu verlieren.

»Hallo!«, rief sie durch die Wohnung, als sie ankam. Wie immer hatte Kargúhl die Wohnungstür einen Spalt breit offen gelassen, nachdem sie geklingelt hatte. Er saß am Schreibtisch mit einem Glas Rotwein neben sich, drehte sich aber nicht zu ihr um, sondern brummelte nur etwas in seinen Bart.

»Ist alles ok?«, fragte sie und ging langsam auf ihn zu. Wie gern hätte sie ihn umarmt, mit ihren Händen durch seine Haare und über seine Brust gestrichen, aber sie fühlte sich unsicher, wusste nicht, ob er die Nähe wollte.

Er sah sie kurz aus dem Augenwinkel an und konzentrierte sich dann wieder auf den Bildschirm. »Ich muss noch arbeiten, Izila. Hättest du mir früher geantwortet, wäre ich damit vielleicht schon fertig, aber so habe ich mir Zeit gelassen, weil ich ja heute Abend anscheinend nichts anderes zu tun hatte. Nimm dir ein Glas, ich bin gleich fertig.«

Izila ging zum Esstisch. Möglichst leise, um Kargúhl nicht zu stören, nahm sie sich ein Glas Wein und setzte sich auf einen der Barhocker am Tisch. Erst, als sie schon beim zweiten Glas war, schaltete er endlich seinen PC aus und drehte sich zu ihr.

»Warum hast du dein Handy zu Hause vergessen?«, fragte er leise und schwenkte sein Glas in der Hand.

»Ich hatte so viel Stress heute Morgen, wegen der Uni und so, und bis gerade eben bin ich auch nicht nach Hause gekommen«, erwiderte sie und trank einen Schluck. »Kargúhl, bitte, sei mir doch deswegen nicht böse!«

Er sah auf und musterte sie. Sie hoffte inständig, dass ihm gefiel, was er sah und er sie nicht weiter so kalt behandeln würde.

»Ich bin dir nicht böse, Izila. Nur enttäuscht. Ich dachte, ich wäre dir wichtig.«

»Aber du bist mir doch wichtig! Bitte, Kargúhl ... Es passiert nur gerade so viel bei mir, ich habe eine neue Freundin gefunden und sie beansprucht nun mal viel von meiner Zeit.«

»Was kümmert dich eine neue Freundin? Sollte ich dir nicht wichtiger sein als irgendein Mädchen?« Er stand hastig auf und lief in der Wohnung auf und ab.

Izila trank noch einen Schluck Wein und füllte ihr Glas wieder. Wenn sie so weitermachte, war die Flasche bald leer, aber das wattige Gefühl im Kopf ließ sie Kargúhls Wut besser ertragen.

»Das kannst du nicht verstehen. Sie ... Sie ist etwas Besonderes. Sie braucht mich. Sie ist so unschuldig und naiv – sie muss vor jedem Übel da draußen bewahrt werden«, versuchte sie, es ihm zu erklären, ohne zu viel zu verraten. Er wusste nicht, dass sie eine Botin war, sie hatte sich noch nicht getraut, herauszufinden, ob er ihr vom Schicksal auserwählter Gefährte war oder nicht. »Ich habe sie bei der Explosion an der Uni kennengelernt und sie war so verschreckt. Da konnte ich sie einfach nur ins Herz schließen und ihr versprechen, dass sie so etwas nie wieder erleben muss.« Izila trank einen weiteren Schluck von dem Wein.

Die Atmosphäre im Raum änderte sich plötzlich. Kargúhl sah sie verklärt an. Hatte sie es wirklich geschafft, ihn zu beruhigen? Dann würde der Abend ja vielleicht doch noch schön werden. Sie stellte ihr Glas ab, weil Kargúhl langsam auf sie zukam. Etwas Raubtierhaftes lag in seinem Blick, und das Kribbeln in ihrem Bauch verstärkte sich. Sie liebte es, wenn er sie so ansah.

»Diese Freundin von dir ... Kann ich sie auch einmal kennenlernen?«, fragte er leise und strich über ihr Bein.

Sie bekam eine Gänsehaut und musste sich konzentrieren, um weiter bei klarem Verstand zu bleiben. »Warum?«

»Jeder, der dir wichtig ist, ist auch mir wichtig«, erwiderte er, stellte sich zwischen ihre Beine und ließ seine Finger über ihren Körper wandern.

Izila lehnte sich zurück und legte ihre Hände auf seine Schultern. »Gern, aber ...« Sie befeuchtete ihre Lippen, was wollte sie sagen? Hätte sie nur nicht so viel Wein getrunken. »Sie ist gerade nicht hier ... sondern auf Reisen«, brachte sie den Satz zu Ende. Diese Ausrede hatten die Boten untereinander abgesprochen. Solange nicht alle einverstanden waren, würden sie Katharina nicht ihren festen Freunden vorstellen.

»Nun, dann werde ich sie eben kennenlernen, wenn sie wieder da ist«, erwiderte er und fing an, an ihrem Ohr zu knabbern.

Als Izila mit den Händen über seinen Rücken strich, hielt er sie fest und legte sie wieder um seinen Nacken. »Heute genießt du nur«, sagte er leise, aber bestimmt. Er gab ihr einen leidenschaftlichen Kuss, seine Hände streichelten weiter ihren Körper.

Izila ließ sich in seine Berührungen hineinfallen und schaltete endlich ihren Verstand aus. Einfach nur genießen, hatte er gesagt, und das würde sie jetzt tun. Als sie sich an ihn drängte, hob er sie hoch und trug sie zum Bett. Sie lächelte ihn an und strich über seine Brust. »Das wird eine lange Nacht?«, fragte sie leise.

»Du hast ja keine Ahnung, wie lange«, antwortete er zärtlich und sorgte dafür, dass sie lange Zeit keinen klaren Gedanken mehr fassen konnte.

21

(Sommer 2010)

»Caladri, diskutier bitte nicht mit mir. Ich brauche dich bei Katharina. Hier in Yale wird mir schon nichts geschehen. Und falls doch, kannst du doch innerhalb von Sekunden bei mir sein.«

Ein unzufriedenes Keckern war die Antwort. Enlil seufzte und fuhr sich durch die Haare. Er hatte sich mit dem Luftvogel auf dem Dach eines Gebäudes in Yale getroffen, da die Gefahr, dass sie hier gesehen wurden, gering war. Die Diskussion mit Caladri dauerte nun schon einige Minuten. Wie sollte er es seinem Vogel nur verständlich machen? Seit sie gegen den Professor gekämpft hatten und er vergiftet worden war, wollte Caladri ihn dauernd beschützen.

»Ich habe meine Waffen bei mir. Und in ein paar Tagen werden ich wieder bei dir und den anderen sein. Ich darf aber mein Studium nicht so sehr vernachlässigen, und es stehen Prüfungen an. Bitte, beschütze Katharina. Tu es für mich.« Endlich bekundete der Luftvogel durch einen Singsang sein Einverständnis. Enlil streckte den Arm aus und Caladri ließ sich darauf nieder, rieb seinen Schnabel an Enlils Nase.

»Danke, Caladri. Bis in ein paar Tagen«, sagte der, dann hob sich sein Vogel in die Luft und war einen Flügelschlag später verschwunden.

Enlil blickte ihm noch einen Augenblick hinterher, dann hörte er, wie hinter ihm die Tür zum Dach geöffnet wurde.

»Hier oben steckst du also!«, rief eine ihm vertraute Stimme.

Er drehte sich um. »Alyss! Wir haben uns ja ewig nicht mehr gesehen. Es tut mir leid, dass ich dich so vernachlässigt habe, das war nicht meine Absicht.«

Sie winkte ab und stellte sich neben ihn, richtete ihren Blick aber auf den Horizont und nicht nach unten. »Wo warst du denn?«

»Ach, hier und dort.« Er zuckte mit den Schultern und sah ihr nicht in die Augen.

»Enlil, lüg mich nicht an. Was ist passiert? Du bleibst doch nicht ohne Grund Tage und Wochen lang fern von Yale. Du liebst dein Studium.«

»Aber vielleicht habe ich anderswo Freunde gefunden und genieße deren Gesellschaft noch mehr«, sagte er leise.

Alyss seufzte. Er sah sie kurz von der Seite an. Hatte er sie verärgert? Sie war immerhin seine einzige Freundin hier in Yale, von ein paar lockeren Bekanntschaften abgesehen. Er hoffte, dass sie ihm seinen Satz nicht übelnahm – sie wusste doch, wie sehr es ihn belastete, dass er es einfach nicht schaffte, sich einen Freundeskreis aufzubauen.

»Ich bin doch deine beste Freundin, was brauchst du dann noch andere?«, fragte sie leicht vorwurfsvoll und trat einen Schritt zurück.

»Ich bin nun mal ein geselliger Mensch«, erwiderte Enlil. Konnte sie das nicht verstehen?

»Dann such dir doch hier Freunde!«

»Das habe ich doch versucht, Alyss! Aber niemand hier braucht mich!«, rief er aus und warf frustriert die Arme in die Luft.

»Ich brauche dich!«, sagte sie.

»Ach ja? Du brauchst mich, weil dein Leben davon abhängt? Du brauchst mich und lässt mich deswegen immer in deiner Nähe sein? Du brauchst mich nicht, Alyss! Niemand hier braucht mich, sonst hätte ich doch längst Freunde, abgesehen von dir! Ich bin allein. Aber nicht, wenn ich bei Katharina bin! Da werde ich gebraucht, da kann ich Gutes tun!«

»Wer ist Katharina?«, fragte sie.

Er bildete sich ein, Eifersucht in ihrer Stimme zu hören. Eifersucht! Wie konnte sie eifersüchtig sein? Niemand konnte seine beste Freundin ersetzen, die immer zu ihm gehalten hatte und bei der er sicher war, dass sie dies auch in Zukunft tun würde. Wusste sie das nicht? »Eine Freundin! Eifersüchtig, Alyss? Keine Sorge, sie wird niemals einen so großen Platz in meinem Herzen einnehmen wie du ... Das darf sie gar nicht.«

»Weil du mich so gern hast?«, fragte sie und hakte sich bei ihm ein.

Enlil drückte kurz ihre Hand und nahm ihr Friedensangebot damit an. »Nein, weil du keine Gefahr für dich selbst darstellst. Wenn du rachsüchtig handelst, triffst du damit nur die Personen, denen du schaden willst, nicht die ganze Welt«, sagte er dann leise, kaum hörbar. Er wusste nicht, ob sie ihn überhaupt verstanden hatte. Seufzend fuhr er sich durch die Haare. »Entschuldige, Alyss. Ich wollte dich nicht anschreien. Lass uns etwas essen gehen, ja? Ich lade dich ein. Über diese Katharina brauchst du dir keine Sorgen zu machen, sie ist nur irgendein Mädchen.«

Alyss nickte und ließ sich von ihm zur Treppe führen. Enlil atmete tief durch. Krise abgewendet, seine beste Freundin nahm ihm sein Verschwinden nicht mehr übel, es würde alles wieder so wie vorher sein. Das war gut, er wollte nicht ohne sie hier in Yale sein.

»Wie geht es deinen Eltern?«, fragte er, während sie die Treppe hinuntergingen. Ob sie immer noch von Engeln bedroht wurde?

Alyss würde ihm das zwar nicht sagen, sie wusste auch nicht, dass Enlil an Professor Bennetts Verschwinden schuld war, aber wenn sie sich Sorgen machte, wusste er, dass sie weiterhin bedroht wurde.

»Es geht ihnen gut, nächsten Monat fahre ich sie mal wieder besuchen. Ich freue mich schon darauf! Das ist der einzige Nachteil an Yale – dass die Uni so weit weg ist von unserem Zuhause«, antwortete Alyss.

Enlil atmete auf. Anscheinend war sie sicher vor den Erpressungen der Engel. Ob der Professor ihr gesagt hatte, was er war und warum sie ihn beschatten sollte? Er sah Alyss aus den Augenwinkeln an. Wenn ja, dann würde sie mit seiner Bemerkung über Katharina vielleicht doch etwas anzufangen wissen. Sie hatte aber nicht darauf reagiert, daher ging er davon aus, dass sie im Unklaren gelassen worden war. Außerdem wusste sie auch nicht, wo Katharina sich befand. Innerlich schüttelte er den Kopf. Katharina war sicher, trotz seiner Bemerkung. Es würde ihnen schon kein Engel auflauern.

22

(Sommer 2010)

»Gebt sie mir und ich lasse euch leben!«, rief der Engel und zielte mit einer Pistole auf die Boten und Katharina.

Enki schnaubte. Der schöne Tag schien ein unschönes Ende zu nehmen. Sie hatten im Park in der Sonne gesessen und gepicknickt. Es war seit Wochen wieder das erste Treffen mit Katharina gewesen, bei dem alle vier Boten dabei sein konnten. Als sie anschließend noch ein bisschen spazieren wollten, war plötzlich dieser Engel mit der Pistole vor ihnen aufgetaucht. Als ob er eine Chance gegen sie hätte! Die Frage war nur, woher er von Katharina wusste. Wer hatte ihn auf die Idee gebracht, dass sie eine Reiterin war? Waren sie zu unvorsichtig gewesen? Woher wusste er, dass sie die Boten waren? Wurde Alyss doch noch erpresst? Aber das hätte Enlil sicherlich erwähnt.

Woher weiß er von Katharina?, teilte er seine Gedanken telepathisch den anderen Boten mit.

Keine Ahnung, ich habe niemandem von ihr erzählt. Izila, Enlil?, fragt Abale.

Izila und Enlil sahen sie kurz betreten an und blickten dann weg.

Was habt ihr gemacht?, fragte Enki.

Eventuell ist mir vor Kargúhl rausgerutscht, dass ich eine neue Freundin habe. Aber er ist mein Freund! Ich würde ihm mein Leben anvertrauen, er kann nicht dahinterstecken! Außerdem hatten wir doch abgesprochen, dass wir unsere Freundschaft mit Katharina nicht geheimhalten, sondern sie einfach nur niemandem vorstellen, rief Izila in ihren Gedanken aus.

Ich musste Alyss irgendetwas sagen und habe vielleicht angedeutet, dass ich endlich abseits von ihr noch jemanden gefunden habe, mit dem ich mich angefreundet habe. Aber ich würde auch Alyss mein Leben anvertrauen – außerdem ist sie in Yale und von den Engeln hat sie nichts mehr zu befürchten. Alyss kann hiermit nichts zu tun haben. Woher sollte sie auch wissen, dass ich jetzt gerade in Deutschland bin?, gab Enlil zu bedenken.

Enki nickte. Die beiden hatten recht, erstens hatten sie abgesprochen, Katharina nicht geheim zu halten, sondern nur die Tatsache, dass sie eine unerweckte Reiterin war. Und zweitens konnten weder Kargúhl noch Alyss dahinterstecken. Sowohl Izila als auch Enlil kannten sie nun schon so lange und hatten sich auch ihre Schicksalsbäume angeschaut. Sie waren gewöhnliche Menschen. Und da die Boten den Engel verstümmelt hatten, der Alyss bedroht hatte, ging er nicht davon aus, dass sie wieder versuchen würden, über Enlils beste Freundin an Informationen zu gelangen.

Enlil trat einen Schritt auf den Engel zu und ließ seinen Zweihänder lässig mit einer Hand kreisen. »Wenn du schießt, wird die Kugel deinen eigenen Kopf treffen, dessen kannst du dir gewiss sein«, sagte er.

»Dann schieße ich vielleicht gar nicht!«, rief der Engel und bewegte seine freie Hand. Ein Blitzen zuckte durch die Luft. Enlil zog einen Windschild vor sich, den Boten und Katharina hoch, Enlil eine Mauer aus Erde. Das Messer blieb in der Erde stecken, den Windschild hatte es durchbrochen, war nur dadurch abgelenkt worden.

Katharina stieß einen spitzen Schrei aus. »Was soll das alles?«

»Ruhig, Katharina, wir beschützen dich, es ist alles in Ordnung«, sprach Abale auf sie ein und legte einen Arm um sie.

»Aber was will er denn von mir? Wer ist er?«, rief Katharina hysterisch.

»Er ist ein Engel«, erwiderte Abale. »Er will dich für seine Seite gewinnen. Warum er allerdings so plump vorgeht, weiß ich auch nicht.«

»Plump?!«, schrie der Engel wütend und trat einen Schritt auf die Gruppe zu.

Enki hob sein Schwert. »Keinen Schritt näher!« Er fand es ebenso wie Abale interessant, dass der Engel direkt an Katharina, die noch ein Mensch war, heranwollte und durch seine Aktionen sogar ihren Tod riskierte. Warum hatte er nicht einfach Menschen hier im Park beeinflusst? Ohne die Katastrophe konnte er Katharina doch gar nicht erwecken.

»Wie wär's, soll ich ihn ein wenig mit meinem Element spielen lassen?« Izila grinste den Engel an und eine Feuerkugel erschien in ihren Händen.

Wir müssen herausfinden, was er weiß, Izila. Warum will er die unerweckte Reiterin haben?, sagte Enki in Gedanken zu ihr.

Ich weiß, aber vielleicht redet er eher, wenn wir ihn ein wenig unter Druck setzen, erwiderte sie.

Enki gab ihr recht, er wusste nur nicht, wie Katharina diese Seite an ihnen finden würde. Würde sie ihnen weiterhin vertrauen? Erzählt zu bekommen, dass sie Engel und Dämonen, die wie gewöhnliche Menschen und nicht wie Monster aussahen, töteten, um sie zu beschützen, war etwas ganz anderes, als es tatsächlich zu erleben. Es blieb ihnen aber nichts anderes übrig.

»Meinetwegen kannst du das gern tun«, sagte Enki daher laut zu Izila und sah, wie Schweißperlen auf die Stirn des Engels traten. Enki grinste die anderen Boten an.

Abale grinste zurück, klopfte Katharina aufmunternd auf die Schulter und ging einen Schritt auf den Engel zu. In ihre Augen trat ein harter Ausdruck. »Vielleicht lässt Izila ja auch das Spielen, wenn du uns sagst, was du von dem Mädchen hier willst.« Während sie sprach, bildete sich Eis über ihrem gezogenen Schwert und verstärkte die Klinge. Vor ein paar Monaten hatten sie auch das Eis, das ein Teil ihres Elements war, endlich gemeistert und setzte es nun liebend gerne ein. Es wirkte gefährlicher auf der Klinge als Wasser. Außerdem war ihr Eis so kalt, dass es die Wunde, die ihr Schwert schlug, sofort einfror. Was auch immer sie damit traf, war irreparabel zerstört. Ihr Eisschwert war sogar fast noch ein bisschen besser als das Feuerschwert von Izila, das die Wunde ausbrannte, sodass kein Blut spritzte. Izila konnte mit einem Hieb einen Arm abtrennen, dass jegliches Wiederannähen unmöglich war.

Enki sah auf sein eigenes Schwert, um das sich Dornenranken schlangen. Es verursachte reißende Wunden, die schmerzhaft und schwierig zu heilen waren. Enlil war der Einzige, dessen Element auf seinem Schwert nicht viel ausrichtete – dafür war er aber gut mit Pfeil und Bogen und konnte Pfeile noch im Flug in eine andere Bahn lenken.

»Ich ... Ich werde euch gar nichts sagen!«, rief der Engel, manifestierte seine Flügel und erhob sich in die Luft.

Izila seufzte und murmelte leise: »Lernen sie es denn nie?« Sie stieß einen kurzen Pfiff aus und zeigte auf den Engel.

»Amphis«, rief Enki seinem Vogel zu und hörte, wie die anderen Boten es ihm gleichtaten.

Keine Sekunde später gellte ein Schmerzensschrei durch den Park und der Engel flog wieder zu Boden, mit zerfetzten Flügeln. Er schlug mit einem dumpfen Geräusch auf und bewegte sich nicht mehr.

Da zerriss ein Schrei die Stille, gerade als Izila sich auf den Engel zubewegen wollte. Enki drehte sich um. Abale hatte Katharina am Arm gefasst, doch die wehrte sich wie wild.

»Lass mich los! Das ist zu viel, es gibt keine Engel! Es gibt keine Menschen mit Flügeln, das sind alles Hirngespinste, ich bin verrückt!«, schrie sie und schlug hysterisch auf Abale ein.

»Es ist alles gut, Katharina, wir beschützen dich vor ihm«, sagte Enki mit ruhiger Stimme.

Sie hörte aber nicht auf ihn und wehrte sich ein letztes Mal verzweifelt. Das Reißen von Stoff war zu hören, Katharina war frei, drehte sich um und lief davon.

Enki wollte ihr nachlaufen, als plötzlich ein Schuss ertönte. Er sank mit einem Schmerzschrei zu Boden und hielt sich stöhnend das Bein.

»Du elender...«, rief Izila, sprang auf den Engel zu und hieb ihm mit einem Streich ihres Schwerts die Hand ab, in der er die Pistole hielt. Der Engel brüllte vor Schmerz.

»Saena!«, rief Abale in die Luft und deutete auf die immer kleiner werdende Silhouette von Katharina. Der Vogel ließ ein Keckern hören und folgte der Reiterin, zusammen mit Amphis.

Dann wandte sich die Botin des Wassers wieder dem Kampf zu. Sie trat auf den Engel zu, ging vor ihm in die Hocke und zog seinen Kopf an den Haaren in den Nacken, sodass sie ihm ins Gesicht sehen konnte. Enki richtete sich unter Schmerzen so weit auf, dass er sehen konnte, was sie vorhatte. Sie brauchten Antworten, hoffentlich vergaßen die anderen drei das nicht. Enlil hatte Pfeil und Bogen gezogen und zielte genau auf das Herz des Engels, Izila ließ eine Feuerkugel in ihrer Hand auf- und abhüpfen.

»Wer hat dich geschickt, Engel?«, fragte Abale gefährlich leise.

»Ich wurde beauftragt, euch zu beschatten«, sagte er. Sein Blick wanderte gehetzt umher, als erwarte er von irgendwoher Hilfe.

»Und von wem?«, fragte Abale zuckersüß.

Der Engel schrie auf vor Schmerz. Sie hatte ihren Griff in seinem Haar verstärkt. Enki wusste, dass sie diese Befragungen nicht mochte, und es jetzt nur tat, weil Izila und Enlil viel zu schnell zu ihren Waffen griffen und er selbst kampfunfähig war.

»Vom ... Lehrer«, keuchte der Engel mit schmerzverzerrter Stimme. Sein versengter Armstumpf blutete nicht mehr. Immerhin würde er nicht während der Befragung verbluten.

»Wer ist der Lehrer?«, fragte Abale weiter. Enki spürte ihre Ungeduld. Bestimmt ging es ihr genauso wie ihm und auch Izila und Enlil, die nervös von einem Bein auf das andere traten. Am liebsten wären sie Katharina ständig hinterhergelaufen. Amphis und Saena waren zwar bei ihr und würden die Boten sofort rufen, wenn Katharina Gefahr drohte. Dennoch – Enki hatte kein gutes Gefühl dabei, Katharina so kopflos umherrennen zu lassen.

Enlil, Izila, geht ruhig los und sucht Katharina. Ich werde mit Enki zusammen schon mit dem Engel fertig, sagte Abale da in seine Gedanken. Sie hatte anscheinend das gleiche ungute Gefühl.

Ächzend stand Enki auf und erschuf durch Ranken eine stützende Bandage um sein verletztes Bein. *Ja, geht ruhig, wir schaffen das*, stimmte er zu und humpelte zu Abale.

Izila und Enlil sahen ihn einen Moment lang zweifelnd an, dann erkannte er in ihrem Blick, dass die Angst um Katharina siegte. Schweigend gaben sie ihre Zustimmung, drehten sich um und liefen los.

Ein verschlagener Ausdruck trat in das Gesicht des Engels, als er zwei der Boten verschwinden sah. Anscheinend berechnete er seine Chancen neu. Damit er nicht auf dumme Gedanken kam, rief Enki Dornenranken herbei, die sich um die Brust des Engels wickelten. Mit einer Handbewegung konnte er sie enger ziehen oder wieder weiter werden lassen. »Mach keine Dummheiten, Engel. Ich beherrsche mein Element«, knurrte Enki.

Abale grinste ihn verstohlen an. Er konnte unglaublich gut eine böse Figur abgeben. Sie hatte aber keine Lust, *guter Bulle, böser Bulle* zu spielen, sondern zog ihren Dolch aus dem Gürtel und hielt die vereiste Schneide an das Gesicht des Engels. »Gib uns endlich Antworten. Du wirst so oder so sterben, aber du kannst entscheiden, ob es ein qualvoller oder ein schneller Tod sein wird«, sagte sie.

»Er ... Er bringt uns bei, uns nicht nur auf unsere Kräfte zu verlassen, damit ihr uns nicht so schnell entdecken könnt!« Der Engel versuchte, seinen Kopf zu drehen, aber die Botin hielt ihn unbarmherzig fest.

Enkis Gedanken arbeiteten. Er rief sich die Schicksalsbäume der Engel, die er bisher gesehen hatte, in Erinnerung und verglich sie mit denen der Dämonen. Es stimmte, der silberne Glanz der Engel war zwar unverkennbar da, es gab aber auch viele Entscheidungen, die nicht durch die ihnen eigene Magie gefällt worden waren. Bei den Dämonen, die sie bisher getroffen hatten, sah dies ganz anders aus – der Glanz von angelaufenem Silber zog sich durch alle Äste des Baumes. Hieß das etwa, dass auch ein Engel den Schicksalsbaum eines Menschen haben konnte, weil er nie eine Entscheidung durch Magie gefällt hatte? Und kannten die Dämonen diesen Trick auch?

»Du wirst es deinem Lehrer nicht mehr mitteilen können, aber es bringt nichts, nur ein paar Entscheidungen nicht von eurer Magie abhängig zu machen, Engel«, sagte Abale leise.

Enki nickte ihr zu und überlegte weiter. Warum sollten Engel so etwas versuchen? Dann fiel es ihm ein: um als Menschen durchzugehen. Um von den Boten nicht als Gefahr wahrgenommen zu werden. Um Vertrauen aufzubauen und sich in ihre Gruppe einzuschleichen. Waren Alyss und Kargúhl doch verdächtig? Konnten sie Engel oder Dämonen sein, die sich in die Leben von Izila und Enlil eingeschlichen hatten? Nein, das war unmöglich – diese Gedanken waren zu erschreckend, die würde er erst zusammen mit den anderen zu Ende denken.

»Warum wolltest du das Mädchen haben?«, führte Abale die Befragung weiter.

Der Engel versuchte den Kopf zu schütteln, wurde von Abales Hand in seinen Haaren aber daran gehindert. »Ich hatte nur den Auftrag, sie zu holen. Ich weiß nicht, warum ich das tun sollte. Das müsst ihr mir glauben!«, rief er.

Die Botin löste langsam ihre Hand aus dem Haarschopf und trat ein paar Schritte zurück.

»Abale?«, fragte Enki leise.

Sie machte eine wegwerfende Handbewegung.

Enki nickte und ließ die Ranken um den Hals des Engels klettern, bevor er sie mit einer Handbewegung zusammenzog. Röchelnd brach der Engel zusammen, die Dornen durchbohrten seine Halsschlagader und sorgten für einen schnellen Tod. Mit einem fast freudigen Ruf ließen sich Phönix und Caladri herab und begannen, den Körper zu zerhacken.

Enki ging zu Abale und legte ihr einen Arm um die Schultern. »Was ist los?«

»Hast du nicht gehört, was er gesagt hat? Ein Lehrer, der ihnen beibringt, sich nicht nur auf die Kräfte zu verlassen. Damit sie menschlich wirken, wenn wir uns den Schicksalsbaum anschauen. Damit wir sie als Freunde ansehen, als Vertraute. und ihnen vielleicht unser Geheimnis verraten und ihnen sagen, wo sich der Reiter befindet, den wir beschützen. Wem können wir noch trauen, Enki? Wem?« Abale sah ihn mit schreckgeweiteten Augen an.

Enki nahm sie in den Arm. Sie hatte die gleichen Gedanken wie er. Mussten sie wirklich so weit gehen, selbst ihre Freunde unter Verdacht zu stellen, dass diese nur hinter Katharina her waren?

»Lass uns später darüber nachdenken, Abale. Jetzt müssen wir den Körper erst einmal von hier wegschaffen«, sagte er und fühlte sich hilflos dabei. Wie sollte er ihr Trost spenden, wenn er selbst keinen für sich fand?

»Kannst du die Überbleibsel nicht einfach in den Boden verschwinden lassen?«, fragte sie und schaute kurz zum Festmahl der Vögel hinüber, die zu zweit bei Weitem nicht so schnell waren. Doch plötzlich landeten auch Saena und Amphis neben ihnen und labten sich ebenfalls an dem toten Körper. Kurz danach tauchten Izila und Enlil wieder auf, aber ohne Katharina.

»Wo ist sie?«, fragte Enki.

Izila zuckte nur ahnungslos die Schultern. »Sie ist in eine Menschenmenge gelaufen und wir haben sie verloren. Auch die Vögel haben sie aus den Augen verloren. Mit etwas Glück ist sie einfach zu ihrem Freund oder nach Hause gelaufen. Sobald die Schweinerei hier beseitigt ist, suchen wir sie.«

Enki nickte und atmete tief durch. Eins nach dem anderen, erinnerte er sich. Katharina war nicht in unmittelbarer Gefahr –

sie aber schon, falls jemand den Leichnam bei ihnen fand. Obwohl sie die Erde vor dem Untergang retten wollten, standen sie nicht über der Justiz, denn welcher Richter würde ihnen schon glauben?

23

(Sommer 2010)

Enlil seufzte und streckte sich ausgiebig. Dann gab er sein Schwert an Caladri, damit der Vogel es wegbrachte. Von dem toten Engel war keine Spur mehr zu sehen. Gemeinsam hatten sie ihn verschwinden lassen. Ein leichter Rauchgeruch und angesengte Blätter ließen auf halbstarke Jugendliche schließen, die ein wenig herumgekokelt hatten. Das war Izilas Werk – durch Rauch ließ sich der stechende Blutgeruch am besten verschleiern.

Abale meldete sich zu Wort: »Der Engel hat etwas erwähnt, das mir keine Ruhe lässt: Es gibt einen Lehrer, der die Engel darin unterrichtet, ohne Magie Menschen in ihren Bann zu ziehen. Auf diese Art verfärbt sich der Schicksalsbaum nicht silbern und wir können Engel nicht von gewöhnlichen Menschen unterscheiden.«

»Aber ... Dann könnte jeder ein Engel sein! Selbst Katharinas Freund zum Beispiel!«, rief Izila aus.

»Das ist das Problem«, meinte Enki.

Enlil fuhr sich durch die Haare. Am liebsten wäre er sofort losgestürmt, um bei Katharina zu sein und alle Gefahren von ihr fernzuhalten, aber sie durften sie nicht einengen. Sie hatte gerade zum ersten Mal einen Engel gesehen und erst jetzt wurde ihr wahrscheinlich klar, dass alles, was sie gesagt hatten, der Wahrheit entsprach.

»Ich finde, wir sollten Katharina alles erzählen«, schlug Izila vor. »Auch, dass sie ein Reiter ist und die Apokalypse heraufbeschwören könnte. Sie muss es wissen, damit sie uns weiterhin in ihrer Nähe duldet. Wenn jeder normale Mensch ein Engel oder Dämon sein könnte, dürfen wir sie keinen Augenblick mehr aus den Augen lassen.«

»Du hast recht. Ich weiß auch gar nicht mehr, warum wir ihr nicht von Anfang an die Wahrheit gesagt haben«, stimmte Abale ihr zu.

»Das alte Lied: Weil wir dachten, wir wüssten, was gut für sie ist«, erwiderte Enki und lächelte leicht.

Enlil schmunzelte. Sie hätten es tatsächlich besser wissen sollen.

»Dafür müssen wir sie aber erst einmal finden. Da wir nicht wissen, wie viele Engel vielleicht noch auf sie aufmerksam geworden sind, oder gar Dämonen, sollten wir uns vorerst nicht trennen. Die Vögel können wir zu ihrer Wohnung schicken, wir laufen zu der ihres Freundes.« Enlil erntete ein zustimmendes Nicken.

Telepathisch ließen die vier Boten ihren Vögeln entsprechende Befehle zukommen, dann liefen sie los. Aus Respekt vor Katharinas Privatsphäre hatten sie keine Ankerpunkte bei ihr erschaffen und wollten dies auch jetzt nicht tun. Zu groß war die Gefahr, dass sie durch ihr plötzliches Auftreten aus dem Nichts nur noch mehr Angst vor ihnen bekam und wieder weglief. Fliegen war am helllichten Tag auch keine Option.

Auf dem Weg durch den Park zwangen sie sich dazu, langsam zu gehen und über belangloses Zeug zu reden. Ohne Aufsehen zu erregen, gingen sie zur U-Bahn und erwischten eine, die direkt losfuhr. Den Weg zur Wohnung von Katharinas Freund kannten sie im Schlaf – sie lag unmittelbar gegenüber des U-Bahnhofs.

»Was machen wir, wenn Katharina doch nicht hier ist? Ich würde ihrem Freund ungern Sorgen bereiten«, gab Abale zu bedenken, als sie aus der U-Bahnstation ins Tageslicht traten.

»Ich glaube, darüber brauchen wir uns keine Sorgen zu machen«, bemerkte Enlil und deutete auf ein zusammengesunkenes Häufchen Elend auf einer Bank.

»Katharina!«, rief Izila und eilte zu ihr. Die anderen Boten schlossen sich ihr an.

Das Mädchen hob den Kopf und sah ihnen aus tränenverschleierten Augen entgegen.

»Was ist passiert?«, fragte Abale, setzte sich neben sie und legte einen Arm um sie.

»Ich ... Ich hatte mich so erschreckt vor dem Engel, dass ich nur weg wollte. Ich bin zu Jan ... Ich meine, er kennt euch doch, er müsste mir doch glauben! Als ich ihm aber davon erzählte, hielt er mich für verrückt. Er versuchte, es mir auszureden. Als ... Als ich mich nicht davon abbringen ließ, das zu glauben, was ich gesehen hatte, sagte er, dass er mit einer Verrückten nicht zusammen sein kann. Ich bin einfach weggelaufen. Warum glaubt er mir nicht?« Tränen liefen ihr übers Gesicht.

Enlil zog ein Taschentuch aus einer Hosentasche und reichte es ihr.

»Es ist schwierig, diese Welt so zu sehen, wie sie wirklich ist. Von Geburt an wird uns etwas anderes erzählt. Die Magie, die immer noch hier ist, wird von den Menschen verkannt. Engel und Dämonen sind Wesen, die sie der Märchenwelt zuordnen, nicht der reellen.« Izila redete mit leiser Stimme, damit sie niemand belauschen konnte. »Und es kommt noch etwas hinzu, ...«

»Lass uns zu deiner Wohnung fahren, Katharina«, unterbrach Enlil sie. »Da werden wir dir endlich alles erzählen, was wir wissen, auch, warum gerade du so wichtig für die Engel und Dämonen bist.« Er sah sie aufmunternd an. Ein gebrochenes Herz war schwer zu heilen, aber zumindest schwebte sie in keiner Gefahr, dadurch auf die eine oder andere Seite gezogen zu werden. Er vermied es, in Gut oder Böse zu denken, auch die „gute" Apokalypse der Engel war etwas Böses, das die Menschen versklavte.

Katharina schnäuzte sich lautstark in das Taschentuch und wischte sich die Tränen von den Wangen. Dann nickte sie. »In Ordnung, fahren wir zu mir.«

Enlil atmete erleichtert auf. Sie saßen in Katharinas kleiner Wohnung, zwei auf dem Sofa, die anderen auf dicken Sitzkissen um den niedrigen Couchtisch. Katharina griff mit zitternder Hand nach ihrem Glas. Izila hatte in weiser Voraussicht zwei Flaschen Wein gekauft. Das Mädchen würde den Alkohol brauchen, wenn sie ihr alles erzählt hatten. Bisher hatten sie ihr nur erzählt, wie sie ausgebildet worden waren. Jetzt mussten sie ihr noch die eigentliche Aufgabe schildern, für die sie sich vorbereitet hatten. Verstohlen blickte Enlil zu Abale. Mit ihrer schüchternen, sanften Art war sie diejenige, die dies am besten übermitteln konnte. Er selbst redete zu sehr um den heißen Brei herum, Izila besaß nicht die nötige Empathie, um so ein schwieriges Thema anzuschneiden, und Enki war manchmal zu direkt. Er hatte ja selbst Alma nicht mal die Zeit gelassen, zu verdauen, was er ihr eröffnet hatte, bevor er von ihr eine Entscheidung verlangte. Vielleicht hätte er ihr die Zeit lassen müssen, die Wahrheit zu erkennen. Der Bote der Luft griff nach seinem Glas Wein und trank einen Schluck. Wie immer nach einem Kampf hatte er den Drang, sich zu betrinken, aber heute musste das noch etwas warten, erst musste Katharina alles erfahren.

»Es ist ... schwierig, jetzt weiterzuerzählen«, begann Abale zögerlich. »Wir wurden von den Mönchen unterrichtet und trainiert, ohne genau zu wissen, warum. Als sie uns zeigten, wie wir das Schicksal sehen können, dachten wir, es ginge nur darum, die Engel und Dämonen davon abzuhalten, in andere Schicksale hineinzupfuschen. Aber unsere eigentliche Aufgabe ist eine andere.« Sie räusperte sich und trank einen Schluck.

Katharina sah sie interessiert an. Ihre Hände zitterten immer noch, ihre Neugier überwog aber für den Moment und sie beschimpfte sie nicht alle als Verrückte. Zum Glück.

»Unsere eigentliche Aufgabe ist es, die Reiter der Apokalypse zu finden und sie zu vernichten«, sagte die Botin. Sie sah Katharina dabei fest in die Augen.

Diese hatte plötzlich ein Zucken um die Mundwinkel. »Reiter der Apokalypse? Wie in der Bibel?«, fragte sie und fing an zu kichern.

Als sie nach ein paar Minuten immer noch kicherte, stellte Enlil fest, dass sie kurz vor einer Hysterie stand.

Izila, die neben ihr saß, legte ihr die Hand auf die Schulter. »Beruhig dich, Katharina. Das ist noch nicht alles.«

»Was denn noch?«, fragte die unerweckte Reiterin.

»Die Reiter der Apokalypse werden als gewöhnliche Menschen geboren. Durch ein bestimmtes prägendes Ereignis, herbeigeführt von beeinflussten Menschen, werden sie auf die eine oder andere Seite gedrängt und damit erweckt. Ihre von Natur aus gegebene Neutralität ist damit vorbei. Sie erhalten alle Macht, die ein Reiter der Apokalypse hat, und wenn alle vier Reiter erweckt sind und geschlossen auf einer Seite stehen, wird die Apokalypse ausgelöst. Wie genau, wissen wir nicht – wir gehen aber davon aus, dass das Buch mit sieben Siegeln wirklich existiert und dabei eine Rolle spielt. Im Glücksfall, sofern man bei einer Apokalypse von Glück sprechen kann, gelingt es nur einer Seite, die Reiter zu erwecken. Gelingt es beiden Seiten, gibt es vor dem Weltuntergang einen Krieg zwischen Engeln und Dämonen, in den auch die Menschen hineingezogen werden. Die Sieger erhalten die Unterstützung aller Reiter und es kommt zur Apokalypse.« Abale griff über den Tisch nach Katharinas Hand.

»Was hat das alles mit mir zu tun?«, fragte das Mädchen und sah ängstlich von einem zum anderen.

Abale atmete tief durch, dann erzählte sie den Rest der Geschichte. Enlil konnte ihr ansehen, wie schwer es ihr fiel. »Wir trafen dich vor dem Gebäude der Universität, das beinahe in die Luft geflogen ist. Dein Freund war in dem Gebäude, er wäre unter den Toten gewesen. Dieser Herzschmerz, dieses Leid hätte in dir die Rachsucht geweckt. Du hättest Rache üben wollen an allen, die für das Unglück verantwortlich waren, und damit den Weg hin zur Apokalypse der Dämonen geebnet. Es tut mir so leid, Katharina, aber du bist eine unerweckte Reiterin der Apokalypse.« In Abales Augen standen Tränen.

Katharinas Hand lag schlaff in ihrer. Izila hatte einen Arm um das Mädchen gelegt, aber es reagierte auf nichts. Seine Augen waren seltsam leer. Minutenlang sprach keiner ein Wort oder bewegte sich. Dann hob Katharina den Kopf und sah die Boten der Reihe nach an. »Was hättet ihr getan, wenn ich erweckt worden wäre?«

Das war der schlimmste Part, fand Enlil. Katharina war ihnen allen ans Herz gewachsen innerhalb der letzten Wochen. Vielleicht zu sehr ... Jetzt mussten sie ihr sagen, dass sie sie dann kaltblütig ermordet hätten.

»Unsere Aufgabe ist, die Apokalypse mit allen Mitteln aufzuhalten. Wenn wir versagen in unserem Bestreben, dich zu beschützen, und du als Reiterin erweckt wirst, werden wir dich unschädlich machen müssen.« Abale hielt weiterhin Katharinas

Hand und blickte ihr offen ins Gesicht. Es gab keine Geheimnisse mehr zwischen ihnen. Die Engel waren ihr viel zu nah gekommen. Sie musste wissen, was auf dem Spiel stand, warum sie so begehrt war, damit sie mit ihnen zusammenarbeitete, statt gegen sie.

»Unschädlich machen ... Das heißt, ihr würdet mich umbringen?« Alle Farbe wich ihr aus dem Gesicht und sie starrte die Gefährten an.

»In erster Linie beschützen wir dich, Katharina«, sprang Enlil Abale zur Seite. »Wir wollen, dass du ein ganz gewöhnliches menschliches Leben führen kannst. Wir werden immer ein Teil davon sein, aber damit kannst du dich ja hoffentlich arrangieren.«

Katharina nahm ihr Glas zur Hand und trank es in einem Zug aus. Sie füllte es neu und leerte es abermals. Dann sah sie die Boten der Reihe nach an. »Ich nehme an, ich habe keine Wahl?«

»Nicht, wenn du uns nicht zu Feinden haben willst«, meinte Izila und grinste.

»Wir könnten unauffälliger werden, dich mehr aus dem Hintergrund bewachen. Aber nichtsdestotrotz wären wir immer da«, entschärfte Enki Izilas Witz.

Langsam kehrte die Farbe in Katharinas Wangen zurück. »Ich habe irgendwo in mir drin immer gewusst, dass mehr hinter eurem Beschützen steckt. Aber ... Ich und die Apokalypse auslösen! Das klingt so ... unglaublich. Ich glaube euch, weil ich spüre, dass ihr die Wahrheit sagt. Aber es gefällt mir nicht. Könnt ... Könnt ihr mich ein wenig allein lassen? Ihr müsst nicht ganz gehen, nur in einen anderen Raum der Wohnung. Ich brauche Zeit für mich allein. Erst Jan, der austickt, und jetzt das ... Es ist ein bisschen viel auf einmal.« Katharina sah sie bittend an.

Enlil bewunderte sie für ihre Haltung. Nur wenige andere Menschen wären so standhaft wie sie. Die meisten wären zusammengebrochen. Aber vielleicht hatte sie schon immer gespürt, dass noch etwas anderes in ihr schlummerte, und konnte die Wahrheit deswegen besser annehmen. Immerhin hatte sie heute einen Engel mit eigenen Augen gesehen und keinen Grund mehr, an den Aussagen der Boten zu zweifeln. Sie erhoben sich und ließen Katharina im Wohnzimmer allein. Die Tür schlossen sie ganz, um ihr das Gefühl zu geben, wirklich allein zu sein. Schweigend setzten sie sich in die Küche und warteten auf Katharinas Entscheidung. Würde sie weiter mit ihnen zusammenarbeiten? Eine ihrer größten Ängste war, dass ein Reiter von sich aus sagte, er wolle erweckt werden. Ganesh hatte ihnen von so einem Fall erzählt. Sie hofften, Katharina gehörte zu den Menschen, die das Leben viel zu sehr liebten, um so etwas Dummes zu tun.

24

(Herbst 2010)

Die Sonne war schon untergegangen, was den Boten die Möglichkeit gab, Katharina und Jan ihre Privatsphäre zu lassen und sich auf das Dach des Wohnhauses zurückzuziehen. Ihre Vögel flatterten um sie herum und beobachteten die Straße. Es war einige Wochen her, dass Katharina den Engel gesehen hatte und die Boten ihr alles erzählt hatten. Nach einer durchwachten Nacht, in der sie immer wieder die gleichen Fragen beantwortet hatten, hatte Katharina sich endlich beruhigt und eingesehen, dass ihr Schutz Vorrang hatte. Zwei Tage später entschuldigte sich Jan bei ihr, er hätte das alles ja gar nicht so gemeint. Auf Katharinas Geheiß hin, hatte sich Izila sein Schicksal angeschaut. Er war nicht beeinflusst worden, von ihm ging daher weiter keine Gefahr aus. Glücklich darüber, hatte sie ihm verziehen, ihm aber ansonsten nichts weiter erzählt, und er hatte auch nicht nachgefragt. Die Botin des Feuers seufzte. Bei ihr und Kargúhl war es leider genau andersherum: Er fragte sie immer wieder nach Katharina, mit der Begründung, er wolle an allen Aspekten von Izilas Leben teilhaben und deswegen auch ihre neue Freundin kennenlernen. Izila wollte das ja auch, aber nicht ohne die Zustimmung der anderen Boten. Sie hatte sich das einfacher vorstellt, irgendwie hatte die ganze Geschichte im Kloster in Tibet romantischer geklungen. Und sie wollte endlich mal wieder ein bisschen Romantik in ihrem Leben haben!

»Wieso können wir nicht einfach jeden Reiter ins Kloster bringen, dann wäre doch alles gut?«, fragte Enki plötzlich in die einvernehmliche Stille zwischen ihnen hinein. Sie hatten in letzter Zeit damit zu kämpfen, dass überall um Katharina beeinflusste Menschen auftauchten, als wüssten die Engel und Dämonen, wo sie suchen mussten, um den Reiter zu finden.

»Weil dann die Engel und Dämonen das Kloster bestimmt finden würden. Das dürfen sie aber nicht. Unsere Nachfahren müssen auf diesen sicheren Hafen zählen können. Es wird kaum das letzte Mal sein, dass das Schicksal die Boten erwecken muss, damit die Apokalypse verhindert wird«, erwiderte Enlil.

»Ich frage mich nur … Was machen wir, wenn gerade jetzt noch ein Reiter auf der Erde umhergeht? Wir konzentrieren unsere ganzen Ressourcen nur auf Katharina. Vielleicht ist das ja der Fehler, vielleicht wissen die Engel und Dämonen deswegen, wo sie suchen müssen.« Enki lehnte sich zurück und betrachtete nachdenklich den Nachthimmel.

»Aber dann müssten sie ja wissen, wie wir aussehen, und das tun sie nicht, weil wir sie im Kampf entweder getötet oder geblendet haben«, warf Izila ein.

»Und was, wenn sich ganz in unserer Nähe jemand aufhält, der ein Engel oder ein Dämon ist – den wir aber nicht erkennen, weil er nie die ihnen eigene Magie genutzt hat?«, meinte Abale besorgt. Dieses Thema hatten sie seit dem Sommer schon so oft besprochen. Woher sollten sie wissen, wer ein Feind war, wenn ihnen der Schicksalsbaum keine Hinweise darauf gab?

»Wenn es so jemanden gibt – wen von euren Freunden wollt ihr denn verdächtigen? Deinen Mitbewohner, Abale? Deine beste Freundin, Enlil? Deinen Freund, Izila? Das funktioniert doch nicht, wir können nicht jedem misstrauen! Da werden wir nur verrückt.« Enki war sichtlich frustriert.

Die anderen drei nickten. Er hatte recht, fand Izila. Sie konnten nicht jeden sozialen Kontakt abbrechen. Vor allem würde sie ihre Beziehung zu Kargúhl niemals aufgeben, egal aus welchen Gründen! Er war ihr Seelengefährte, dessen war sie sich absolut sicher.

»Wir können auch nicht herumlaufen und jeden verdächtigen. Nachher sehen wir überall potenzielle Feinde und lassen uns gar nicht mehr auf Menschen ein«, meinte Abale. »Wir sind Boten des Schicksals. Wir wurden von Kindestagen an für diese Aufgabe vorbereitet, wir werden es schon schaffen, sie zu meistern.«

»Du hast ja recht.« Enki seufzte und beobachtete die Straße vor dem Haus. Katharina war angewiesen worden, ein Fenster offen zu lassen, damit sie hörten, wenn sie Hilfe brauchte. Das war trotz kühler Temperaturen ein besserer Kompromiss, als einen Vogel vor ihrem Fenster zu postieren. Izila grinste bei der Erinnerung daran, wie aufgebracht die Reiterin auf den Vorschlag reagiert hatte. Plötzlich ertönte ein leiser Pfiff. Izila kroch kopfüber nach unten und schaute über die Dachkante.

»Katharina, was gibt es?«, fragte Izila leise.

Katharina stand am Fenster und hielt ihr grinsend einen großen Teller mit selbstgebackener Pizza hin. »Ihr habt doch bestimmt Hunger!«

»Oh, ja, danke!«, rief Izila freudig, nahm den Teller entgegen und reichte ihn weiter zu den anderen. Es folgte noch ein Teller, dann verschwand Katharina wieder.

»Immerhin kümmert sie sich gut um uns«, meinte Enki, während er sich ein Stück Pizza in den Mund schob. »Uh, kalt«, schimpfte er daraufhin.

Izila lachte. »Dann haben sie uns wohl die Reste gegeben, oder über ihren sonstigen Aktivitäten vergessen, dass wir hier oben sitzen. Gib her«, sagte sie, nahm die beiden Teller in die Hände und konzentrierte sich. Kurz leckten Flammen von ihren Händen über die Unterseite des Tellers, dann verschwanden sie wieder und die Pizzastücke dampften. »Vorsicht, jetzt könnte sie zu heiß sein.«

»Das Kochen mit den Händen musst du wohl noch üben«, witzelte Enlil.

Izila pflückte ein Stück Salami von ihrer Pizza und warf es scherzhaft nach ihm. »Pass auf, was du sagst, undankbarer Kerl«, gab sie zurück und grinste. Die anderen lachten.

Eine Zeit lang aßen sie in vertrautem Schweigen. Eigentlich mussten sie noch absprechen, wer die Nachtwache übernahm, aber gerade war niemandem nach Reden zumute, zumindest nicht über ihre Pflichten. Die Botin des Feuers liebte diese Momente, in denen sie so tun konnten, als wären sie nichts weiter als beste Freunde, die ein wenig Zeit miteinander verbrachten. Sie stellte sich manchmal vor, was passiert wäre, wenn sie jemanden aus der Gruppe einfach nicht gemocht hätte, damals

als Kind. Aber es ist wohl der Sinn von solchen Geschichten, dass sich die Helden immer mochten. Sie schmunzelte. Helden. Es blieb abzuwarten, ob sie diesen Anspruch erfüllen würden. Sie blickte ihre Gefährten der Reihe nach an, dann holte sie tief Luft. Es war an der Zeit, dass sie endlich nachfragte, ob Katharina Kargúhl kennenlernen konnte. Es sprach an sich nichts dagegen, aber viel dafür. Könnte sie Kargúhl mitnehmen, müsste sie sich nie mehr zwischen ihrer Pflicht und ihrer Liebe entscheiden. Das würde ihrer Beziehung sicherlich guttun.

»Ich habe eine kleine Frage. Beziehungsweise ist es mehr eine Ankündigung, dagegensprechen wird wohl nichts«, fing sie an.

Abale sah sie neugierig an.

»Ich würde Kargúhl und Katharina gern miteinander bekannt machen, damit ich mich nicht immer zweiteilen muss.«

Die anderen schwiegen. Izila sah sie erwartungsvoll an. Enlil war es schließlich, der sich räusperte und Izila ernst anschaute. »Du bist dir sicher, dass er vertrauenswürdig ist?«

Izila runzelte die Stirn. » Natürlich bin ich das! Ich liebe ihn.«

»Was weiß er von Katharina?«, fragte Abale, ein wenig alarmiert. Sie erinnerte sich, dass Izila, damals, als Teenager, mal vorgehabt hatte, Kargúhl von ihrem Geheimnis zu erzählen. Sie hatte es dann aber doch nicht getan, glaubte Abale zumindest.

»Er weiß nichts von uns, oder dass wir Katharina beschützen. Für ihn ist sie nur eine neue Freundin, mit der ich viel Zeit verbringe und die er deswegen gerne kennenlernen würde.«

»Wenn du dir so sicher bei ihm bist, wenn du ihn liebst, warum sagst du ihm dann nicht die Wahrheit über dich? So, wie ich es bei Alma getan habe?«, fragte Enki. Schmerz stand immer noch in seinen Augen, wenn er Alma erwähnte.

Seine Frage trieb Izila in die Enge. Sie hatte so sehr gehofft, dass es für Alma und Enki ein Happyend gab. Alma war so sensibel für Enkis Element gewesen, dagegen schien Kargúhl teilweise sogar Angst vor dem Feuer zu haben. Das Element schien ihn andererseits auch nicht zu mögen. Aber das hatte alles ja nichts zu sagen, wenn seine Gefühle für sie stark genug waren!

»Weil ich ihn nicht so damit überfallen möchte«, antwortete sie schließlich ausweichend.

»Wenn wir einem Menschen, den wir zu lieben glauben, nicht so bedingungslos vertrauen können, dass wir ihm unsere Geheimnisse anvertrauen, sollten wir ihm auch nicht Katharina vorstellen. Was, wenn er das Leck ist? Wenn er die Infos an die Engel weitergegeben hat? Oder an die Dämonen?« Enlil sah sie ernst an.

Izila schnaubte. Kargúhl sollte ein Engel oder Dämon sein? Lächerlich! »Das kann nicht dein Ernst sein, Enlil! Ich kenne ihn seit meiner Teenagerzeit. Er ist ebenso ein Mensch, wie Katharinas Freund es ist. Und ganz bestimmt keiner unserer Feinde!«

»Ich muss Enlil zustimmen«, meldete sich Abale zu Wort. »Warum sollten wir ihm Katharina anvertrauen, wenn du ihm nicht mal dein wahres Selbst anvertraust? Du musst uns verstehen, Izila. Wir kennen ihn nicht, wir wissen nichts über ihn, abgesehen von dem, was du uns erzählt hast.«

»Dann lernt ihn halt kennen!«, rief Izila aus. »Doch halt, nein, das könnt ihr ja nicht, weil er euch nicht verstehen würde!« Frustriert verschränkte sie die Arme vor der Brust. Es konnte doch nicht sein, dass aus einer einfachen Frage so eine Diskussion wurde!

»Es tut mir leid, Izila, aber unter den gegebenen Umständen können wir deinen Vorschlag nicht gutheißen«, sagte Enlil sanft und griff nach ihrer Hand.

Izila entzog sie ihm, blitzte alle wütend an und sprang dann auf. »Schön, dann werde ich ihm eben sagen, wer ich bin, damit ihr zufrieden seid!«, rief sie aufgebracht, sprang von der Dachkante in die Luft und verschwand mit einem Aufblitzen ihrer Flügel im Nachthimmel. Die anderen würden schon sehen, dass Kargúhl ihr Lebensgefährte war und es überhaupt keinen Grund für dieses nahezu feindliche Misstrauen gab.

25

(Herbst 2010)

Lieber Enki,

ich weiß, dieser Brief kommt ziemlich spät, aber schließlich erfährt man auch nicht alle Tage, dass der Freund, den man von Kindesbeinen an kannte, ein sogenannter Bote des Schicksals sein soll. Du hast mir keine Zeit gelassen, die Wahrheit hinter Deinen Worten zu erkennen. So behütet, wie ich aufgewachsen bin, so vollkommen normal, war alles Übernatürliche für mich nur eine Einbildung, ein Irrglaube. Doch jetzt, wenn ich darüber nachdenke, wie sensibel Du immer auf jedes Lebewesen in der Natur reagiert hast ... ich erinnere mich immer noch gern an den Tag, an dem Du mir geholfen hast, den kleinen Vogel zurück in sein Nest zu setzen. An diesem Tag habe ich Dir Einlass in mein Herz gegeben. Und so sehr ich es auch nach Deinen letzten Worten versucht habe, ich schaffe es nicht, Dich wieder daraus zu verbannen. Es ist mir egal, wer oder was Du bist, Enki, ich möchte einfach nur mit Dir zusammen sein. Ich zweifele die Wahrheit Deiner Worte nicht mehr an. Ich kann es immer noch nicht glauben, mein Verstand weigert sich, es zu verstehen. Aber mein Herz vertraut Dir und sehnt sich zurück nach Dir.

Ich kann es verstehen, wenn Du mich nie mehr wieder sehen willst. Ich wünsche mir aber, dass wir uns zumindest noch einmal unterhalten können, damit wir nicht im Streit auseinandergehen.

Deine Alma

Katharina faltete das Blatt Papier wieder zusammen und gab es Enki zurück. Es war die Übersetzung des Briefs den Alma ihm geschrieben hatte – Katharina hätte ihn auf Schwedisch nicht lesen können. Enki drehte den Originalbrief nervös in seinen Händen. Das Blatt war mittlerweile so oft gefaltet und gelesen worden, dass die Ecken schon ausgefranst waren und es an der Falz eingerissen war.

»Was genau möchtest du jetzt von mir hören?«, fragte Katharina und sah ihn mitfühlend an.

Enki fuhr sich mit der Hand durch die Haare und seufzte. Er wusste es nicht. Eigentlich wollte er heute Abend nur mit Katharina ins Kino gehen, sie ein bisschen ablenken. Ihr Freund hatte keine Zeit für sie, sie wollte aber unbedingt ausgehen und ihre Aufnahme in ihren Wunschstudiengang feiern. Ein Jahr hatte sie etwas anderes studiert, um ihre Chancen auf genau diesen Studiengang zu erhöhen, nachdem sie erst abgelehnt worden war. Nach dem Kino waren noch Cocktails geplant gewesen, stattdessen saßen sie jetzt aber auf ihrer Couch und er hatte ihr den Brief von Alma gezeigt. Er wusste nicht, was er davon halten sollte. Konnte er es wagen, noch einmal von ihr verletzt zu werden? War sie tatsächlich seine Gefährtin, vom Schicksal für ihn auserwählt?

»Liebst du sie denn noch, Enki?«, fragte Katharina und nahm seine Hand.

Er lächelte sie an. »Ja, ich habe nie damit aufgehört. Ich habe es versucht, aber nicht ganz geschafft. Vielleicht brauche ich aber auch einfach nur noch ein wenig mehr Zeit, um sie zu vergessen.«

Katharina seufzte, dann sah sie Enki an. »Um ehrlich zu sein, halte ich nichts davon, einer Beziehung nach einer Trennung eine neue Chance zu geben. Aber bei euch ... Weißt du, als ich die Wahrheit über euch und mich erfahren habe, habe ich gemerkt, dass ich Sprachen verstand, die ich nie vorher gehört hatte. Das hat mir gezeigt, dass irgendetwas Wahres an eurer Geschichte dran sein muss. Alma allerdings hatte nie solch eine Erfahrung. Bevor du ihr im Zorn deine Kraft gezeigt hast, ist sie nie mit etwas Übernatürlichem in Berührung gekommen. Sie brauchte vielleicht einfach Zeit, um das zu verarbeiten. Wenn du auch nur die geringste Chance hast, dass sie mit diesem Wissen leben und dich ohne Wenn und Aber lieben kann, dann solltest du sie ergreifen.«

Er nickte. In ihm wuchs plötzlich ein Drang, eine Sehnsucht nach Alma. Er wollte sofort zu ihr, nicht erst in ein paar Stunden oder gar erst in ein paar Tagen. Ruhelos stand er auf und lief im Raum auf und ab. »Sie wird mich kaum sehen, weil wir dich beschützen müssen. Sie weiß bisher nichts von unserer Aufgabe. Vielleicht wird ihr das Wenige, das ich ihr bieten kann, nicht reichen.«

»Das ist ihre Entscheidung, nicht deine«, erwiderte Katharina.

Enki sah die unerweckte Reiterin an und nickte dann langsam. »Aber wer passt dann heute Abend auf dich auf? Enlil und Abale sind beide an der Uni beschäftigt, sie haben die nächsten Tage keine Zeit, wenn sie die verpassten Prüfungen nachholen und bestehen wollen.«

»Was ist mit Izila?«

»Sie ist heute Abend mit Kargúhl verabredet.«

»Das ist doch kein Problem mehr, oder? Hat sie ihm nicht erzählt, dass sie eine Botin ist und deswegen auf mich aufpassen muss? Da wird er doch verstehen, wenn ich dabei bin.« Katharina sah Enki aufmunternd an.

Er nickte. Erst vor ein paar Tagen hatte Izila ihnen freudestrahlend erzählt, wie gut Kargúhl die Neuigkeit aufgenommen hatte, dass sie eine Botin war und gegen Engel und Dämonen kämpfte. Enlil wusste immer noch nicht, ob ihm zu trauen war, und hielt immer noch nichts davon, dass Kargúhl Katharina kennenlernte. Die Reiterin war Izila aber unerwartet beigesprungen und hatte den anderen dreien vorgeworfen, zu furchtsam zu sein und in jedem Schatten etwas Böses zu wittern. Bisher hatten sie es dennoch geschafft, das Kennenlernen hinauszuzögern. Aber jetzt ... Er wollte zu Alma, so schnell wie möglich! Und er würde es doch auch wollen, dass Katharina und Alma sich kennenlernten, wenn zwischen ihnen wieder alles gut werden würde. Warum sollte er Izila das also verwehren?

Enki grinste Katharina an. »Ok, ich sage Izila Bescheid, warte bis sie hier ist, und dann gehe ich zu Alma.«

»Perfekt! Und erzähl mir unbedingt, was dabei herausgekommen ist. Wenn ihr wieder zusammen seid, will ich sie sehr gerne kennenlernen!« Katharina strahlte ihn an, dann stellte sie sich ans Fenster und sah hinaus, um Enki in seiner telepathischen Konzentration nicht zu stören.

»Bin schon da«, schallte Izilas Ruf durch die Wohnung. Dann fiel die Tür ins Schloss. Die Boten hatten sich Schlüssel zu Katharinas Wohnung nachmachen lassen, um ihren Schutz besser zu gewährleisten. Die Botin des Feuers trat ins Wohnzimmer.

Enki stand am Fenster neben einer Pflanze, durch die er ein Portal geöffnet hatte.

»Viel Glück, Enki«, sagte Izila lächelnd.

Er grinste und deutete dann auf Katharina. »Danke, dass du heute Abend ihren Schutz übernimmst. Ich weiß, du bist eigentlich mit Kargúhl verabredet. Ich habe nichts mehr dagegen, wenn du ihn ihr vorstellst, Izila. Ich würde Alma auch nicht von ihr fernhalten wollen.«

Die Botin drehte sich mit leuchtenden Augen zu Katharina um.

Die Reiterin nickte lächelnd. »Ja, stell mir den Mann vor, der dein Herz erobert und keine Angst vor dem Feuer in dir hat.«

»Viel Spaß euch dann!«, rief Enki und winkte ihnen zu, dann war er durch das Portal verschwunden.

Izila spürte die kurze Energiewelle, als er es hinter sich schloss. Sie hatten seit ihrer Odyssee mit der U-Bahn, als sie nicht wussten, wo Katharina war und ob sie rechtzeitig zu ihr kommen würden, zwar einen festen Ausgang in die Nähe ihrer Wohnung und der ihres Freundes gelegt, aber direkt in der Wohnung würden sie die Portale immer schließen. Die Gefahr war zu groß, dass ein Engel oder Dämon darauf aufmerksam wurde.

»Was war denn für heute geplant?«, fragte Izila.

»Kino und Cocktails. Für Kino ist es mittlerweile aber zu spät. Darum können wir auch gleich zu den Cocktails übergehen. Lerne ich denn Kargúhl heute kennen?«

»Ja, er wartet unten auf uns. «

Die Reiterin suchte ihre Sachen zusammen und verließ dann zusammen mit der Botin die Wohnung. Vor dem Haus trafen sie auf Kargúhl, Izila machte die beiden schnell miteinander bekannt. Ihr fiel der bewundernde Blick auf, den Katharina ihrem Freund zuwarf, und sie grinste. Sie hatte nun mal einen wirklich guten Geschmack, was Männer betraf. Gemeinsam machten sie sich auf den Weg zu einer nahegelegenen Cocktailbar.

»Ha, ist nicht dein Ernst!«, rief Katharina lachend aus. Kargúhl hatte eine seiner Studentengeschichten zum Besten gegeben.

Izila beobachtete erfreut, wie Katharina in Kargúhls Gegenwart immer mehr auftaute und ihn als Freund zu akzeptieren begann. Vielleicht musste sie sich nie mehr zwischen ihrer Verpflichtung und dem Wunsch, bei Kargúhl zu sein, entscheiden.

»Doch, doch. Und danach hat er dann noch ganz panisch versucht, die Tinte wieder in seinen Füller zu schieben«, erzählte ihr Freund lachend weiter.

Izila stimmte in das Gelächter mit ein. Kargúhl war ein hervorragender Unterhalter, das sah sie immer wieder, wenn sie ihn in Gesellschaft erlebte. Wenn nur die anderen Boten ihn auch endlich so annehmen würden, wie Katharina dies tat. Sie hatte auf dem Weg zur Bar ein kurzes Streitgespräch mit Abale und Enlil gehabt, weil sie Kargúhl mit zu Katharina gebracht hatte. Da das Kind aber nun in den Brunnen gefallen war, hatten sie sich schließlich nicht weiter dagegen gesträubt. Als Izila dann außerdem Enkis Argument anführte, dass die beiden ihre Lebensgefährten sicherlich auch nicht von der Reiterin fernhalten würden, konnten sie nichts mehr darauf erwidern. Ganz geklärt war der Streit zwar nicht, aber Izila wusste, dass der Groll nicht lange anhalten würde. Immerhin waren sie die Boten, sie mussten zusammenhalten. Lächelnd lehnte sie sich zurück und nippte an ihrem Cocktail. Die Mönche hatten ihr immer gesagt, sie würde die ganze Sache viel zu romantisch sehen. Aber war es das nicht auch? Ihr wurde vom Schicksal ein Gefährte ausgesucht, jemand, der definitiv nur zu ihr passte. Sie hatte Kampfgefährten, mit denen sie von klein auf trainiert hatte und mit denen sie die Welt retten wollte. Wie in einem dieser wunderbaren, heroischen Fantasy-Romane, die sie schon als kleines Mädchen verschlungen hatte.

»Und wie habt ihr euch kennengelernt?«, fragte Katharina plötzlich und sah die beiden erwartungsvoll an.

»Hast du das noch gar nicht erzählt?« Kargúhl blickte zu Izila und nahm ihre Hand.

Sie schüttelte den Kopf. »Nein, hat sich noch nicht ergeben.«

»Na, dann erzählt es jetzt!«, rief Katharina.

Izila lachte kurz, bevor sie zur Antwort ansetzte. »Wir haben uns schon als Teenager kennengelernt, im Internet. Wir haben tage- und nächtelang miteinander geschrieben, über Jahre hinweg. Aber Kargúhl wollte mich nie treffen. Er hatte Angst, dass der Zauber, der uns umgab, verschwinden würde, wenn wir uns in der Realität gegenüberstehen würden. Nicht einmal ein Foto wollte er austauschen! Enlil, der ewig Misstrauische, hatte schon befürchtet, dass ich einem dicken, hässlichen Mann auf dem Leim gegangen bin.« Izila kicherte bei der Erinnerung.

Kargúhl setzte einen gespielt entrüsteten Gesichtsausdruck auf. »Dick und hässlich, also wirklich«, grummelte er.

Izila strich ihm liebevoll über eine Wange, woraufhin er wieder lächelte. Dann erzählte sie weiter: »Irgendwann schrieben wir uns weniger. Kargúhls Studium hatte begonnen und er hatte einfach weniger Zeit. Dann erzählte er mir, gerade als ich mein Studium in Hamburg begonnen hatte, dass er hier an der TU eine Stelle annehmen und nach Hamburg ziehen würde. Du kannst dir vorstellen, wie ich aus dem Häuschen war. Aber treffen wollte er mich immer noch nicht.«

»Was? Kargúhl, du lässt dich aber ganz schön bitten!«, warf Katharina ein, und die drei brachen in Gelächter aus.

Danach nahm Kargúhl den Faden der Geschichte wieder auf: »Ich dachte mir, dass der Zufall uns schon zusammenbringen würde, wenn ich Izila in Hamburg treffen sollte. Und so war es dann auch. Ich war einen Abend mit meinen neuen Arbeitskollegen in einem Club unterwegs. Da fiel sie mir auf, mit ihrem rötlich schimmerndem Haar und den unglaublichsten Augen, die ich je an einer Frau gesehen habe. Ich musste sie einfach ansprechen. Wir redeten die ganze Nacht lang, saßen dann sogar noch an den Landungsbrücken bis zur Dämmerung. Und dann fiel plötzlich ein Satz, der uns stutzig werden ließ. Ich weiß gar nicht mehr, wer von uns beiden ihn gesagt hat oder wie wir darauf kamen, dass wir uns schon so ewig aus dem Internet kennen. Aber plötzlich wussten wir es, und damit wussten wir auch, dass wir zusammengehören.«

»Ooooooh«, seufzte Katharina und sah die beiden aus verträumten Augen an. »Wie romantisch!«

Izila lächelte Kargúhl an. Sie freute sich unsagbar darüber, dass er und Katharina sich verstanden.

»Jetzt schuldest du uns aber die Geschichte von dir und deinem Freund«, meinte Kargúhl und blickte die unerweckte Reiterin gespannt an.

Izila ließ einen zustimmenden Laut hören und winkte den Kellner für eine weitere Runde Cocktails heran. Der Abend versprach, lang und schön zu werden.

26

(Herbst 2010)

»Das ist doch alles nicht zu fassen«, meinte Izila, nahm sich ein Glas Wasser und ließ sich neben Kargúhl auf der Couch nieder. Sie fuhr sich durch die Haare und ließ noch eine Tirade an Schimpfwörtern los.

Er schaute sie fragend an. »Was ist passiert?«

»Enlil will weiterhin nicht, dass du Katharina triffst. Er geht einfach zu weit in seinem Misstrauen! Ich habe dir die Wahrheit erzählt und du bist nicht abgehauen, das sollte ihm eigentlich reichen, um zu verstehen, dass du keine Gefahr für Katharina bist!« Izila seufzte frustriert und stellte ihr Glas auf dem Couchtisch ab. Die Verlockung, es einfach gegen die Wand zu schmeißen, war groß – vor allem, wenn sie sich Enlils Gesicht an der Wand vorstellte. Was bildete er sich eigentlich ein? Es war ihr gutes Recht, ihren Freund mit zu den Treffen bei Katharina zu nehmen! Sie hatte immerhin noch ein eigenes Leben, in das sicherlich irgendwann auch Kargúhl als ihr Ehemann und Kinder gehörten. Sollte sie die dann auch fernhalten von Katharina und sozusagen ein Doppelleben führen? Sie pustete sich eine Haarsträhne aus der Stirn. Enlil war sicherlich nur so drauf, weil er neidisch war. Immerhin hatte sie schon ihre große Liebe gefunden, während er immer noch danach suchte und es nicht mal schaffte, Freunde zu finden.

»Liebste, lass dir nichts einreden«, sagte Kargúhl und legte einen Arm um sie. »Enlil ist vielleicht einfach neidisch, weil er keine Freundin hat. Enki hat ja seinen Widerstand jetzt auch aufgegeben, oder? Wie geht es ihm und Alma?«

Ein Leuchten trat in Izilas Augen. Sie liebte romantische Geschichten, und noch mehr liebte sie es, Kargúhl endlich von ihren besten Freunden, ihren Gefährten, erzählen zu können. Seit sie ihm gesagt hatte, dass sie eine Botin war und er bei ihr geblieben war, sah sie keinen Grund, warum sie ihm nicht auch alles über die anderen Boten erzählen sollte. »Einfach wunderbar! Sie passen so gut zusammen, Enki wirkt endlich einmal wieder richtig glücklich. Es freut mich für ihn, dass er auch seine Lebensgefährtin gefunden hat. Alma weigert sich allerdings noch, durch ein Portal zu gehen, die Magie ist ihr immer noch unheimlich. Aber es dauert bestimmt nicht lange, bis sie sich damit angefreundet hat. Du hast das ja auch geschafft.« Verliebt lächelte sie ihn an.

Er hob eine Hand und strich ihr über die Wange. »Das freut mich für die beiden. Und was Enlil angeht ... Ich denke, wir müssen das einfach nur aussitzen, Izila. Irgendwann werden sie mich akzeptieren.« Er zog sie an seine Brust.

Izila kuschelte sich an ihn und seufzte glücklich. Sie liebte diese Momente, wenn er ihre Nähe suchte. In letzter Zeit tat er es häufiger als früher, als wäre eine Barriere, die sie von ihm getrennt hatte, endlich weggefallen. Sie liebte und brauchte ihn so sehr und spürte, dass es ihm genauso ging. Nie mehr wollte sie ohne ihn sein. »Abale hat immerhin eingesehen, dass es ein verlorener Kampf ist. Sie versucht zu schlichten, so gut es geht, aber wirklich erfolgreich ist sie damit nicht. Ich verstehe einfach nicht, was mit Enlil los ist.« Sie schloss die Augen, atmete Kargúhls Duft ein und fühlte sich so geborgen wie nirgendwo sonst. Es konnte nicht Enlils Ernst sein, dass er Kargúhl für einen Engel oder Dämon hielt. Immerhin hatte sie sich seinen Schicksalsbaum angesehen. Nichts darin deutete darauf hin, dass er kein gewöhnlicher Mensch war. Sicher, der Engel vom letzten Kampf hatte ihnen erzählt, dass es Engel gab, die ihre Magie nicht für Entscheidungen einsetzten – aber sie konnte sich nicht vorstellen, dass sie es schafften, nie ihre Magie einzusetzen. Irgendwann musste jedem Engeln oder Dämon ein Fehler unterlaufen und dann würde ein Ast des Schicksalsbaums silbrig glänzen oder wäre silbern angelaufen. Bei Kargúhl war dies nicht der Fall, jeder noch so kleine Ast war frei davon. Er war nur ein Mensch! Enlil musste ihn nur kennenlernen, dann würde er das sicherlich genauso sehen. Aber genau das lehnte er ab.

»Es wird schon alles wieder gut werden«, murmelte Kargúhl leise in ihr Haar.

Sie strich mit einer Hand über seine Brust und seufzte leise. »Ich hoffe, du hast recht. Ich weiß nicht, was ich sonst machen soll. Ich kann dich nicht aufgeben. Nicht einmal, wenn der Preis dafür Enlils Freundschaft ist.«

Kargúhl gab ihr einen Kuss auf die Stirn. »Das würde ich nie von dir verlangen!«, erwiderte er.

»Ich weiß, ich weiß. Aber vielleicht Enlil.« Izila rückte noch enger an Kargúhl heran. Was sollte sie nur tun, wenn Enlil das wirklich verlangte? Sie waren darauf angewiesen, zusammen zu kämpfen, um die Apokalypse aufzuhalten, um die Reiter zu beschützen. Ging das auch, wenn sie nicht befreundet waren? Würde sie ihm dann noch genug vertrauen können, um ihm im Kampf den Rücken zuzuwenden?

Mit aller Kraft schluckte Izila die Tränen hinunter, die sich in ihren Augen zu sammeln drohten. Noch war es nicht so weit und vielleicht würde es ja nie so weit kommen. Vielleicht brauchte Enlil nur ein paar Tage, um sich zu beruhigen und einzusehen, dass es keinen Sinn ergab, die Lebensgefährten von den unerweckten Reitern fernzuhalten.

»Immerhin mag ich Katharina und sie scheint mich auch zu mögen. Wollten wir nicht die Woche noch zusammen ins Kino, mit ihrem Freund?«, fragte Kargúhl.

Sofort begannen Izilas Augen wieder zu strahlen. »Ja, wollten wir! *Avatar*, dieser neue 3D-Film soll besser sein als alle bisherigen animierten Filme. Katharina wollte Karten für uns bestellen, ich frage sie morgen mal, ob sie daran gedacht hat.«

»Mach das. Und bis dahin ...« Kargúhl lächelte sie an und gab ihr einen langen Kuss.

Izila seufzte wohlig, als ihre Lippen sich wieder trennten und fuhr mit einer Hand über seine Wange. »Das ist eine gute Art, mich abzulenken«, sagte sie grinsend.

Kargúhl grinste zurück und beugte seinen Kopf, um sie noch einmal zu küssen. Izila empfing den Kuss bereitwillig und ließ sich von der Liebe und Geborgenheit davontragen, die seine Küsse immer in ihr auslösten. Manchmal fand sie es fast erschreckend, wie abhängig sie sich von ihm fühlte, wie sehr er sie mit seiner Zurückweisung verletzen konnte. Aber andererseits musste sich genauso so Liebe anfühlen, dessen war sie sich sicher. Genau das war doch so romantisch, nicht ohne den anderen leben zu wollen, seine Nähe ebenso dringend zum Leben zu brauchen wie die Luft zum Atmen. Nie wieder wollte sie ohne Kargúhl sein, egal, was Enlil oder die anderen Boten sagten. Das Schicksal hatte sie zusammengebracht und sie würde sich nicht wegen eines doofen Gefühls von Enlil, das nur auf Eifersucht gründete, von ihm trennen. Das würde ihr Herz nicht aushalten.

»Ich liebe dich.« Fast ein Flüstern nur von Kargúhl, das den Zauber des Augenblicks wahrte.

Überrascht sah sie ihn an. Er sagte diese drei Worte, nach denen sie sich mehr als nach allem anderen verzehrte, nur sehr selten. Dann lächelte sie. »Ich liebe dich auch.« Sie vergrub eine Hand in seinem Haarschopf und küsste ihn mit der ganzen Leidenschaft des Feuers, die in ihr aufbrandete.

Etwas atemlos sahen sie sich danach an.

»Ich glaube, für heute haben wir genug geredet, oder?«, fragte er leise. Izila nickte und zog ihn mit aufs Sofa. Sie hatten definitiv genug geredet, jetzt war es Zeit, dass ihre Körper ihr ganz eigenes Gespräch führten. Sonst würde sie das Feuer innerlich verbrennen. Auch das Feuer dürstete nach Kargúhls Berührung, seiner Leidenschaft. Ein Grund mehr, weshalb er ganz sicher ihr Lebensgefährte war.

27

(Winter 2010)

»Dort sind überall Menschen, was soll mir schon passieren?!« Frustriert schaute Katharina die vier Boten an.

Abale seufzte und fuhr sich mit der Hand durchs Haar. Katharina sah zwar ein, dass ihr Schutz nötig war, allerdings war ihnen in den letzten Wochen nichts aufgefallen. Die Dämonen und Engel verhielten sich auffällig ruhig, selbst die beeinflussten Menschen in ihrer Nähe wurden weniger. Es sah alles nach der Ruhe vor dem Sturm aus, dessen waren sich die Boten sicher. Nur Katharina schien das gar nicht so zu finden.

»Schaut, vielleicht haben die Engel und Dämonen mittlerweile einfach Angst vor euch und versuchen deswegen nicht mehr, an mich heranzukommen. Ihr könnt doch nicht bis zum Ende meines Lebens immer an meiner Seite sein, wann soll ich dann nochmal wirklich mit meinem Freund alleine sein? Es ist zwar schön und gut, dass ihr euch immer auf das Dach verzieht, wenn wir hier sind, aber das reicht mir einfach nicht! Und ich bitte ja nicht darum, einen einsamen Mondscheinspaziergang mit ihm zu machen. Wir wollen nur auf den Dom! Da sind Hunderte von Menschen, da wird uns kaum ein Dämon oder Engel anfallen, wenn sie nicht einen wütenden Mob gegen sich haben wollen.« Erschöpft von ihrer langen Ansprache ließ sich die unerweckte Reiterin auf das Sofa fallen.

»Und wenn doch etwas schiefgeht? Wenn ihr doch angegriffen werdet? Wenn irgendwo auf dem Dom die Katastrophe stattfindet, die wir verhindern wollen?« Izila sah sie bittend an.

»Dann schickt uns die Vögel nach, das hat doch sonst auch gereicht, ganz zu Anfang eures Schutzes.«

Abale atmete tief durch. Aber bevor sie etwas sagen konnte, ergriff Enlil das Wort. »Verstehst du nicht, was auf dem Spiel steht? Die Engel und Dämonen wissen, wozu du werden kannst. Und es gibt irgendwo eine Lücke, wo diese Information durchgesickert ist und die wir bisher nicht ausfindig gemacht haben. Du bist in Gefahr!« Hatte sie das nicht nach dem Angriff im Park begriffen?

»Vielleicht seid ihr ja die Lücke«, sagte Katharina leise. Die vier Boten starrten sie verblüfft an.

»Ich meine ... überlegt doch mal: Wer sagt euch, dass die Engel und Dämonen nicht einfach gemerkt haben, dass ihr eure gesamte Aufmerksamkeit auf einen Menschen konzentriert? Sie werden ja wohl eins und eins zusammenzählen können.«

»Aber sie wissen ja nicht, wie wir aussehen«, meinte Enki und machte eine wegwerfende Handbewegung.

»Weshalb seid ihr euch da so sicher? Vielleicht gab es bei einem oder zwei Kämpfen mal einen heimlichen Beobachter, den ihr nicht gesehen habt. Und der konnte dann das Wissen um euer Aussehen an seine Verbündeten weitergeben.«

Fünf Augenpaare starrten das Mädchen fassungslos an.

»Wäre das nicht möglich?«, fragte Katharina.

Abale schüttelte ungläubig den Kopf. »Natürlich wäre es das ... Oh, Himmel, wir könnten sie zu dir gelockt haben!«

»Die logische Schlussfolgerung wäre dann, dass ihr mich auch mal alleine mit meinem Freund losziehen lasst. Wenn eure Aufmerksamkeit nachlässt und die Engel und Dämonen das merken, werden sie vielleicht auch von mir ablassen und glauben, dass ihr euch geirrt habt.« Katharina sah die vier Boten triumphierend an.

Abale zog innerlich den Hut vor ihr, sie hätte ihr nicht zugetraut, so gut zu argumentieren, dass weder ihr noch ihren Gefährten ein Gegenargument einfiel. Sie mussten sie gehen lassen. Aber so ganz ohne Schutz? Es musste doch eine Möglichkeit geben, sie im Auge zu behalten, ohne ihr Date zu stören.

»Na gut. Gehen wir mal davon aus, wir lassen dich mit ihm gehen, Katharina, wir würden aber ebenfalls auf dem Dom sein. Zusammen Spaß haben. Achterbahn fahren, gebrannte Mandeln und gekochte Maiskolben essen ... Wäre das in Ordnung? Wir würden euch nicht verfolgen und euch auch nicht ansprechen. Ihr seid ganz für euch, aber bei nur einem Schrei wären wir an eurer Seite.« Enki sah die beiden mit einem Blick an, der eigentlich keine Widerrede duldete.

Abale war froh über seinen Kompromissvorschlag.

Die unerweckte Reiterin dachte einen Augenblick über den Vorschlag nach, dann nickte sie zögernd. »Einverstanden. Aber wir werden eine U-Bahn vor euch losfahren.«

Ein paar Minuten später klingelte es an der Tür, Katharina wurde von ihrem Freund abgeholt. Als die beiden weg waren, sanken die Boten seufzend auf das Sofa.

»Ob sie recht hat? Sind wir der Grund, weshalb sie wissen, was Katharina für eine Macht haben könnte?« Izila sah die anderen an, Angst lag in ihren Augen.

»Aber dann müssten wir ja schon ewig mit einem Engel oder Dämon befreundet sein. Denkt doch mal nach, wem haben wir wirklich von Katharina erzählt?«, fragte Abale in die Runde. Sie selbst hatte keinem ihrer Freunde etwas von der Reiterin gesagt – immer wenn sie lange abwesend war, hatte sie es anderen gegenüber mit familiären Problemen begründet. Enki zuckte mit den Schultern, ihm ging es wohl genauso. Abale meinte sich zu erinnern, dass Enki mal erzählt hatte, Alma wollte nicht zu viel über sein Leben als Bote wissen. Zumindest so lange nicht, bis sie besser damit zurechtkam, dass es Engel und Dämonen und Magie auf der Erde gab.

»Ich habe es Kargúhl gesagt, aber da sind wir uns ja mittlerweile einig, dass er keine Gefahr darstellt«, meinte Izila.

»Ich habe etwas gegenüber Alyss angemerkt. Aber ich kenne sie auch schon seit Ewigkeiten, und meine Aussagen waren auch eher wirr, als dass sie für sie irgendeinen Sinn ergeben hätten«, sagte Enlil.

Die Boten entspannten sich wieder. Anscheinend waren sie doch nicht das Problem. Da blieb nur die Frage: Wer dann?

Abale stand auf und streckte sich. »Enlil, magst du deinen Vogel hinter den beiden herschicken, damit wir sie nicht aus den Augen verlieren?«

Caladri war aufgrund seines Gefieders der unauffälligste der Elementvögel. Die Sonne war schon untergegangen, es war daher unwahrscheinlich, dass Katharina den Vogel bemerken würde. Und sie hatte ja auch nie explizit, gesagt, dass ihr kein Vogel folgen sollte.

Enlil pfiff durch die Zähne und teilte Caladri die Aufgabe mit. Nach einem kurzen Keckern war der Vogel verschwunden.

»Nun denn, machen wir uns auch auf den Weg?«, fragte Izila in die Runde. Ihre Augen glänzten vor Vorfreude. Abale erinnerte sich daran, wie sie einen Sommer im Tempel mal missmutig herumgesessen hatte, weil ihre Zeit dort sich mit dem Sommerdom überschnitt. Sie hatte Jahrmärkte schon als Kind geliebt, und anscheinend hatte sich daran nichts geändert.

»Gehen wir«, stimmte Enki zu.

»Wuhu, Dom!«, rief Izila, dann stürzte sie sich ins Getümmel. Abale sah ihr lächelnd hinterher. Kurze Zeit später tauchte die Botin des Feuers schon wieder auf und hielt jedem eine Tüte gebrannter Mandeln hin. »Hier, damit ihr auch in Stimmung kommt. Ich liebe Jahrmärkte! Kaum habe ich die Musik in den Ohren und den Duft in der Nase, bin ich gut gelaunt!«

Enki lachte und nahm eine Tüte. »Ein Wunder, dass du das so lange vor uns geheimhalten konntest.«

»Ihr wolltet ja nie mit mir auf einen Jahrmarkt«, sagte sie schulterzuckend und sah sich freudig um. »Kommt, gehen wir!« Sie packte Abale und Enlil am Handgelenk und zog sie mit sich.

»Immer langsam, Izila, wir sind nicht nur zum Vergnügen hier«, sagte Abale lachend und machte sich los. Trotzdem, die Atmosphäre gefiel ihr. Izila hatte recht, die Sorglosigkeit der anderen Besucher sprang auf sie über und ihre Laune hob sich beträchtlich.

»Ach, wir werden die beiden schon finden. Und Caladri passt doch auf sie auf«, wischte Izila Abales Einwand beiseite.

»Ich glaube, ich habe sie endlich gefunden«, meinte Enki und starrte fassungslos in die Luft. Abale folgte seinem Blick und hielt die Luft an. Die beiden saßen auf einem Gerät, das sich in der Luft überschlug. Als sie dem Erdboden wieder einmal näher kamen, konnte Abale ihre ausgelassenen Gesichter genau erkennen.

»Wahnsinn! Das muss fast so gut sein wie fliegen!«, rief Enlil hinter ihr. Er starrte mit glänzenden Augen auf die wirbelnden Kabinen.

»Ich glaube kaum, dass du das dem Fliegen vorziehen würdest. Manchen Leuten wird davon speiübel«, sagte Izila und sah fasziniert zu, während sich Abale neben ihr angeekelt schüttelte.

»Stimmt, dann fliege ich doch lieber selbst«, lachte Enlil. Das Gerät hielt an, Katharina und ihr Freund stiegen mit sichtlich wackligen Beinen aus. Aber dennoch strahlten sie über das ganze Gesicht.

»Ich habe Katharina lange nicht mehr so fröhlich gesehen«, bemerkte Enki und blickte den beiden nach.

»Sie war ja auch lange nicht mehr auf einem Jahrmarkt«, erwiderte Izila und lief weiter an den Ständen entlang. An jedem fand sie etwas Faszinierendes.

Abale fühlte sich fast ein bisschen überfordert von der lauten Musik und den vielen Menschen. Überall war etwas los. Sie versuchte, Katharina und ihren Freund nicht aus den Augen zu verlieren, aber das erwies sich als beinahe unmöglich. Ständig verschwanden sie aus ihrem Blickfeld, weil sich Menschenmassen zwischen sie drängten. Einmal hatten sie die beiden sogar überholt und entdeckten sie kurze Zeit später hinter sich wieder. Im Laufe des Abends konnte sich Abale aber immer mehr entspannen. Sie fing an zu glauben, dass den beiden hier in der Menschenmenge wirklich keine Gefahr drohte, und ließ sich von Izilas Euphorie anstecken. Es schien tatsächlich ein wunderbarer, ereignisloser Abend zu werden.

Da ließ sie plötzlich ein Schrei aufhorchen. Abale orientierte sich kurz und wies dann in eine Richtung. »Dahin, es kam aus dem Spiegelkabinett!«, rief sie und sprintete los, die anderen drei direkt hinter ihr. Vor dem Kabinett schien niemand Notiz von den Schreien zu nehmen, die aus dem Labyrinth herausschallten.

Abale stürmte auf den Kassierer zu. »Warum rufen Sie keine Hilfe, wenn da drin offensichtlich jemand in Gefahr ist?«, fragte sie ihn, während die anderen drei unauffällig an ihr vorbei in das Kabinett schlüpften.

»Ach, es schreien öfter mal Leute da drin. Sie lieben es, sich gegenseitig zu erschrecken. Sie werden schon sehen, das sind bestimmt nur ein paar halbstarke Jugendliche«, beruhigte sie der Kassierer.

Abale starrte ihn einen Augenblick sprachlos an, dann wandte sie sich um und betrat ebenfalls das Spiegelkabinett. Den Protest des Kassierers ignorierte sie. Erleichtert bemerkte sie, dass die Spiegel rechts und links von ihr blind waren. Enki, als Bote der Erde, hatte sich der winzigsten Schmutzpartikel in der Luft bedient, um die Spiegel einzutrüben. Sie hastete durch die Gänge und hörte schon nach kurzer Zeit ein Wimmern und Enlils Stimme. Anscheinend waren es doch nicht nur ein paar halbstarke Jugendliche. Als sie um eine letzte Ecke bog, sah sie, was los war.

Katharina und ihr Freund kauerten am Boden. Er blutete an der Schläfe, anscheinend hatte er versucht, Katharina zu beschützen, oder er sollte durch seinen Tod dafür sorgen, dass sie erweckt wurde. Die Boten standen wie ein Schutzwall zwischen ihnen und einem offenbar beeinflussten Menschen. Abale bereinigte den Schicksalsbaum, der Mann sah erschreckt auf die Szene und verschwand schnell aus dem Spiegelkabinett. Sofort trat ein anderer Mann zu ihnen. Abale brauchte kaum einen Blick auf seinen Schicksalsbaum zu werfen, so durchdrungen war er von dunkler Magie. Dieser Dämon verließ sich offensichtlich in jeder Lebenslage darauf und verschwendete keinen Gedanken daran, dass einige Entscheidungen auch anders zu bewältigen wären. Sie kniete nieder und legte einen leichten Eisschild auf Jans Wunde. Der schnappte nach Luft.

»Ich weiß, das tut weh, aber durch das Eis wird die Blutung gestillt. Du musst so schnell wie möglich zu einem Arzt, damit er das näht. Nimm Katharina mit, bei dir ist sie sicherer als hier«, erklärte Abale leise.

Jan nickte sichtlich benommen, stand auf und zog Katharina ebenfalls auf die Beine. »Gehen wir, Katharina«, sagte er.

»Folgt den blinden Spiegeln, die führen euch direkt zum Ausgang«, flüsterte Abale Katharina ins Ohr und schob die beiden um die nächste Ecke. Dann atmete sie tief durch und wandte sich dem Dämon zu.

Ihre Gefährten hatten bislang nicht angegriffen, sondern führten ein Verhör. Doch der Dämon wollte offenbar nicht antworten.

»Jetzt sag schon, wer dich geschickt hat!«, rief Enlil wutentbrannt.

»Niemals!«, erwiderte der Dämon und wich gewandt ein paar Schritte zurück.

»Glaub ja nicht, dass du fliehen kannst!«, rief Izila und warf einen kleinen Feuerball nach ihm.

»Woah, cool! Wie geht das?«, ertönte da plötzlich eine weitere Stimme.

Abale drehte sich mit den anderen um. Hinter ihnen stand ein kleines Mädchen, das fasziniert auf Izilas Hände starrte.

»Eine ... äh ... optische Täuschung!«, erwiderte diese perplex.

»Bis zum nächsten Mal!«, rief in diesem Moment der Dämon und verschwand tiefer ins Spiegelkabinett.

»Verdammt!«, rief Enki.

»Dann suchen wir Katharina und Jan«, sagte die praktisch veranlagte Abale.

Izila ging vor dem kleinen Mädchen in die Hocke. »Hör mir gut zu, Kleine. Lauf dem Mann nicht hinterher, hörst du? Und spiel nicht mit dem Feuer, bis du alt genug bist, um nicht nur Faszination, sondern auch gebührenden Respekt vor dem Element zu haben, versprichst du mir das?«

Das Mädchen nickte verschüchtert.

Izila richtete sich auf und rannte mit den anderen zum Ausgang. Während des Laufens säuberte Enki die Spiegel wieder, damit sie dem Dämon keinen Hinweis auf den Ausgang boten. Draußen sahen sie sich um.

»Wo sind sie hin?«, fragte Enlil ratlos. Über ihnen ertönte ein Keckern. Weit oben sahen sie alle vier Vögel in eine Richtung fliegen.

»Hinterher!«, rief Izila.

28

(Winter 2010)

Außer Atem erreichten die Boten den Eingang zum Park *Planten und Blomen* und rannten weiter den Weg entlang. Was konnte Katharina und Jan nur dazu gebracht haben, in einen dunklen Park zu rennen? Enki verstand es nicht. Er hörte einen Ruf über sich und sah zu den Vögeln. Sie kreisten über einer Stelle und ließen sich dann auf den Ästen eines Baums nieder. Die Boten rannten dorthin und kamen schlitternd zum Stehen. Eine Gestalt lag auf dem Boden. Izila erschuf schnell eine Feuerkugel und ließ sie als Lichtquelle schweben. Es war Jan. Blut tropfte aus der Wunde an seiner Schläfe. Abale kniete sich neben ihn, riss einen Stoffstreifen von ihrer Jacke ab und verarztete ihn notdürftig. Dann versuchte sie ihn aufzuwecken.

Enki sah sich nervös um. Wo war Katharina?

»Uh ... Was ... Wo ...«, stöhnte Jan.

Sofort standen alle Boten um ihn herum.

»Jan, wo ist Katharina?«, fragte Izila.

»Ich weiß nicht ... Wir drehten uns nach Verfolgern um und auf einmal wurde alles ganz schwarz. Und jetzt seid ihr plötzlich hier.«

»Verdammt!«, rief Enlil aus.

»Warum seid ihr in einen dunklen Park gelaufen?«, wollte Enki wissen und beugte sich zu Jan vor.

»Ich weiß es nicht, das war Katharinas Idee. Sie meinte, sie hätte hier jemanden gesehen, dem sie vertraut und der vielleicht ein Auto hätte, um uns schneller von hier wegzubringen.«

Seufzend lehnte sich Enki zurück. Also doch jemand aus Katharinas Umfeld. Aber wer? Wem vertraute sie so sehr, dass sie ihm hierher folgen würde? Nachdenklich schweifte sein Blick über den Baum, unter dem sie Jan gefunden hatten. Es gab vielleicht eine Möglichkeit, das herauszufinden.

»Du musst zu einem Arzt, Jan. Keine Sorge, wir finden Katharina«, sagte Abale leise zu dem jungen Mann. Der nickte, stand langsam auf und machte sich dann taumelnd auf den Weg zurück zum Dom.

»Was machen wir jetzt?«, fragte Enlil und sah seine Gefährten ratlos an. Izila zuckte mit den Schultern.

Enki holte tief Luft. »Ich glaube, ich weiß, wie wir herausfinden, wer Katharina mitgenommen hat.«

»Wie?«, fragte Abale und runzelte die Stirn.

»Die Wurzeln eines Baums vergessen nur selten etwas, das sich auf ihrer Erde zugetragen hat. Ganesh hat mir gesagt, diese Kraft sollte ich nur nutzen, wenn uns keine andere Möglichkeit bleibt. Sie verzehrt ziemlich viel von meiner Energie, und der Baum, den ich nach seinem Wissen frage, wird dies wahrscheinlich nicht überleben.« Er sah kummervoll am Stamm hinauf, dann spürte er eine kühle Hand auf seiner Schulter. Er drehte sich um und sah Abale in die Augen.

»Ich weiß, wie sehr du jedes Lebewesen schätzt. Aber überlege, was mit der Natur passieren würde, sollten die Dämonen ihre Apokalypse auslösen. Ich weiß, man kann kein Leben gegen das Vieler aufwiegen. Aber vielleicht ist es das Opfer trotzdem wert.«

Enki lächelte. Abale fand immer die richtigen Worte. Er stand auf, straffte seine Schultern und nickte den anderen zu. Er würde den Baum bitten, ihn an seinen Erinnerungen teilhaben zu lassen. Sie waren tief in dessen Wurzeln verborgen und er musste dazu den Saft aus den Wurzeln ziehen. Wenn der Baum sie nicht schnell genug wieder füllen konnte, würde er verdorren und sterben.

Enki atmete noch einmal tief ein, dann legte er eine Hand an den Stamm und dehnte seine Macht aus, ließ sie in den Baum und hinunter in die Wurzeln fließen. *Zeig mir, was du gesehen hast*, bat er stumm. Er spürte, wie der Baum die richtige Erinnerung suchte, dann bildete sich ein Bild vor seinen Augen. Seine Blickrichtung war nun die des Baumes – er schaute aus dem Stamm hinaus in den Park. Geräusche waren nicht zu hören, Bäume gaben nichts auf das gesprochene Wort, wie alle Pflanzen. Sie kommunizierten auf ihre Weise, die für Enki wie für jeden anderen Menschen nicht zu fassen war. Er konzentrierte sich auf das Bild.

Katharina und Jan kamen in sein Blickfeld, sie blieben stehen und diskutierten. Dann blickten sie einen Moment beide in die gleiche Richtung, aus der sie einen Verfolger erwarteten. In dem Augenblick sprang ein schwarzer Schatten hinter ihnen auf den Weg und versetzte Jan einen Schlag gegen die schon verletzte Schläfe. Er brach bewusstlos zusammen. Katharina schrie, zumindest sah Enki, dass ihr Mund weit aufgerissen war. Eine weitere Gestalt kam den Weg entlang gerannt, mit einer Pistole in der Hand. Er gab einen Schuss ab, und der dunkle Schatten ergriff die Flucht. Erst, als der Retter bei Katharina ankam, erkannte Enki ihn: Es war Kargúhl. Er packte Katharina bei den Schultern und schüttelte sie. Sie wollte unbedingt zu Jan, er ließ sie aber nicht los. Er redete minutenlang auf sie ein. Schließlich nickte Katharina tränenüberströmt und ging mit ihm fort.

Enki spürte einen Ruck und seine Sicht kehrte sich wieder um. Er stand vor dem Baum und starrte auf dessen Rinde. Die Erschöpfung brach wie eine Welle über ihn herein. Er schickte einen letzten kleinen Tropfen seiner Kraft in den Baum, dann nahm er seine Hand vom Stamm. So musste sich Izila gefühlt haben, als sie versucht hatte, den gesamten Hörsaal zu reinigen. Es würde sicherlich einige Tage dauern, ehe er wieder im Vollbesitz seiner Kräfte war. Kein Wunder, dass Ganesh nicht gewollt hatte, dass er diese Kraft leichtfertig einsetzte. Als seine Knie nachgaben, spürte er, wie ihn jemand stützte. Er wandte den Kopf und lächelte Enlil dankbar an. »Was hast du gesehen?«, fragte der und ließ ihn langsam zu Boden gleiten, bevor er sich neben ihn setzte.

Enki blickte die Botin des Feuers kummervoll an. »Es tut mir so leid, Izila.«

»Was meinst du?«, fragte sie verwirrt.

»Katharina und Jan wurden hier von jemandem angegriffen. Ich weiß nicht, ob Engel, Dämon oder beeinflusster Mensch. Jan wurde bewusstlos geschlagen. Gerade, als der Angreifer sich Katharina zuwenden wollte, tauchte Kargúhl mit einer Pistole auf. Er vertrieb den Angreifer und redete dann auf Katharina ein – so lange, bis sie schließlich Jan zurückließ und mit Kargúhl davonrannte.«

»Und was sagt uns das? Er hat sie gerettet«, meinte Izila und sah die anderen herausfordernd an.

»Liebes, er hat sie von Jan weggezerrt, der offensichtlich Hilfe brauchte. Er ist stark genug, er hätte ihn tragen können. Aber er wollte sie allein. Er war es doch auch, der darauf bestanden hat, sie kennenzulernen. Er konnte ihr Vertrauen gewinnen. Wem sonst sollte sie in einen dunklen Park folgen, wenn nicht deinem vermeintlichen Gefährten? Und vergiss nicht, dass er eine Pistole dabei hatte. Er scheint auf den Überfall vorbereitet gewesen zu sein.« Abale sah Izila sanft an.

»Vermeintlichen?! Was erlaubst du dir! Er wurde vom Schicksal für mich ausgesucht, er ist weder ein Engel noch ein Dämon! Er bringt sie garantiert nur in Sicherheit!«

»Und wohin soll das sein? Sieh doch, Izila, sie konnte nicht zu Jan hin. Sie weiß nicht, ob er noch lebt oder tot ist. Was meinst du wohl, was er erzählt hat, damit sie mit ihm geht? Wahrscheinlich viele kleine Lügen, die sie als Reiterin erwecken werden.« Enki sah Izila flehend an. War sie von der Liebe so geblendet, dass sie das Offensichtliche nicht sah?

»Nein! Ihr irrt euch! Ihr müsst euch irren, und ich werde es beweisen!«, rief Izila und sprang auf.

»Und wie?«, fragte Abale ruhig.

»Ich wollte mich heute Nacht noch mit Kargúhl treffen, am Elbstrand. Bestimmt hat er Katharina dorthin gebracht, damit wir sie finden können. Und ich werde jetzt genau dahin gehen!«, rief sie und schwang sich in die Luft, während ihre Flügel sich manifestierten.

»Izila, komm zurück!«, rief Abale ihr hinterher, dann gab sie Saena frustriert einen Wink, der Botin zu folgen. Phönix machte sich ebenfalls ungefragt auf den Weg.

»Dann also zum Elbstrand?«, fragte Enki und stand langsam auf.

»Hoffentlich kommen wir nicht zu spät und können nur noch Izilas Einzelteile auflesen«, zischte Abale wütend.

Enki legte ihr eine Hand auf die Schulter. »Ich werde euch nicht aufhalten. Fliegt los, ich komme einfach etwas langsamer nach.«

Seine beiden Gefährten nickten ihm kurz zu und schwangen sich in die Luft.

Enki seufzte, dann ging er zu einem weiteren Baum am Wegesrand. Es behagte ihm nicht, aber er brauchte Energie. Von den Bäumen bekam er sie am leichtesten. Er nahm aber nur einen kleinen Tropfen. Gerade so viel, dass der Baum den Winter dennoch überstehen würde. Vielleicht mit ein paar vertrockneten, kleineren Ästen, aber er würde im Frühling wieder erblühen. Nach drei oder vier Bäumen fühlte er sich stark genug zum Fliegen, auch wenn er wusste, dass er am Elbstrand wahrscheinlich wieder genauso ausgelaugt ankommen würde. Aber er brachte es nicht über sich, die Bäume um noch mehr zu bitten. Mit einem Seufzen schwang er sich in die Luft und ließ sich von seinem Vogel leiten.

29

(Winter 2010)

Feuerflügel durchbrachen die Nacht. Izila war klar, dass man sie sehen konnte, aber es war ihr egal. Mit etwas Glück hielten die Leute sie für eine Sternschnuppe, hoch genug flog sie dafür. Es waren auch nur ein paar Minuten, dann sah sie schon den Elbstrand. Als sie zur Landung ansetzte, hörte sie einen Singsang hinter sich. Sie drehte sich um. Phönix schwebte neben ihr in der Luft und sah sie vorwurfsvoll an.

»Es tut mir leid, Phönix, aber du liegst falsch. Von Kargúhl droht weder mir noch Katharina irgendeine Gefahr, du wirst schon sehen«, zischte sie und flog zum Strand hinab. Das ärgerliche Keckern über ihr ignorierte sie.

Sanft kam sie auf dem Sand auf und ließ ihre Feuerflügel verschwinden. Am Wasser bemerkte sie zwei Gestalten, eine davon lag zusammengesunken am Boden. Izila atmete auf und lief auf die beiden zu. Kargúhl hatte Katharina in Sicherheit gebracht, sie hatte es doch gewusst! Er musste ihre Schritte auf dem Sand gehört haben, denn als sie fast bei ihm war, hob er den Kopf. Izila blieb verunsichert stehen. In seinen Augen war ein Ausdruck, den sie nicht kannte.

Sie lächelte zögerlich. »Hallo, Kargúhl. Ich sehe, du hast Katharina gerettet. Vielen Dank dafür, aber jetzt kann ich ihren Schutz wieder übernehmen.«

»Wenn sie das möchte«, sagte er geheimnisvoll.

Izila runzelte die Stirn und ging auf die unerweckte Reiterin zu. »Katharina? Es ist alles gut, um Jan wird sich gekümmert. Die anderen Boten sind gleich hier, dann bringen wir dich nach Hause.«

Das Mädchen hob den Kopf. Ihr Gesicht glänzte nass und noch immer liefen ihr Tränen aus den Augen. »Was soll das heißen, Jan geht es gut?! Ich habe es selbst gesehen, er ist tot! Er wurde einfach umgebracht, direkt neben mir, von einem mickrigen Dieb! Nicht die Dämonen sind die eigentliche Gefahr, sondern diejenigen, die denken, sie könnten sich alles erlauben!«

Izila stockte der Atem. Sie ging neben dem Mädchen in die Hocke. »Katharina, was redest du da? Jan lebt, er war nur bewusstlos. Bitte, glaub mir.«

»Dir glauben? Warum sollte ich? Du warst ja nicht da für uns! Du hast uns einfach in die Nacht laufen lassen!«, fauchte Katharina sie an. Sie stand auf und wich stolpernd ein paar Schritte vor Izila zurück. Die Botin schaute das Mädchen fassungslos an.

Kargúhl legte Katharina eine Hand auf die Schulter. »Na, na, Katharina, sei nicht so hart zu ihr. Sie wusste es nicht besser, immerhin wurden ihre Gedanken seit ihrer Geburt so korrumpiert, dass sie uns als die Bösen ansieht.«

Izila sah ihn verwirrt an. Erst langsam verstand ihr Gehirn, was er gerade gesagt hatte. »Uns?«, fragte sie tonlos.

Er lächelte nur, ein gemeines, liebloses Lächeln, das sie noch nie an ihm gesehen hatte.

Izila fokussierte sich und sah sich seinen Schicksalsbaum noch einmal an. Jede einzelne Entscheidung, jeden noch so kleinen Zweig. Und unter den ganz kleinen Entscheidungen, die ihr auf den ersten Blick nie aufgefallen wären, sah sie es: angelaufenes Silber, das sich wie ein Mantel um die kleinen Zweige legte. Die Magie der Dämonen.

»Nein ... Nein, das kann nicht sein! Das Schicksal hat uns zusammengeführt!«, rief Izila aus. Ihre Welt schien in Stücke zu brechen.

»Vielleicht hat das Schicksal es ja dennoch getan, kleine Botin. Vielleicht will das Schicksal unsere Apokalypse. Vielleicht sollst du uns helfen, die Reiter zu erwecken. Stell es dir nur vor, Izila: Du und ich, wir könnten auf dem Thron der Welt sitzen.

Niemand wäre so schön wie du, so begehrt wie du. Und ich würde in jeder einzelnen Nacht zu dir kommen und dir zeigen, wie schön und begehrt du bist.«

In Kargúhls Augen trat Leidenschaft. Der dunkle Schleier, den sie so sehr liebte. Er sah sie an, als wäre sie die einzige Frau auf dem Planeten für ihn. Konnte es sein? Sollte Liebe ihr über diesen Zwiespalt hinweghelfen? Wollte das Schicksal genau das hier? Ihr Blick flackerte zu Katharina. Sollte sie erweckt werden? Sie war schon kurz davor, Izila konnte es spüren.

»Bevor du auf einen Thron kommst, musst du erst an uns vorbei«, erklang eine Stimme hinter Izila. Sie drehte sich um und sah ihre drei Gefährten hinter sich stehen.

Abale trat vor und berührte sie kurz an der Hand. *Glaub nicht, was er dir sagt, Izila. Das Schicksal will die Apokalypse nicht, sonst wären wir nie erweckt worden, sondern hätten ein normales, langweiliges Leben gelebt*, erklang ihre Stimme im Kopf der Botin des Feuers.

Izila fühlte sich plötzlich wie reingewaschen. Abale hatte recht. Wenn das Schicksal gewollt hätte, dass die Engel oder Dämonen siegen, würde es keine Boten geben. Das Feuer in ihr bäumte sich auf, die Kälte und Leere verschwand. Wut trat an ihre Stelle. Sie sah Kargúhl fest in die Augen. »Nein, ich komme nicht mit dir.«

Dann richtete sie ihre Aufmerksamkeit wieder auf Katharina. »Bitte, vertrau uns. Das hast du doch die letzten Monate auch getan.«

»Und wohin hat mich das gebracht? Jan ist tot!«

»Er ist nicht tot, Katharina!«, rief Enki.

»Aber dann wurde er verletzt! Meinetwegen, weil alle denken, ich wäre ja auch so wichtig! Ich will das nicht mehr. Ich will nicht, dass Leute einfach so entscheiden, ob ich wichtig bin oder nicht, ob sie mich oder Leute, die ich gern habe, angreifen oder nicht!«, rief sie.

Izila streckte hilflos die Hand nach Katharina aus. Dann fiel ihr plötzlich etwas ein: Als sie in den Park gelaufen waren, war ihnen eine Gestalt entgegengekommen. Sie hatte sich kurz den Schicksalsbaum angesehen, um zu wissen, ob es ein Dämon war. Es war keiner gewesen, aber ein von einem Dämon beeinflusster Mensch. Kraftlos ließ sie ihre Hand wieder sinken. »Jan ist von einem beeinflussten Menschen niedergeschlagen worden. Eine so kleine Katastrophe. So klein, aber es reicht«, flüsterte Izila tonlos.

Ihre Gefährten sahen sie erschrocken an, dann blickten sie zu Katharina.

»Bitte, gib dich nicht deinen Rachegedanken hin!«, rief Enlil verzweifelt.

»Dafür ist es zu spät! Mein Herz ist voll von Rache, ich will nie mehr so herumgeschubst werden! Und wenn ich ganz oben sein muss, um endlich meine Rache zu bekommen, dann sei es so!«, rief das Mädchen aus.

Als würden die Worte ein Ventil öffnen, spürten die Boten plötzlich eine ungeheure Macht durch die Reiterin hindurchströmen. Die Macht war so gewaltig, dass sie Katharina nicht einmal fokussieren mussten, um den Schicksalsbaum zu sehen, der sich in einer gewaltigen unhörbaren Machtexplosion veränderte. Es waren nicht mehr nur die Wurzeln zu sehen, sondern auch die Baumkrone. Sie erstrahlte in einem reinen Weiß. Auf dem Baum manifestierte sich innerhalb von Sekunden eine Krone in der Farbe von angelaufenem Silber. Die Macht ebbte langsam wieder ab und damit verschwand auch der Schicksalsbaum. Fassungslos starrten die Boten Katharina an. Sie war soeben zur Reiterin der Apokalypse geworden.

Kargúhl lachte. Izila wurde davon aus ihrer Erstarrung gelöst. Wie in einem Albtraum gefangen, sah sie zu, wie er vor der Reiterin auf die Knie sank. »Endlich bist du erwacht«, sagte er, mit einer Liebe und Leidenschaft in der Stimme, die sie nie bei ihm gehört hatte.

Katharina streckte eine Hand aus und erschuf mit einem Schnipsen ihrer Finger ein dunkles Loch am Strand. Es sah aus wie ein Portal, gespeist von dunkler Energie. Sie ging einen Schritt darauf zu, dann zögerte sie. Ihr Blick fiel auf die Boten und dann auf Kargúhl. »Kümmere dich um sie, Kargúhl. Ich muss mich um größere Dinge kümmern. Wenn du es nicht schaffst, ist dein Leben verwirkt«, sagte sie. Noch ein Schritt, und sie war im Portal verschwunden, eine Sekunde später löste es sich auf.

»Nein, Katharina!«, rief Abale verzweifelt und streckte eine Hand aus.

Izila hielt sie zurück. Es war alles ihre Schuld. Wenn sie Kargúhl nicht so bedingungslos vertraut hätte, wäre er niemals in Katharinas Reichweite gekommen. Er hätte ihr niemals einflüstern können, dass Rache ein guter Weg war, um seine Liebsten zu schützen. Warum hatte sie nie etwas bemerkt? Machte Liebe wirklich so blind? Und wo war ihr romantisches Leben, das sie die letzten Monate immer vor sich gesehen hatte? Mit einem lauten Schluchzen sank sie zu Boden, Tränen strömten über ihr Gesicht. Sie hatte alles falsch gemacht. Sie hatte ihre Liebe über ihr Schicksal gestellt. Die Verzweiflung gewann über die Wut in ihr, das Feuer loderte enttäuscht auf. Aber sie hatten sich doch zufällig getroffen, oder etwa nicht? Sie sah zu Kargúhl. »Als wir uns in Hamburg getroffen haben ... Du hast gewusst, in welchem Club ich war, du hast mich gesucht. Es war kein Zufall, kein Schicksal, oder?«

»Ganz genau, du kleines, naives Mädchen. Ich habe es nur wie Schicksal aussehen lassen, um dich für mich zu gewinnen. Du hast auch immer noch die Wahl. Du kannst auf meine Seite kommen. Dann hast du auch Katharina wieder bei dir.« Er kam einen Schritt auf sie zu und hielt eine Hand hinter dem Rücken.

Izila fragte sich kurz, ob er einen Blumenstrauß oder ein Schwert versteckte. Sie stand langsam auf und sah ihn an. Er war wieder stehen geblieben. Das Licht ihrer Feuerkugel erhellte sein wunderschönes Gesicht. Der Mund, mit dem er ihr seine Liebe gestanden hatte. Mit dem er sie geküsst hatte. Wie hatte sie sich so täuschen können? Liebte sie ihn denn wirklich, oder war auch das nur eine Lüge, von ihm in ihren Kopf gesetzt? Sie spürte, wie ihr Herz ganz langsam brach, wie es seine Unschuld verlor. Trotz ihrer Aufgabe und all der Verantwortung hatte sie ihre Kleinmädchenträume behalten, bis zu diesem Augenblick. Aber es würde für sie nie den starken Prinzen auf einem weißen Pferd geben. Sie war nicht die Heldin irgendeiner Geschichte, in der es definitiv ein Happyend gab. Sie war diejenige, die dafür sorgen musste, dass die Welt bestehen blieb, damit solche Geschichten geschrieben werden konnten.

Izila trat einen Schritt zurück von Kargúhl, hinein in den Kreis ihrer Freunde, ihrer Gefährten. Der einzigen Menschen, denen sie von nun an bedingungslos vertrauen würde. *Es tut mir leid, Enlil*, sagte sie in ihren Gedanken, ließ aber alle daran teilhaben. Eine warme Welle der Verzeihung und der Freundschaft war die Antwort.

»Wenn das deine Antwort ist, musst du mit den Konsequenzen leben – oder sterben«, hörte sie da Kargúhls Stimme. Er zog die Hand hinter seinem Rücken hervor, in der er ein Schwert hielt.

»Dann kann es ja losgehen!«, rief Enki und fing geschickt sein Schwert aus der Luft.

»Nein!«, rief Izila, trat einen Schritt vor und erschuf eine Feuerwand zwischen sich und den Boten. »Dies ist mein Kampf.« Sie streckte ihre Hand aus und fing ihr Schwert auf, dann trat sie Kargúhl gegenüber. Das Feuer in ihr loderte erfreut auf, füllte sie mit einer Wut, die sie so noch nicht kannte. Sie wollte kämpfen, sie wollte ihm ebenso weh tun, wie er ihr weh getan hatte. Er sollte aus ihrem Leben verschwinden, endgültig. Izila atmete tief durch, dann verbot sie sich, zu denken. Sie zwang sich dazu, Kargúhl als Dämon zu sehen. Als irgendeinen Dämon, für den sie keine Gefühle hatte. Das Feuer in ihr verzehrte langsam alle liebevollen Gefühle, ließ nur diese unsagbare Wut übrig. Sie hob ihr Schwert und stürmte auf ihn los.

Kargúhl war ein guter Schwertkämpfer, ein würdiger Gegner. Klirrend trafen sich die beiden Schwerter, immer und immer wieder. Wie in einem Tanz umrundeten sie sich, mal führte er, mal sie. Izila merkte nicht, wie die Zeit verging, sie fühlte nichts mehr außer dem Wunsch, ihm zu zeigen, wie sehr er sie verletzt hatte.

Dann spürte sie plötzlich, mehr als dass sie es sah, eine Lücke in seiner Verteidigung. Ohne nachzudenken hob sie ihr Schwert und stach zu. Er versuchte gar nicht zu parieren, sondern wollte ihr die Beine wegschlagen. Gekonnt sprang Izila hoch und hob ihr Schwert im Sprung zum Gegenangriff. Kargúhl wurde seine eigene Finte zum Verhängnis. Er stolperte und konnte sich gerade noch mit den Händen abfangen, um nicht auf den Rücken zu fallen.

Izila landete vor ihm und hielt ihm die Schwertspitze an die Kehle. »Ich würde ja dein Herz durchbohren, aber ich befürchte, dass du keines besitzt«, sagte sie.

»Du kannst mich nicht umbringen, Izila. Wir lieben uns doch. Du spürst doch auch die Verlockungen, die die Anarchie mit sich bringt. Komm mit mir, Izila, und du musst das Feuer nie mehr zähmen, sondern kannst es immer frei wüten lassen.«

Izila sah ihm in die Augen. Sie erkannte darin Angst, Zorn und Hoffnung, am Leben zu bleiben. Aber keine Liebe. Kein einziges Fünkchen Liebe.

»Du hast mich nie geliebt«, sagte sie leise. Dann griff sie ihr Schwert fester und ließ es entflammen. »Und du hast eines nie begriffen: Ich zähme das Feuer nicht. Das Feuer will spielen, nicht wüten. Es ist frei, in mir, da ich ansonsten verbrennen würde. Nein, Kargúhl. Genau jetzt bin ich frei. Würde ich mit dir gehen, wäre ich eine Gefangene. Leb wohl.«

Sie sah, wie sich seine Augen vor Schreck weiteten. Dann stieß sie zu. Wenn sie ihn jetzt nicht umbrachte, würde sie es nie tun. Die Klinge schnitt leicht in sein Fleisch, Blut lief aus seinem Mund, als er langsam nach hinten fiel. Ihr eigenes Herz brach entzwei, als wäre es auch durch ein Schwert zerteilt worden. Das wütende Feuer in ihr loderte triumphal auf, dann wurde es wieder zu der kleinen Flamme, die sie schon seit so vielen Jahren kannte. Die Feuerwand, die sie gezogen hatte, verschwand. Izila fiel neben ihrem toten Freund auf die Knie. Tränen liefen ihr übers Gesicht.

»Izila!«, hörte sie und spürte, wie sie von den drei anderen Boten umarmt wurde. Hände strichen ihr über die Haare, wischten die Tränen von ihren Wangen.

»Der Kampf war doch entschieden, du hättest ihn am Leben lassen können. Einer von uns hätte ihn töten können, damit du diese Bürde nicht tragen musst.« Enlil strich ihr über den Rücken.

»Nein«, war ihre Antwort. »Hätte ich ihn am Leben gelassen, hätte ich euch daran gehindert, ihn zu töten. Ich musste dem Feuer in mir nachgeben, ich musste es selbst tun. Sonst wäre ich entweder einem von euch auf ewig böse, oder er hätte uns wieder und wieder angegriffen, bis wir tot wären. Das war sein Befehl. Die Reiterin wollte unseren Tod oder seinen. Außerdem ... Wie hätte ich je die Hoffnung auf eine gemeinsame Zukunft aufgeben können? Mein Herz liebte ihn, liebt ihn noch immer! Ich wäre irgendwann schwach geworden und hätte mich ihm ergeben.« Ihre Stimme war kaum mehr als ein Flüstern. Sie spürte den telepathischen Kontakt der anderen, den Trost, den sie ihr anboten. Sie nahm ihn dankend an.

»Du hast recht. Es gab keinen anderen Weg, Kargúhl musste sterben. Und du musstest es selbst tun, damit du niemandem von uns vorwerfen kannst, ihn getötet zu haben«, sagte Abale leise. Izila sah in ihre blauen Augen und wusste, dass sie verstanden wurde.

»Was machen wir jetzt?«, fragte Enki nach einigen Minuten des Schweigens. Izilas Tränen waren getrocknet. Noch immer saßen sie am Boden neben Kargúhls Leiche. Die Vögel umkreisten sie hungrig, wagten sich aber ohne Aufforderung nicht heran.

»Wir müssen die Apokalypse aufhalten. Katharina ist unsere Feindin geworden, sie muss sterben. Und es gibt noch drei andere Reiter, die unerweckt sind. Wenn wir die beschützen können, bis sie sterben, verhindern wir die Apokalypse«, erwiderte Enlil.

»Dann sollten wir mit der Suche keine Zeit verlieren«, sagte Izila. Sie stand auf, hakte sich bei Abale ein und entfernte sich von der Leiche. Dann drehte sie sich noch einmal um. Die Sonne ging langsam auf und beleuchtete den Strand. Läge er nicht auf blutrotem Sand, könnte sie denken, dass er nur schlief. Sie wischte sich eine letzte Träne aus ihrem Augenwinkel, dann hob sie die Hand und gab den Vögeln das Zeichen, die Leiche verschwinden zu lassen. Als sie mit ihrer blutigen Arbeit begannen, wandte sie sich ab.

»Ist alles in Ordnung?«, fragte Abale.

»Ja«, seufzte Izila und lächelte zögerlich. »Es wird noch einige Zeit dauern, bis mein Herz geheilt ist, aber es geht mir gut.«

Zusammen ging sie langsam mit ihren Gefährten zurück Richtung Landungsbrücken. Keinen von ihnen drängte es zur Eile. Die Gefahren, die da draußen auf sie warteten, würden sie noch früh genug einholen.

Epilog

(Frühling 2011)

Besorgt sah Enki zu Izila. Er hatte sie mit nach Schweden genommen für den restlichen Winter. Nur Weihnachten war sie zu Hause gewesen, aber das Vorspielen von guter Laune hatte sie einiges an Kraft gekostet. Hier bei ihm, in Schweden, weit weg von allem, das sie an Kargúhl erinnerte, ging es ihr langsam besser. Der Frühling kam, die Luft wurde wärmer, die ersten Knospen brachen hervor.

Einzig Izila schien noch immer eingefroren zu sein. Sie redete zwar jeden Tag ein wenig mehr, aber diese große Traurigkeit in ihr war immer noch da. Eine seltsame Leere und Kälte, als hätte das Feuer sie verlassen. Von der alles verzehrenden Wut, die die Boten während ihres Kampfes mit Kargúhl gespürt hatten, war nichts geblieben. Enki hoffte, dass sie sich bald fangen würde. Die anderen beiden Boten schauten vorbei, wann immer es ihre Zeit erlaubte. Die Gesellschaft tat Izila gut, sie erinnerte sie an ihre Aufgabe.

Eine Aufgabe, die noch schwieriger geworden war. Enki seufzte. Katharina war erweckt. Bisher hielt sich die Reiterin zurück, sie hatte noch nichts unternommen, zumindest nichts, was den Boten aufgefallen wäre.

Jan, ihr Freund, hatte es gefasst aufgenommen, dass er Katharina an das Böse verloren hatte. Ganz verstehen konnte er nicht, was passiert war, das spürte Enki. Aber er verstand, dass zwischen ihm und Katharina Schluss war, dass er sie womöglich nie wiedersehen würde.

Es blieb nur noch eine Frage offen: Wenn Kargúhl ein Dämon gewesen war, wer war dann der Engel unter ihren Freunden? Sein Blick fiel auf das Bild von Alma, das in seinem

Zimmer hing. Er war jeden einzelnen Ast ihres Schicksalsbaums abgegangen, egal, wie unwichtig ihm die Entscheidung auch erschien. Nirgendwo gab es auch nur den kleinsten silbernen Glanz. Er hatte auch Abale gebeten, sie zu überprüfen, für den Fall, dass er etwas übersehen hatte, aber auch sie konnte nichts finden. Alma schien wirklich seine Gefährtin zu sein. Enlil hatte Alyss noch einmal überprüft und nichts gefunden, hatte er ihnen mitgeteilt. Allerdings so flüchtig in einen Nebensatz verpackt, dass sich Enki nicht sicher war, ob Enlil es wirklich getan hatte. Da Alyss aber in den USA war und nicht wusste, dass Enlil innerhalb weniger Sekunden auf einem anderen Kontinent sein konnte, ging er nicht davon aus, dass sie die Schwachstelle zu den Engeln war. Aber ein winzig kleiner Rest Zweifel blieb.

Er fuhr sich durch die Haare und vertiefte sich wieder in seine Bücher. Er war immer noch auf der Suche nach den Menschen, die den Beeinflussungen entgehen konnten. Den Menschen, die vielleicht wussten, wo das Buch der sieben Siegel verborgen war. Katharina durfte es auf keinen Fall in die Hände bekommen, und um es zu schützen, mussten sie herausfinden, wo es war. Er hoffte, dass ihnen noch ein paar Monate Ruhe bevorstanden, ehe Katharina aus ihrer Deckung hervorbrach. Izila brauchte Zeit, um ihre Trauer zu verarbeiten und das Feuer in sich wiederzufinden. Sie alle brauchten Zeit, um das Erlebte zu verdauen und um sich eine bessere Strategie zu überlegen, wenn sie den nächsten Reiter finden wollten. Abale hatte wieder angefangen, beeinflussten Menschen zu folgen. Bisher schien es keinen weiteren Reiter zu geben, aber es war nur eine Frage der Zeit, bis die Menschen die Gegenwart eines Reiters spüren und die Beeinflussten seine Nähe suchen würden. Es wartete viel Arbeit auf sie, wenn sie ihre Aufgabe erfüllen wollten. Wenn sie ein weiteres Mal versagten, konnte es

Krieg zwischen Engeln und Dämonen geben. Versagten sie drei Mal, würde die Welt so, wie sie sie kannten, aufhören zu existieren.

Enki blätterte eine Seite um. Das waren Gedanken für einen anderen Tag. Jetzt versuchte er, die Ruhe zu genießen, Kraft zu tanken für die Tage, die noch auf sie warteten.

Ende des ersten Teils

Dramatis Personae:

Izila Blumfeld: Botin des Schicksals, Element Feuer
Abale Óskarsdóttir: Botin des Schicksals, Element Wasser
Enki Jonsson: Bote des Schicksals, Element Erde
Enlil Miller: Bote des Schicksals, Element Luft

Phönix: Elementvogel Feuer, gehört zu Izila
Saena: Elementvogel Wasser, gehört zu Abale
Amphis: Elementvogel Erde, gehört zu Enki
Caladri: Elementvogel Luft, gehört zu Enlil

Katharina: Reiterin der Apokalypse

Ganesh: Mönch, Oberhaupt im Tempel
Junil: Mönch
Tarun: Novize im Tempel

Kargúhl Besulf: Izilas Freund
Alyss Broder: Enlils beste Freundin
Alma Persson: Enkis Freundin
Sam Warren: Alyss' Freund

Michel: Abales Mitbewohner
Agnes: Abales beste Studienfreundin

Lars: Izilas Mitbewohner
Mara: Izilas Mitbewohnerin

Jan: Katharinas Freund

Kolja: Engel
Professor Dolas: Abales Kunstprofessor
Professor Bennett: Professor an der Universität Yale

Über die Autorin

Andrea Schrader ist 1988 geboren und lebt in Leipzig. Sie hat Sozialwissenschaften studiert, im Onlinemarketing und als Journalistin gearbeitet. Abends verlässt Andrea Schrader jedoch die reale Welt und schreibt Fantasy-Geschichten. Sie erfindet neue Welten und Protagonisten mit erstaunlichen Eigenschaften und Fähigkeiten.

Die Boten des Schicksals ist eine Trilogie. Die Teile in ihrer Reihenfolge:

Die Legende
Die Reiter
Das Buch

Mehr Fantasy bei Schruf & Stipetic

Andrea Schrader:
Spür den Regen
Roman
Iillustriert von Marion Hientz

Seiten: 216
ISBN 978-3-944359-19-9

Nichts hat Thaila auf den Schmerz vorbereitet, den Berührungen oder gar Gewalt von Menschen bei einer Kantálin verursachen. Um ein Heilmittel zu finden, verlässt sie ihre Heimat Atlantis und begibt sich in die Welt der Menschen. Im Gegensatz zum Volk der Kantálin haben Menschen Gefühle, deshalb hofft Thaila hier eine Antwort zu finden.
Sie trifft auf den jungen Jeremy, dem sie zunächst voller Misstrauen begegnet. Beide ahnen nicht, welche Gefahr Thaila droht. Denn aus enttäuschter Liebe zu einer Kantálin ist der Fürstensohn Leander mit seiner Armee auf einem Kreuzzug gegen alle magischen Wesen.

I. G. Nikolov:
Niani – Der Schneekrieger
Roman
ISBN: 978-3-944359-28-1

Seiten: ca. 420
(E-Book only)

Vier Stämme haben sich einst am Vierweltenfluss getrennt. Überlebt hat nur der Stamm der Uhala. Den eisigen Winter über suchen sie Schutz in Höhlen, und alle paar Jahrhunderte löscht eine Sonneneruption das Leben an der Oberfläche ihres Planeten aus. Der nächste Sonnensturm droht so heftig zu werden, dass nicht einmal unter der Erde ein Überleben möglich ist. Die fähigsten jungen Männer und Frauen werden auf eine gefährliche Reise zur dunklen Seite des Mondes geschickt, um das Überleben des Stammes zu sichern.
Unter den Reisenden ist der junge Krieger Niani. Er soll die zukünftige Herrscherin Eleani begleiten und hat geschworen, sie zu beschützen. Doch er hasst diese Frau und die Gesetze seines Stammes, in dem die Frauen das Sagen haben.
Je länger die Reise dauert, desto aussichtsloser erscheint die Lage der Entsandten, bis von unerwarteter Seite Hilfe kommt. Doch die Hilfe hat ihren Preis, und Niani muss sich entscheiden: Loyalität oder Freiheit.